新潮文庫

魔物を抱く女

生活安全課刑事・法然隆三

前川 裕著

新潮社版

11321

目次

魔物を抱く女

生活安全課刑事・法然隆三

プロローグ

意識が消え、真っ黒な深淵《しんえん》の中に落下するのを感じた。発作が起こったのか。毛細血管が拡張して脈打ち、全身が赤みを帯びて硬直し、痙攣《けいれん》しているのが自分でも分かる。

まずいときに起きた。最悪のタイミングだ。白濁して泡状《あわじょう》になったよだれが流れ出る。その周囲を厚くささくれ立った誰かの唇が、淫猥《いんわい》な獣のように舐《な》めている。あの感触を思い出した。私はよだれを垂らしたまま抱きしめられ、口のぐるりを彼の唇で拭《ぬぐ》ってもらったものだ。

彼の全裸が見えた。私も素っ裸だ。私は彼と一体になった。これですべてが終わる。彼は、下半身にバスタオルを巻いたまま、ベッドのへりに腰掛けている。口にはマルボロを咥《くわ》え、ゆっくりと煙を吐き出す。室内に白い煙の輪《リング》が広がっていく。私は白い下着一枚を身につけただけで、彼に寄り添った。

さほど豊かでない汗ばんだバストが揺れ、乳首が屹立《きつりつ》している。彼の指先がそれを捉《とら》え、苛《いじ》めるように揉《も》みしだく。私ははしたない声を上げた。彼の肩に嚙《か》みついた。それから啜《すす》り泣いた。長い旅が終わったのを意識した。

「これでいいんだ。これが本来の姿なんだ」

私は彼の言ったことを素直には肯定できない。一つだけ、確認したいことがあった。一つだけ。

「始めからこうなっていれば、こんなにたくさんの人が死なずに済んだの？」

「ああ、そうかも知れない。俺はお前のために、女たちを殺していたのかも知れない」

「いや、そんなこと言わないで」

私のために殺人が行われた。信じられない。私は他人《ひと》を傷つけるのが最も嫌いな人間だった。

「とにかく、俺たちは今初めて結ばれたんだ。だから、その前に多くの女たちが死んだ。もう時間を戻すことはできない。問題は、俺たちのこれからさ」

意味が分からなかった。これから？　そんなものがあるはずがなかった。私に見えるものは、死に繫《つな》がる深い奈落の闇《やみ》だけだ。私が闇に落ちていくのか、それとも私の中に闇があるのか。

「こんな関係が続くと思うの」

「続くさ。永遠に」

彼が応《こた》えた。私はその言葉の意味に怯《おび》え、同時に体の芯《しん》が疼《うず》いた。彼が私を永遠に自分のものにするために私を殺すかも知れないと思ったのだ。

唇を重ね合ったまま、ふと窓外に目をやった。室内の暗い照明とは対照的に、五月雨《さみだれ》のように降り注ぐ、色彩豊かなネオンの華がまぶしかった。

上野御徒町《うえのおかちまち》中央通り。私たちが休憩しているラブホテルのある場所だ。窓から街の風景が見えるラブホテル。ようやく現実を意識した。

俗悪な環境だ。私はその俗悪さを愛していた。まさに、それは私たちにふさわしい環境だった。

私はこんなネオンの華の中で、多くの男に抱かれた。風俗関係の優しい男もいた。その男たちの中に、彼の名前が加えられたのだ。

私は幸福《しあわせ》を噛みしめるべきなのか。

第一章　硬直

1

二〇一四年二月五日(水)、石川県金沢市《かなざわし》。

三日前から降り続いていた雪がようやく止《や》み、午前八時過ぎには、雲が切れ、青空が覗《のぞ》き始めた。

かつては豪雪地帯として知られていた金沢市も、近年は温暖化の影響か、それほどの降雪量でもない。それでも、二月はもっとも雪の多い季節で、一メートル近く積もることも稀《まれ》ではなかった。特に、地形的に市内の中心部が積もりやすいという特徴があった。

高級割烹《かっぽう》旅館「水月亭《すいげつてい》」は、本町《ほんまち》という金沢市の中心街に位置していた。その「水月亭」から、女性の声で石川県警通信指令課に一一〇番通報が入ったのは、午前八時三十三分である。

「昨日の晩から泊まっとりまっしゃる女の人が蒲団《ふとん》の中で目開《あ》けんけんけど――」

女は興奮状態で思わず地元方言を口走り、自分の氏名も現在位置も告げなかった。

しかし、通報者の氏名はともかく、最先端の通信指令システムを採用する通信指令課の大型地図画面には、通報者の現在位置が表示されていた。もっとも近い位置で警邏《けいら》活動に当たっていた金沢東《かなざわひがし》署地域課のパトカーが急行、午前八時四十一分には、通報現場に到着している。

通報者は、「水月亭」の客室係を担当していた杉村春代（五十二歳）だった。春代は後に、司法警察員に対して、次のように供述している。

そのお客さんは、前日の午後六時過ぎ、男の方《かた》と二人でいらっしゃいました。一週間前に、女性の声で予約が入っておりました。私が案内して、旅館のフロントでチェックインの手続きをしていただきました。このときも、女性が一人でなさり、男の方は少し離れた位置に立って女性が手続きを終えるのを待っている御様子でした。女性が宿帳に大友雪江《おおともゆきえ》とお書きになったのは覚えています。男の方の御名前は、お書きになりませんでしたし、私も特に尋ねておりません。もちろん、宿泊者の氏名はすべてお書きいただくのが規則ではございますが、これにもなかなか難しい面がございます。お客様の中には、訳ありのカップルもたまにいらっしゃいますので、こちらとしてもあえて訊《き》きにくいことがあります。ただ、私の印象では、その二人は年齢的にも口の利《き》き方でも、ごく普通の御夫婦にしか見えなかったのですが、それだけに女性のほうがチェックインをなさったのが少し不思議で、印象に残っておりました。お二人を「桔梗《ききょう》」の間にご案内してお茶をお淹《い》れしたのですが、このとき、男の方から心付けとして二千円頂きました。とても丁寧な物腰の方で、特に変わった様子はありませんでした。

春代の供述では、男は長身で痩《や》せており、薄茶色のカラーの入った、黒縁の眼鏡を掛けていた。顔立ちは整っている印象で、映画俳優のような彫りの深い輪郭だったという。

ただ、春代が男の顔をはっきりと見たのは、心付けの二千円をもらったときだけだった。その後、春代は料理を運ぶ際など、何度かその部屋に入ったが、男はいつも席を外していて、その顔を見ていない。

午後九時頃、蒲団係の男性従業員二名が部屋に入って、寝床の準備を整えたとき、男は窓辺の応接セットに一人座り、タバコを吹かしていたという。女のほうは、トイレの横にある洗面所で静かに歯を磨いていた。

このとき、二人の男性従業員も格別不審な点は感じなかったと証言した。ただし、男が女と会話したのを聞いたわけでもなかったから、何も感じようがなかったとも言える。

地域課のパトカーが最初に到着して以降、県警の機動捜査隊、鑑識課員、および金沢東署の刑事課の刑事たちが続々と現場に臨場した。ただ、電話の通報では、女性が死んでいるというだけで、それが殺人事件とはただちには断定できなかったから、県警の刑事が臨場したのは、通報から二時間ほどが経《た》った頃である。

不審死にもいろいろあり、行き倒れのような病死もあれば、自殺もある。事件性のない場合、県警の捜査第一課が出てくることはなく、所轄《しょかつ》署に捜査が委《ゆだ》ねられるのが普通である。だが、蒲団の中で死んでいた女が、他殺であるのは明らかに思えた。顔面は腫《は》れ、鬱血《うっけつ》していた。さらに、喉仏《のどぼとけ》の付近から水平に走る、索状痕《さくじょうこん》がはっきりと見えていたのである。

ただ、臨場した捜査員たちが一番注目したのは、顔面の腫れでも、鬱血でも、索状痕でもなかった。

女の体の上に掛けられていた藤色の掛け蒲団をめくると、仰向けに寝ていた女は全裸に近い状態だった。身につけている物は、小さなベージュのパンティーだけだったが、そのパンティーの前面が真っ赤に染まっていたのだ。異様に白い腹部が無残さを際立《きわだ》たせていた。

女性の陰部に対して、ナイフなどの凶器によって、何らかの危害が加えられたのか、それとも別の理由で出血しているのか、判然としない。当然、捜査員たちの頭には、異常者による猟奇殺人という言葉が浮かんでいたが、誰も口にはしなかった。

捜査員たちは遺体のパンティーを脱がせて、傷の有無を確認しようとした。だが、すぐには分からなかった。遺体を所轄署に運んだあとで、県警からやってくるはずの検視官の判断と、その後に行われることになるはずの司法解剖の結果を待つ他はなかった。

しかし、捜査員たちの頭の中では、主たる死因を示すものが索状痕なのか、それとも陰部の夥《おびただ》しい出血なのか、当然のように迷いが生じていた。

「これは初めから、こうやって顔に掛けてあったのか？」

県警の捜査一課に属する田所《たどころ》という警部が、遺体の顔を覆《おお》っている赤いマフラーを指さしながら、まだ二十代半ばに見える若い機捜《きそう》隊員に質問した。機捜隊は組織図的には、県警の刑事部捜査第一課に属していたが、実質的には別動隊で、いち早く事件現場に到着して現場保存と聞き込みを行い、その捜査情報を所轄署や県警の捜査員に引き継ぐ初動捜査が任務である。

「はい、そうです」

隊員は緊張気味の声で応《こた》えた。機捜隊に属していると言っても、現実に殺人事件の現場に臨場することなどほとんどないのだ。しかも、その隊員は配属されてからまだ、三ヶ月足らずだったから、なおさらである。現に、田所とも初対面だった。

「ただ、索状痕からすると、そんなに細い紐《ひも》で絞殺されたわけでもないようですね。このマフラーが案外、絞殺に使われたのかも知れません」

金沢東署の中年の刑事が、田所の顔を見ながら言った。二人は顔見知りで、田所はその刑事が自分より年上であるのを知っていた。

「とすると、マフラーで絞めたあと、これを顔に掛けたことになりますね。ただ、下半身の出血が、死因とどう関係があるのかは、検視と司法解剖の結果を聞かないと何とも言えませんがね。顔見知りの犯行でしょうか？」

田所も遠慮がちに応えた。県警の刑事と所轄署の刑事は、常に微妙な心理関係に置かれている。テレビドラマなどで描かれる極端な対立関係は現実には考えられなかったが、互いに遠慮し合う関係であるとは言えた。実際の捜査では、県警のほうが圧倒的な主導権を握っているのだ。というか、所轄署は県警の下部組織に過ぎず、合同捜査という言葉さえ現実には使われない。ただ、所轄署の刑事のほうが年齢が上の場合、本部の刑事と雖《いえど》も、ある程度気を遣わざるを得ないのだ。二人の会話は、そんな遠慮が交錯したように、丁寧語を崩すことはなかった。

「まあ、普通は身内か知り合いの犯行と考えられますよね」

相手の刑事の言葉を聞きながら、田所はもう一度、手袋を嵌《は》めた手で、女の顔に掛かっているマフラーを上にあげ、顔を覗き込んだ。顔面の腫れを差し引けば、鼻梁《びりょう》の高い、整った顔立ちだった。乳房は幾分小ぶりだったが、未《いま》だに若々しいみずみずしさが残っていた。肌は透き通るように白く、青白い静脈が皮下に走っている。年齢は三十代の前半か。

最初に女の顔を見たときと同じ違和感が、再び、田所を襲った。既に死後硬直が全身に及んでいるようで、女は歯を剝《む》き出しにしたまま、口を閉じていなかったのだ。まるで、絞められたとき、苦しさのあまり歯を食いしばったところで、時間が停止したようだった。

「あの——、顔に何か掛けてあると、どうして身内か知人の犯行なのでしょうか？」

若い機捜隊員が恐る恐る訊いた。所轄の中年刑事が呆《あき》れたような顔をした。しかし、田所は、心の中で苦笑を浮かべながらも、親切に応えた。

「それはこういうことだよ。身内や知人の場合、殺した人間の顔を見たくないだろ。殺人を犯してまったく罪の意識を感じない奴《やつ》なんて、ほとんどいないはずだからね。特に身内や知人を殺した場合、やっぱりその死に顔を見るのは、嫌なもんだよ。だから、思わず、近くにある何かを顔に掛けちゃうんだ。ところが、流しによる強殺《ごうさつ》の場合、殺した相手はもともと知らない奴だから、それほどの罪の意識も感じず、死体に何も掛けていないことが多いんだ」

田所は言いながら、それが同時に昔の刑事学の常識であるのを意識していた。近頃の事件では、そんな常識がまったく当てはまらないケースもいくらでもあるのだ。この女の死体の顔にマフラーが掛かっていたからと言って、犯人が身内か知人と断定するのは、危険だろう。しかし、若い機捜隊員は、田所の話に納得したように、二度、三度と大きく頷《うなず》いた。

「田所さん、マフラーのイニシャル見てくれた？」

鑑識課員に交じって、窓際の応接セットに置かれた湯飲みの撮影と指紋の採取に付き合っていたもう一人の、ごま塩頭の機捜隊員が、死体のある場所まで戻って来た。鑑識活動は、既に死体の撮影を終え、周縁的な遺留物に移っていたのだ。

田所は、その機捜隊員とも顔見知りだった。もう一度マフラーを手に取り、一番下の左端に入れられたY・Oというイニシャルを確認した。

「宿帳に、被害者は大友雪江と書いているんです」

今度は、若い機捜隊員が言った。鑑識が死体の検分と撮影を行っている間に、機捜隊員二名は、手分けして、そんな情報聴取活動をしたはずである。

「大友雪江か。確かにY・Oだな」

田所は呟《つぶや》くように言った。

「ということは、このマフラーは被害者の物で、犯人の遺留物じゃないってことですね」

所轄の刑事の言葉に、田所は頷いた。その可能性が高いことは確かだった。しかし、女が宿泊者名簿に本名を書かなかった可能性も排除できない。それに、そのマフラーが仮に女の所有物だったとしても、犯人がそれを絞殺に使った可能性は依然として残るのだ。

「田所さん、それ手編みなの分かる？　市販の物より、少し目が粗いでしょ」

ごま塩頭の機捜隊員がしたり顔で言った。田所には、そんな判断はできなかった。市販のマフラーとの差も分からない。

「うちの女房、編み物が趣味でね。よく、あいつが編んでるところを見るんだ。マフラーって、編み物教室で教える定番らしいよ」

その言葉を聞きながら、田所は考えた。そのマフラーは被害者が自分のために編み、Y・Oというイニシャルを入れたのか。それとも、他の人間からもらったプレゼントだったのか。

いずれにせよ、自分の手編みのマフラーで絞殺されたとしたら、女の運命は殊更《ことさら》哀れに思えた。

「それから、これが被害者が持っていた鞄《かばん》です」

所轄の刑事が、別途保管していた紺のキャリーバッグとピンクの小型バッグを持ち出してきた。中身は、まだ、ビニール袋に詰めて小分けされておらず、それぞれのバッグの中に入ったままだった。

田所は、キャリーバッグをまず覗いた。着替えの衣類に交ざって、何かのパンフレットが入っている。田所は、そのパンフレットを取り出し、手に取ってみた。市内にある「泉鏡花《いずみきょうか》記念館」のパンフレットだった。

「被害者は、文学好きだったのかな」

田所が呟いた。得意な分野ではない。ただ、泉鏡花は地元出身の有名な小説家だったので、その代表作の「歌行燈《うたあんどん》」や「高野聖《こうやひじり》」くらいは、名前だけは知っていた。田所はマフラーを上げ、女の顔を眺めた。マフラーを上げるのは、これで三度目だった。

田所は、パンフレットをキャリーバッグの中に戻し、今度はピンクのバッグを手に取ってみた。中には、化粧道具と財布が入っているだけだった。

財布を取り出し、中身を調べた。三種類のクレジットカードと現金八万五千円が入っている。かなりの金額だが、旅行中ということを考えると、特に多いとも言えない気がした。財布も、女性向けのオシャレな形状で色はパープルだった。何となく高級感があった。

「この財布はいい物だろうか？」

「ポール・スミスです。一万から三万程度のものでしょうね」

若い機捜隊員が、田所の問いに応えた。

「ピンクのバッグは何なんだ？」

田所の背中から、かがむようにして覗き込んでいたごま塩頭の機捜隊員が訊いた。

「それはロンシャンですね」

またもや、若い機捜隊員が即答した。

「高いのか?」

「いえ、それほどでも。せいぜい五、六万でしょう。エルメスなんかは、何百万もするのがありますからね」

「おまえ、そんなことはよく知ってるんだな」

ごま塩頭の機捜隊員が呆れたように言った。

田所は、もう一度マフラーを持ち上げ、女の顔を凝視した。歯ぎしりしたようなその表情は、見方によっては怒りというより、諦念《ていねん》の笑みのようにも見えた。

2

「係長、今日も上に行く必要があるんですかね」

法然隆三《ほうねんりゅうぞう》が部屋に入るなり、安中《あんなか》が話しかけてきた。浅草警察署四階の生活安全課である。上とは、六階の講堂を指している。

三件の「連続デリヘル嬢殺人事件」の、最初の事件が起きてから、既に六ヶ月近くが経過していた。警視庁が、所轄署に特別捜査本部を立ち上げるとき、そこに動員される警視庁の捜査員たちも、所轄署中心の生活に変わるのが普通である。

しかし、法然や安中ら所轄の生活安全課の刑事たちは、所詮《しょせん》、応援要員だったから、捜査本部の中で捜査態勢の中心になることはない。それでも帳場が立ったばかりの頃は、ほぼ毎日、講堂にある捜査本部に顔を出さなければならない雰囲気だった。

だが、三件目のデリヘル嬢殺人が起こってから、まだ一ヶ月程度にも拘《かか》わらず、事件捜査は停滞気味だったため、ついつい捜査本部に顔を出すのが億劫《おっくう》になってくるのだ。

そもそも、浅草署の場合、講堂と言ってもそれほど広いわけではない。講堂は基本的には捜査会議用の場所だったから、捜査員が常駐できるのは、衝立《ついたて》で仕切られた四畳半程度の空間だけである。

もっとも、常にそこに陣取っているのは、管理官など捜査を指揮する幹部と記録・連絡係などの捜査本部要員だけで、他の捜査員のほとんどが聞き込みなどの捜査活動に出払っているのが普通だった。しかし、法然にしてみれば、四階の生活安全課の自分のデスクに座ったまま、一度も講堂に顔を出さないのは、何となく気が引ける。

「必要の問題じゃないだろ。要は、俺たちに行く気があるかどうかさ」

「じゃあ、やめときましょ。どうせ事件は当分、動きそうもないですから。そもそも無理なんですよ。デリヘルなんか、一度も利用したことがない連中が中心になって捜査してるんですから」

法然は、安中の言葉を聞いて苦笑した。生活安全課の風俗担当の刑事とは言え、法然自身も、デリヘルなど利用したことがなかったのだ。しかも、今度の連続殺人事件の被害者たちに共通していたのは、彼女たちはすべて、それぞれ別の店とは言え、超高級店に勤めていたということなのである。

一件目の殺人が起こったのは、二〇一三年の八月五日だった。続いて、同じ年の十二月十三日に二件目が起き、今年に入った一月八日に三件目が発生している。最初が、浅草で、次は新橋、渋谷と続いた。

三件とも、高級ホテルの室内が現場となり、いずれの被害者も浴室で紐状のもので絞殺されていた。浅草の事件では、部屋に備え付けられていたガウンの帯が被害者の首に巻き付けられた状態で残っていたが、他の二件の場合は、具体的に何を使ったかは特定されていない。

被害者たちは、三人とも昼間の仕事を持っていた。某航空会社の客室乗務員。大手商社の社員。老舗《しにせ》デパートの受付嬢。

多かれ少なかれ、華やかな職業だった。それぞれの店のホームページで宣伝されていた昼間の職業は、警察の捜査で本当だったことが判明していたのだ。しかし、こうした事実は公開されることはなかった。

「しかし、君だって、被害者たちが勤めていたような超高級店は、利用したことがないんだろ」

「ありませんよ。あるわけないでしょ。九十分で、八万も十万も取られたら、家賃払ったら、俺の給料の手取りなんかふっ飛んじゃいますよ」

確かに、被害者たちが勤めていた店は、九十分で八万も十万もするような店だった。だが、そんな大金をつぎ込む価値があるのか、法然には分からなかった。浅草署管内の一件目の事件に臨場した刑事の言葉が、法然の耳奥で響いていた。

「ホトケさん、たいしたことなかったよ。CAって言ったって、最近はそれほど美人でもないのかね」

それはそうだろう。それに、そんなことに大金をつぎ込む人間だって、必ず美しい女に出会えると信じているわけではないはずである。むしろ、客たちはリスクを承知で、女の職業を抱《だ》くのだ。それは、法然にとってまさにセックスの幻想化だった。

「しかし、ああいう超高級店だって、写真やプロフィール紹介文が本当だという保証はまったくないんだろ」

「もちろんですよ。ただ、普通のデリヘルはほとんど全部修正写真ですが、ああいう超高級店は写真に修正を掛けた上で、さらに顔をはっきりとは見せませんからね。それがいかにも、昼間まともな職業に就いているという印象を与えるんですよ。しかもあの、常識外れの料金でしょ。値段が高ければ高いほど、別格の女を抱けるという幻想を客に植え付けるんじゃないですか」

「しかし、今度の一連の事件では、容姿はともかく、店が宣伝していた被害者たちの昼間の職業は、全部本当だったわけだからね」

「それは、まあ、そういうこともあるんでしょうね。でも、だからと言って、必ずそうだとは限りませんよ。たったの三例ですからね。よくあるのは、全部元が付くやつらしいですよ。元CAとか元秘書だとか。元女子プロレスラーなら、少し抱く気が起きますけどね」

法然は、安中のいつもの軽口に笑い掛けて、咄嗟《とっさ》に笑いを呑《の》み込んだ。法然と安中のほうに歩いてくる、晦美羽《つごもりみう》の姿が目に入ったからである。その手は、湯飲み茶碗《ぢゃわん》の乗った銀色のトレイを運んでいる。

美羽は、昨年の四月、同じ浅草署の地域課から、生活安全課に異動したばかりだった。現在は、高齢者をターゲットにした違法訪問販売の取り締まりや電話相談などを担当している。それまでは交番勤務だったというのだから、その環境の変化は相当なものなのだろう。

美羽は最近、刑事講習を終えたばかりで、刑事課への配属を希望していた。しかし、希望者が多かったため、生活安全課にそのまま留まることになったのだ。

「お早うございます」

美羽は明るい声で挨拶《あいさつ》しながら、湯飲み茶碗を法然と安中のデスクに置いた。まだ、大学を出て五年足らずで、現在、二十七歳である。

法然は、美羽を気に入っていた。見た目の印象は、女性としては幾分背が高いと言えるくらいで、これといった際だった特徴はない。だが、そのはつらつとした雰囲気は、法然が過去に置き忘れてきた何かを思い起こさせた。

美羽は滋賀県にある寺の住職の娘だった。それなのに何故《なぜ》、東京の警視庁の警察官採用試験を受けたのかは、法然にも分からなかった。ただ、配属されてから三日後、帰り道の路上でたまたま一緒になったとき、美羽は「係長って、お寺と何か関係があるんですか」と人なつっこく話し掛けてきたのだ。

質問自体はよくある質問だった。法然という風変わりな苗字《みょうじ》は、当然、浄土宗の開祖、法然上人《しょうにん》を連想させるのだ。だが、法然の知る限り、自分の家系に寺と関係の深い人物はいなかった。

そんな風に応えたところ、美羽のほうから自分の父親が浄土宗の寺の住職であることを言い出したのだ。それ以来、法然は一日に一度は、美羽と雑談めいた会話を交わすようになっている。

「あっ、安中さんはコーヒーでしたっけ？」

美羽が安中を気遣うように言った。

「いや、どっちでもいい」

安中が気のない声で応えた。あまり美羽に関心がないように見えた。だが、法然は美羽のほうは何となく安中に関心があるように感じていた。

安中は不思議な男だった。現在、三十二歳で、甘いマスクで顔立ちも整っている。その上、身長は百八十センチを優に超えていて、痩せ形でスタイルもいい。当然、女性にはもてるだろうと思われる容姿なのに、特定の相手を作らず、平気でデリヘルを利用し、キャバクラやガールズバーにも出入りしている。

一時、風俗に行けなくなると公言して、風俗担当から外れて、詐欺《さぎ》商法などの特別法犯事案の専従になっていたが、再び、風俗担当に復帰していた。現在のように、殺人事件の帳場が立って、そこに動員されない限り、風俗営業法違反や迷惑防止条例違反の取り締まりを、係長の法然の下でしているはずの人間である。

「もう慣れた？」

法然は、安中に代わるように、気遣うような質問をした。

「ええ、皆さん優しくていい人ですから」

安中が嘘《うそ》だろという表情で、それまで俯《うつむ》き加減だった顔を上げ、窓際の課長席のほうを見た。生活安全課長の奥泉《おくいずみ》が、美羽の淹れてくれた日本茶を飲みながら、スポーツ新聞の競馬欄を読んでいる。

安中は奥泉が嫌いだった。「セイアン課の課長なんて、一番やる気のないノンキャリが、最後に辿《たど》り着く場所ですからね」が安中の口癖だった。確かに、奥泉も定年にそう遠くない年齢である。

奥泉は暢気《のんき》で、事なかれ主義だった。そのライフスタイルは、安中に似ていなくもない。安中は、以前、奥泉から、風俗通いを注意されたことがあり、そのことを根に持っているのか。

しかし、安中に言わせれば、奥泉こそ、業界では浅草署の「ソープの帝王」と呼ばれているという。

事の真偽は分からなかったが、法然はそれを聞いたとき、思わず吹き出してしまった。黒縁の眼鏡を掛け、謹厳実直そうに見える奥泉の容貌《ようぼう》と、その異名はあまりにも不調和で、かえって滑稽《こっけい》に思えたのである。

美羽は当然、安中の反応の意味が分からず、きょとんとした表情だった。まだ、入ったばかりの美羽に、課内の人間関係など知るよしもないだろう。法然自身、そんなことを説明する気もなかった。

法然のデスクの電話が鳴った。

「はい、法然」

法然は、すぐに受話器を取って応えた。警視庁の捜査一課長の高鍋《たかなべ》の太い声が聞こえた。

「あっ、法然係長、高鍋です。ちょっと上に上がって来てもらえんかね？」

ということは、高鍋はその日は、警視庁から所轄に来ていることを意味していた。

高鍋も法然と同じノンキャリアだが、警視正だったから階級的にも警部補の法然とは大きな隔たりがある。五十二歳になる法然のほうが三歳年上だが、警察組織では年齢より階級や役職が物を言うのは当然なのだ。

高鍋は池袋署の刑事課長から、新宿署の副署長、世田谷署の署長を経て、去年の九月から本庁の捜査一課長に抜擢《ばってき》された。ちょうど一件目のデリヘル嬢殺人が起こった直後の就任である。強気の捜査で知られる男だったが、連続デリヘル嬢殺人については、成果は皆無だったから、さぞかしいらいらが募っているだろうと想像された。

「ちょっと上に行ってくる」

法然は、受話器を置くとゆっくりと立ち上がった。

安中は、自分も一緒に行くとは言わなかった。

3

六階の講堂はがらんとしていた。捜査会議が行われるときの活気は嘘のようだった。板張りの床の所々に、スチール椅子《いす》が置かれていたが、脚を閉じたまま、壁際に立て掛けられている椅子も多い。

窓に近い東側に衝立で仕切られた捜査員の詰め所があり、衝立の隙間《すきま》から長いデスクの上に置かれた電話などの通信機器やノートパソコンが見えていた。

衝立の前に立っている高鍋と近松《ちかまつ》という管理官の姿が見えた。ほとんどの捜査員が出払っており、中にいるのは、記録・連絡要員の限られたメンバーだけである。

「どうもはかばかしくないな」

高鍋は、前置きなしにいきなり本題に入ってきた。法然は当惑の表情を浮かべた。もちろん、高鍋は捜査の進捗《しんちょく》状況を言っているのだが、捜査の主流にいるわけでもない所轄署の生活安全課の刑事にとって、そんなことを言われても応えようがなかった。法然は無言だった。高鍋は、法然の無反応を特に気にするようでもなく、言葉を繋《つな》いだ。

「それでね、近松管理官が、今度の一連の事件について、ある仮説を持っていてね。それをあなたに聞いてもらって、セイアン課のほうで持っている情報と照らし合わせてみたいと言うんですよ」

そう言うと、高鍋は合図するように近松のほうを見た。

近松は、本部長を除けば、特別捜査本部で唯一《ゆいいつ》のキャリア警察官だった。東大法学部卒で、まだ三十になったばかりだが、階級的には既に警視だった。

管理官という役職は、警視庁捜査一課内では、一課長、理事官に次ぐナンバースリーだが、所轄に帳場が立った場合には、捜査会議のときしか顔を出さない一課長とは違って、捜査本部に常駐している。

特別捜査本部内の序列で言えば、本部長の刑事部長、副本部長の所轄署長と警視庁捜査一課長に次ぐ、ナンバーフォーだった。だが、他の三人は捜査本部に常駐することはないので、実質的には現場の捜査責任者と言っていい。

近松が話し出した。ややかん高い声である。

「私が気になっているのは、いずれの事件でも犯人は被害者の女性たちを絞殺したあと、かなり長い間、現場に居残っているということなんです。

最初の浅草の事件では、午前十一時頃、清掃係の女性が、部屋からカバンを持って出ていく客の背中を目撃している。司法解剖の結果、死亡推定時刻は午前一時から二時くらいの間ですから、ひょっとすると、殺してから九時間から十時間近く、死体と一緒にいたと考えられます。新橋の事件でも、午前十時頃、室内の電話を使って、フロントにちょっとした問い合わせをしている。死亡推定時刻は、やはり夜中の三時前後だから、これだって少なくとも、六時間くらいは死体と一緒にいたと考えられる。

渋谷の事件だけは、犯人がいつ部屋から逃げたか、はっきりしないところがあるが、殺害自体は夜中に行われ、午前九時に清掃係の女性が室内に入ったとき、タバコの煙で少し煙たかったと証言しているから、犯人が出て行ってから、そんなに時間が経っているとは思われないんです。ただし、灰皿の中に吸い殻は残っておらず、犯人が持ち去ったらしい。相当に用意周到ですよ」

「要するに、犯人は何故そんなに長く居残る必要があったかということだな」

近松の前置きの長さに苛《いら》ついたように、高鍋が言葉を挟んだ。確かに、近松が言っていることは、既に捜査会議で何回か議論の対象になっていることである。

「ええ、捜査会議では、その理由として、その日のねぐらの確保とか、フロントに電話を掛けたような場合は、死体発見を遅らせる目的だったとか、そんな意見が出ていましたが、それにしても、犯人が現場に居残った時間の長さは、そんな説明だけでは納得しがたい程の長さなんです。だから、私はひょっとしたら、それは犯人の性愛傾向と関係があるんじゃないかと思いましてね」

法然は近松の話を聞きながら、その顔をじっと見つめていた。金縁の眼鏡を掛け、髪を七三に分けた、典型的なインテリ顔だ。ただ、ときおり、極端に目を細めて相手を横目で睨《にら》む癖があったから、陰で「流し目の管理官」と呼ばれていた。

「性愛傾向とおっしゃると、死後硬直との関連ですか？　硬直した死体に性的な興奮を覚えるというか――」

死後硬直は、タンパク質であるアクチンとミオシンという物質が結びつくことによって起こる現象で、普通は二、三時間で顎《あご》や頭などの上部から起こり、徐々に下のほうに広がっていき、十二時間でほぼ全身に達すると言われている。

そういう硬直した死体を抱いて興奮する人間がいるとは信じられなかったが、どんな性癖の人間がいても、けっしておかしくない世の中だから、法然はとりあえずそう言ってみたのだ。

「さすが法然さんですね。大学は、文学部の心理学科、ご出身だったですかね」

「いいえ、同じ文学部でも日本文学科です」

法然は、穏やかな笑みを湛《たた》えて、近松の言うことを訂正した。

捜査本部で、捜査員の学歴が話題になるのも珍しい。確かに、法然は都内にある私立大学の日本文学科を卒業している変わり種だった。もともと、中学か高校の国語の教師になるつもりだったが、都の教員採用試験は不合格となり、代わりに警視庁の警察官採用試験に合格したのである。

「ところで、犯人の体液は残されていないんですか?」

法然は話題を変えるように訊いた。

「残されていません。どの事件でも、直接的な性行為を行った痕跡がない。ただ、渋谷の事件では、被害者の口の周辺にかなりの唾液が残っていたんですが、DNA鑑定の結果、被害者の唾液とは異なる唾液が混っていることが判明しています。だから、口と口による性行為はあったのかも知れない」

近松が再び応えた。

「それでね、近松管理官としては、セイアン課のほうで、そういう変態性欲者に関する個別情報があるんじゃないかと期待しているんでね」

話が横道に逸《そ》れるのを嫌うように、高鍋がせかせかした口調で言った。

「そうなんです。セイアン課の普段の業務からして、そういう性愛傾向のある人間を分析していることもあるでしょうから、そういう男が、ブラックリストにでも載っていれば是非教えていただきたいんです」

近松が付け足すように言った。

法然は心の中で、苦笑した。近松は、生活安全課風俗担当者の仕事内容をまるで理解していない。いや、近松だけではないだろう。高鍋だって同じことなのだ。

個々の変態性欲者をピックアップして、その性的傾向を分析するなど、生活安全課は大学の研究室ではないのだ。そんなことは、現実の仕事とはあまりにもかけ離れていた。法然や安中がやっているのは、うんざりするほど俗っぽくて、現実的な仕事なのである。

風俗営業法、売春《ばいしゅん》防止法、迷惑防止条例。法然たちの仕事は、この三つの法律に基づいた、取り締まりに尽きるのだ。

特に、一九五七年に施行された売春防止法が未だに継続していることが、法然たちの仕事をひどく形式的で無意味なものにしていた。

この法律で罰せられる者は、基本的には勧誘行為を伴った売春行為を行った人間と管理者だけである。これが売春禁止法ではなく、売春防止法である所以《ゆえん》だった。相手が未成年者であることを認識した上でその行為に及んだというような特別な事情がない限り、買春《かいしゅん》した客が罰せられることはない。買春者に対する処罰規定がないのだ。

しかも、売春の定義は完全な性器の挿入を前提とするため、取調官は微に入り細に入り、執拗《しつよう》な質問を繰り返さざるを得ない。いわゆる本番行為の確認である。

売春者は、当然、本番行為を否定する。しかし、参考人として呼ばれた、処罰されることのない客から、この種の証言を引き出すのは至難の業だった。

「私たちの仕事は、ひどく現実的なものでしてね。客引きや女が店からどれくらい離れて客を引いたから違反だとか、本番行為があったかなかったかを当事者から聞き出すだけでしてね。客の性的傾向まで、調べることはありません」

法然は、最後の台詞《せりふ》は、笑いを嚙《か》み殺したように言った。だが、近松も高鍋もまじめくさった表情を崩さなかった。

「法然さんたち捜査員が、捜査の過程で偶然、耳にしたような個別情報でもいいんです。何か注意すべき情報があれば、ぜひ教えていただきたいんです。硬直性愛という性的倒錯は、欧米ではそれほど珍しいことじゃないんです。従って、日本人にそういうのがいたっておかしくない」

欧米か。東大出らしい、知が勝った言い草である。欧米ではそれほど珍しくないかどうか、法然には知るよしもなかったが、少なくとも日本ではそんな話はあまり聞かない。

屍姦《しかん》の話は、歴史的には聞かなくもなかったが、法然の頭の中では、屍姦と硬直した死体に対する性的倒錯は必ずしも同じではなかった。

「法然係長、最初の事件が起きてから、既に半年なんだな。私もそろそろ余裕がなくなっていましてね」

今度は高鍋が言った。黒縁の眼鏡の上にある、カブト虫の角のような特徴のある太い眉《まゆ》がへの字に曲がり、いかにも気むずかしい表情になった。

意味は分かる。警視庁の捜査一課長は、そう長くいられる役職ではない。数年単位で交代するのが普通だろう。だから、次のステップに進むためには、すぐにでも結果を出したいのだ。

高鍋のようなポジションにある男が、所轄署の刑事、それも刑事課の刑事ではなく、応援で本部に入っているに過ぎない生活安全課の刑事にそんな弱音にも聞こえることを言うのは意外だった。特に、高鍋は強気の捜査で知られる男なのだ。

ただ、高鍋が法然について、あらかじめ情報を持っているのは明らかだった。法然は一見地味で性格も温厚だったが、その高い捜査能力には定評があった。法然が階級は警部補に留まり、役職も係長止まりなのは、上昇志向が皆無と言っていい、その性格のせいで、捜査能力とは無関係なのは浅草署の中では誰もが知っていることだったのだ。

そんな情報を得ている高鍋が、法然の個人技を期待しているほど切羽詰まっているとしたら、それはそれで危険なことだった。法然自身、スタンドプレイの得意な刑事ではない。特に今回のような目的不明の猟奇事件は急転直下の解決等《など》望むべくもなく、地道な地取り捜査を継続する他に、犯人検挙の糸口を摑《つか》む方法はないように思われた。

法然はいつものように穏やかな返事を選んだ。

「分かりました。生活安全課のほうで、供述調書なんかをチェックして、そういう性向のある者がいないか調べてみます。まあ、安中君なんかも、いろんな情報を持っていますから、彼にも手伝ってもらいましょう」

困ったときの安中頼《だの》みだ。こういうとき、すぐに安中の名前を出すのは悪い癖だと、法然は自分でも思っていた。安中は文句を言う割に、結局、何でも引き受けてくれる気のいい男なのだ。

だが、高鍋も近松も安中のことなど眼中にないのか、安中が近頃、捜査本部に顔を出さないことについては、何の言及もなかった。

4

法然と安中は、千束《せんぞく》三丁目から四丁目に掛けるソープ街を歩いた。かつては吉原と呼ばれた有名な遊郭街の跡地だ。

午後一時。陽は既に高く昇り、快晴だった。しかし、二月半ばの極寒の季節だから、法然にはその寒さは堪《こた》えた。風も強い。紺のコートの首筋に巻き付けたグレーのマフラーをよじるようにしながら、幾分、足早に歩く。

安中のほうは、ジーンズにセーターの上から、革ジャンパーを着ていたが、革の光沢のせいか、法然にはあまり暖かそうには見えない。安中は、全日本空手道選手権の組手で準決勝まで進んだ空手の強豪で、今でも自分の通う道場の早朝寒稽古に参加することがあるらしいから、この程度の寒さなど意に介さないようだった。

いつものように黒服たちは、既に店の前に立っていた。ソープランドが昼間から営業しているのは、今では常識である。それどころか、早朝割引を実施している店も珍しくないのだ。

しかし、店の入り口を縁取るネオンの電飾は淡い冬の光の中では、どこか心寂《うらさび》しい雰囲気を醸《かも》しだし、この街が持つ夜の顔とはまた異質な現実を映しているように見えた。法然は、売春の禁止の可否を巡る、歴史的議論を報道する記録フィルムの中で、何度か一九五〇年代のこの街並みを見たことがあった。それは何故か常に昼間の時間帯で、夜のネオンからメッキを剝《は》がしたような色褪《いろあ》せた風景が、空虚な日常を刻んでいる姿だった。

その意味で、昼間のほうが過去の歴史を彷彿《ほうふつ》とさせるのかも知れない。危うげなペダル捌《さば》きで、店の前を自転車で通り過ぎる老人。買い物かごを下げた主婦が無関心を装《よそお》った表情で歩き、ときに、店の前に立つうろんな黒服たちに不快な視線を投げかける。郵便配達人の赤い自転車やピザの宅配便のオートバイも通り過ぎていく。性の饗宴《きょうえん》は、その妖《あや》しげな色彩を峻厳《しゅんげん》な日常にこすり取られているように思えた。

店の前に並び立つ黒服たちのほとんどが、少なくとも法然のことは知っていた。彼がこの町の風俗担当になってから、もう十年近い歳月が流れていた。法然の顔を見て、軽く会釈《えしゃく》する者もいる。安中は法然ほど有名ではなかったが、そろそろ彼の顔も覚えられ始めているようだった。やはり、安中に対しても、礼儀正しく頭を下げる、二、三人の黒服がいた。

従って、さすがの安中もこの近辺の風俗店を利用することはせず、新宿や渋谷あたりで遊んでいるようだった。もっとも、安中に言わせれば、ソープはもはや時代遅れで、今やデリヘルの時代だという。しかし、法然はどちらも経験がなかったから、自分は海外に行ったことがない英語の教師みたいなものだと思っていた。

「要するに、風俗が好きな客で、そういう変態を探せっていうのが、管理官の要請なんでしょ」

いきなり、安中が訊《き》いた。ソープ街のど真ん中でする話ではない。だが、安中はまったく気にしているようには見えなかった。

「まあ、そういうことだな」

「だったら、難しいんじゃないですか。そもそも風俗で遊べる奴に変態は少ないですよ」

「そうかな」

「そうですよ。変態っていうのは、俺みたいなのじゃなくて、高学歴の知的レベルが高い人に多いですからね。そういう人は、風俗なんて行きたくても行けないんですよ。案外、流し目の管理官もそういうタイプじゃないですか。あの流し目で裸の女を見つめるまではいいけど、いざ勝負というときに女のパンツを頭からかぶって、泣きじゃくって興奮するとか――」

「ばかな！」

法然は、今度は本気で噴き出した。生活安全課で話していたときに、美羽の姿を見て呑み込んだ笑いを、今になって、吐き出したかのようだった。

ただ、安中の言うことが、意外にことの本質を衝《つ》いていることも多かった。安中は、都内の私立大学を卒業しているが、空手のスポーツ推薦による合格だったから、四年間、勉強などしたことがないと豪語している。その割に、ときに気の利《き》いた警句めいた台詞を言うから、法然は本質的な頭脳はそれほど悪くはないと感じていた。

「でも、まあ、何か一つくらい情報を出さなきゃこっちの格好が付かないなら、例の大学教授の話なんかどうですか？」

安中がこう言ったとき、二人は既にソープ街の大通りを通り過ぎて左折し、パチンコ店やレストランが櫛比《しっぴ》する商店街に入っていた。あと百メートルほど歩けば、目的地の中華料理店に着く。まず昼食で腹ごしらえしてから、仕事に取りかかるつもりだった。

「ああ、あの教授ね」

法然も、その教授のことは覚えていた。二年ほど前のこと、違法個室マッサージの緊急捜索に客として引っかかった大学教授から、参考人として事情を訊いたときのことである。

その個室マッサージでは、頻繁に本番行為が行われているという密告が絶えなかった。法然と安中らは張り込みを続け、店内から出てきた何人かの客から事情を訊き、本番行為が行われていることを確信した。その結果、店内に踏み込んだのだが、運悪く、警察が踏み込んだとき、客はその大学教授一人だけだったのである。いや、本当に運が悪かったのは、その大学教授のほうだったのかも知れない。

参考人として、浅草署に呼ばれ、執拗な尋問に晒《さら》された。こういう場合、取り調べの刑事は、客が逮捕される可能性がないことをあらかじめ告知することはしない。ポイントは一つで、本番行為があったことを言わせたいだけなのだ。そうすれば、教授の相手をしていたフィリピン人女性と管理者である経営者を逮捕することが可能だった。

だが、その大学教授の世間知のなさが、法然たちを手こずらせた。彼は本番行為を頑として認めなかったのである。

しかも、その言い訳が振るっていた。前立腺肥大《ぜんりつせんひだい》の治療のため、前立腺マッサージを受けていたと言い張ったのだ。

この突飛な言い訳を聞いて、安中は笑い転げた。法然は、呆れたように渋面を作った。

しかし、教授のくどい説明を聞いているうちに、法然はそれが満更嘘でもない気がしてきた。何しろ、教授は自分が泌尿器科《ひにょうき》で、前立腺の触診検査を受けたときの模様を、妙にリアルに語っていたのだ。

「仰向けになって、両膝《ひざ》を高く上げて、両手で膝を抱え込むんです。すると、医者が深々と頭を下げて、『失礼します』と言いながら、私の肛門《こうもん》に指を突っ込んでくるんですよ。いきなり、人のケツの穴に指を突っ込むんだから、本当にこんなに失礼な話もないでしょ。しかも、その検査は痛いこと、この上ないんですよ。何か、酸《す》っぱいレモンを丸ごと思いっきり囓《かじ》ったときの感覚ですね。歯を食いしばりながら、『痛てえ！』って、絶叫しましたよ」

安中は、笑いの発作で口が利けなくなった。法然も笑いを嚙み殺した。

確かに教授は、幾分酔い加減だった。しかし、酩酊《めいてい》と言えるような状態ではなく、自分の言っていることをはっきりと認識しているようだった。結局、教授は本番行為を認めず、法然たちは、売春者と管理者の逮捕を見送る他はなかったのである。

しかし、あの教授が性的異常者だとはとうてい思えなかった。あそこまで頑《かたく》なに本番行為を否定するのは、奇妙な倫理観の持ち主とさえ言えないことはなかった。

法然たちは、いつもの中華料理店の前で立ち止まった。

「今日も、レバニラ炒《いた》めだな」

安中の言葉に法然は不意に精力という言葉を思い浮かべた。法然がその店で決まって注文する品は、もやしそばである。

法然は、近頃、著しい精力の減退を感じていたのだ。

5

法然が田端《たばた》にある自宅マンションに帰宅したのは、夜の十時過ぎだった。特に遅い帰宅時間でもない。

帰宅時間は、法然が特別捜査本部に入ってから、むしろ早まっていた。浅草署の生活安全課の仕事に専従していた頃のほうが、売春婦や売春管理者の取り調べを夜遅くまで行い、帰宅時間が夜中になることも珍しくなかったのだ。

ただ、所詮、応援要員とは言え、特別捜査本部に入っている捜査員がそれほど忙しくないという事実は、捜査がほとんど進捗していない証左であり、けっして好ましいことではない。法然は、高鍋の太い眉を思い浮かべると、気が滅入《めい》った。

それに、近松の要請を満足させるような情報も未《いま》だに用意できていなかった。その日、安中と一緒にソープ街を回り、性的倒錯者に関する聞き込みを行った。

そうすれば、もちろん、いくつかの面白い情報は上がってくる。様々な風変わりな性癖を持つ客は、当然、存在するのだ。だが、だからと言って、それが硬直性愛にも繋がる異常性を含んでいるかとなると、そんな判断はおよそ不可能だった。

しかも、事件発生現場は、ソープではなく、デリヘルなのだ。この営業形態の違いが、法然たちの聞き込みを一層困難なものにしていた。法然が「セックスの出前」と呼ぶデリヘルは、営業のための店舗を持っているのではなく、小さな事務所を構えているに過ぎない。

派遣される女性も、必ずしも事務所内で待機しているわけではなく、自宅などで待機し、電話一本の指示に従って、指定のホテルに出かけていくこともある。そういう女たちが事務所に立ち寄るのは、その日の収入を持参して、その中から決められた比率の報酬を受け取るときだけだった。

要するに、地取り捜査には向かない営業形態なのだ。それに、浅草署の管内は、やはり、昔の伝統のせいかソープランドが中心で、デリヘルの事務所がそれほどたくさんあるわけではなかった。

「あなた、食事は？ 今日、お母さんが来て、ちらし寿司《ずし》を置いていったの。私はもう食べたけど、まだ、たくさん残っているから」

妻の礼《れい》が法然の顔を見るなり訊いた。礼がこの時間帯に起きているのは珍しい。早寝早起きをモットーとしていて、夜の九時か十時に就寝して、朝の五時か六時に起きるのが普通だった。従って、帰宅時間が遅い法然が家に辿《たど》り着くとき、既に就寝していることのほうが多い。

礼の母親は、六十八歳で、元気で品川に礼の兄夫婦と住んでいた。料理が得意で、ときどき手作りの料理を持ってきてくれる。多弁な女性で、来ると必ず兄嫁の悪口を言うらしく、礼はいつもそれを嘆いていた。

礼は、兄嫁とは結構仲がよかったし、基本的に他人の悪口を言わないのが、礼の特徴だった。意識して言わないというより、他人のことにはあまり関心のない性格なのだ。

「ああ、それじゃあ、いただくよ。夕食は、まだなんだ」

法然は遅い時間帯に帰宅するとき、夕食は食べているのが普通だった。しかし、その日は、昼食にもやしそばを食べただけで、夕食は摂《と》っていない。忙しくて食べなかったというより、それほど食欲を感じなかったのだ。

礼は、法然の言葉に特別な反応は示さなかった。もともと家事が得意な女性ではない。しかも、暢気な性格だったから、法然の食事を用意することにもあまり神経を使わなかった。法然が、特に早く帰ってこない限り、法然のために食事を用意することはなかった。法然は、その暢気な性格を愛していたから、それでよかった。

それでも、礼はリビングテーブルから立ち上がり、冷蔵庫に入っていたラップで包まれたちらし寿司の皿を出してくれた。それを缶ビールと共に、テーブルに就いた法然の前に置く。

法然は立ち上がり、流しの金盥《かなだらい》に打ち上げられている、自分の箸を持ってきて、座り直した。

ラップを外すと、小エビ、コハダ、干し貝柱、厚手の椎茸《しいたけ》、海苔《のり》、卵、薄紅色の田《でん》麩《ぶ》などがのった色鮮やかなちらし寿司が目に映った。礼の母親の料理の腕は確かである。

「美味《うま》そうだな」

実際、その時間になって、法然はようやく少しだけ食欲が湧《わ》いてきたような気がした。

まず、缶ビールのプルトップを引きあけた。一口飲むと、独特の苦みが疲れた全身に染《し》みこんでいく。

「ねえ、あなたが食事している間に、お風呂《ふろ》に入ってきていい」

礼がにっこりと微笑《ほほえ》みながら訊いた。

「ああ、どうぞ」

そう応《こた》えたものの、法然は少し動揺していた。礼がそういうとき、夜の営みを催促していることが多いからだ。礼がこんな時間帯にまだ起きていたのも、何となくその意図を感じさせた。

礼は、法然より二十歳近く歳下で、現在、三十三歳である。それなりに美しい女性だった。ベリーダンスのインストラクターをしており、長身でスタイルは抜群にいい。

法然は、礼のことを自分には過ぎた妻だと思うものの、セックスに関しては、いささかもてあまし気味だった。

法然が礼と結婚したのは、四十三歳のときだった。礼は二十四歳で、スポーツクラブのインストラクターをしていた。法然もそのクラブに通っており、最初は挨拶程度の関係から、やがて付き合うようになったのである。礼はもともと中年好きの風変わりな女性だった。

結婚当初、法然自身は、それほど歳《とし》の差は意識していなかった。しかし、時間が経《た》つにつれて、法然は夜の生活を負担に感じ始めた。もともと性的欲望の強いほうではなかった。ただ、礼のほうは、そんなことはお構いなしに、気分に応じて夜の生活を求めてくる。何か刺激が欲しいと、法然は近頃、思うこともあった。

だが、今、自分が追い求めているのが変態性欲の異常者であると思うと、法然は不思議な気持ちになった。そういう変態性欲者は、一般に考えられているほど、異常な人間ではなく、ちょっとした性癖が、ある特定の環境において極端に増幅されるに過ぎないのかも知れないとさえ思うのだ。

法然は生活安全課の刑事として、さまざまな変態性欲者を見てきた。公園のトイレの覗《のぞ》き。まだくみ取り式が一部残っていた頃、傘を差して便器下の汚物の中に浸《つ》かっていた男を発見したこともあった。法然は、その変態性よりも異常な忍耐心に驚愕《きょうがく》した。

自転車ですれ違いざまペットボトルに入った尿を若い女性に振りかけるという異様な事件もあった。

しかし、犯人を検挙してみれば、特に風変わりなわけではない普通の人間だった。言い方を変えれば、彼らが何故殺人を犯さないか分かるような人間だったのだ。

ただ、今回は違う。法然たちが目指している犯人は、変態性欲者であるという前に、殺人鬼なのだ。いや、死後硬直を愛する性的倒錯者というのはあくまでも仮説であって、犯人の変態性をどこに求めるかと言えば、殺害という行為そのものにあるのかも知れないのである。

礼が浴室に消えたあと、法然はさまざまな思いを巡らせながら、リビングの入り口近くの食器棚横に置かれた仏壇の金色の位牌《いはい》を見つめた。既に死んでいる両親の戒名が刻まれている位牌だ。

法然の両親は、静岡県にある墓の団地「富士霊園」に眠っている。法然は、もう三年近く、墓参していない。ただ、結婚して静岡県に住んでいる法然の妹がときおり出かけて、花の取り替えや掃除などの細々《こまごま》としたことを霊園側に頼んでくれているようだった。

法然は皮肉な運命を感じていた。そもそも自分は殺人などを担当する捜査一課の刑事ではない。いや、所轄《しょかつ》の刑事課の刑事ですらなく、生活安全課の刑事なのだ。それが連続殺人事件の捜査本部に入れられ、途方もない異常犯罪者と対峙《たいじ》させられている。先行きの見えない捜査だった。位牌の主《ぬし》に犯人を訊きたいくらいだった。食欲は既に減退していた。ちらし寿司の皿が不意に寒々しく見え始めた。浴室から、シャワーの音が聞こえていた。

6

三月五日、午後八時。浅草署の講堂で捜査会議が行われた。

舞台の前に置かれたホワイトボードの前にある長いデスクには、所轄署長、捜査一課長、管理官らに挟まれるように、本部長の警視庁刑事部長も着席していた。

三月三日のひな祭りの夜、新たなデリヘル嬢殺人が発生したのだ。事件発生現場は、西新宿の「ダイアモンドグランデホテル」だった。浅草署の管轄外だったが、捜査本部は最初の事件が起こった所轄署に立ち、その後、所轄外で起こった関連事件も、その捜査本部が捜査するのが普通である。ただし、捜査陣は、当然、増員され、新宿署の刑事課の刑事たちも、捜査会議に出席していた。

「ダイアモンドグランデホテル」は高層ビルが林立する場所にあったが、位置的には一番北方にあり、一見、孤立している印象を与える。しかし、宿泊費は高く、客室も豪華な高級ホテルだった。

被害者は竜崎美保《りゅうざきみほ》（二十八歳）。新宿にある超高級デリヘル店、「デジャブの森」のコンパニオンだ。昼間の職業は、またもや、ある外資系航空会社の客室乗務員だった。

「三日の夕方四時頃、サトウと名乗る客から電話が入りました。そのデリヘルを利用するのは、初めてだったようですが、サトウはホームページでコンパニオンの氏名を調べていたようで、迷うことなく竜崎美保を指名したそうです。『ダイアモンドグランデホテル』に、午前一時に来て欲しいというのが、サトウの依頼でした。

彼は、実際、十四階の一四〇二号室に、佐藤耕治《さとうこうじ》と名乗って宿泊していました。竜崎美保は、かなり人気のあるコンパニオンで、普通は、当日予約は困難なのですが、昨日はたまたま午前一時からは空いていたのです。

一般に、昼間の仕事を持っている、そういう超高級店のコンパニオンは、週一回ぐらいしか出勤しない者も多いので、来たときはかなり働いて、まとまった金を手に入れたがるらしいです。短期間で高額な金を手に入れて、やめてしまうのが一般的な傾向のようです。竜崎美保も、その日、既に二人の客を取っていましたが、やはり、ついでにもう一稼ぎしようと考えたのでしょう。それが命取りになったわけですが」

地取り班に入っている警視庁捜査一課の伊達《だて》という若い刑事の報告だった。伊達は、身長は百七十センチ程度だったが、かなりの巨漢で体重は優に九十キロを超えているように見えた。高校時代は柔道の重量級の選手で、国体で上位に入った実績もある。眼鏡は掛けておらず、その眠そうな細い目は、冬眠から目覚めたばかりのヒグマを連想させた。

「しかし、そういう超高級店でも、いきなり電話を入れてくる、誰とも分からない奴を客として受け入れるのかね」

高鍋が訊いた。当然の疑問だろう。デリヘルは、密室の中で、初対面の男女が一対一になるのだから、本来、相当なリスクを伴う行為なのだ。

「いや、それはよく分かりません。経営者は特にそういうことは話しませんでした」

ほとんど口を動かさず、ぼそぼそと喋《しゃべ》る伊達の答えを聞きながら、法然は明らかに聞き込み不足だと思った。伊達が得ていた情報は、基本的には「デジャブの森」の経営者から訊き出したものらしい。そんなことは相手が言わなかったら、当然、こちらから質問すべきことなのだ。ただ、法然は、口出しはしなかった。

「どうですか。その辺の所は？」

高鍋は、伊達の曖昧《あいまい》な返事を無視して、法然のほうを見つめた。それはセイアン課の領分でしょと言いたげだった。

法然は、自分で応える代わりに、促すように横に座る安中の顔を見た。実際、デリヘルの事情に通じているという意味では、法然より安中のほうが、応えるのにふさわしい人物なのだ。

それを自覚しているように、安中が立ち上がって応えた。

「どんな店でも、フリーの客を受け入れるのが普通です。中には会員制と謳《うた》っている高級店もありますが、実質的に会員しか利用できない店などありません」

「それじゃあ、普通の店と同じじゃないですか」

今度は、管理官の近松が発言した。例の流し目で、安中のほうに視線を投げている。

「そうです。どんな高級店でも、身元のしっかりした常連ばかりに頼っていたら、経営は成り立ちません。フリーの客をどれだけ呼び込めるかが、経営手腕の見せ所ですから、どの店もホームページの作成に力を入れているんです。

その意味では、高級店も、一般の店も変わりがありません。ただ、違いは、高級店、まあ、『デジャブの森』のような超高級店は、シティーホテルしか認めず、ラブホテルには女性を派遣しないと、ホームページではっきりと書いていることでしょう。シティーホテルに泊まる客なら、そんなにひどいのはいないだろうという根拠の希薄な思い込みによるものでしょうけど。

それと、携帯電話です。携帯を所持していない、あるいは、その番号を教えようとしない客は、高級店は普通受け入れません。やはり、携帯は客の身分をある程度保証すると考えているんですよ。それにコンパニオンの予定が変わって、店側あるいは本人が緊急連絡する際、便利ですからね」

「ということは、サトウは、携帯番号を教えたということだね」

再び、高鍋が訊いた。そのカブト虫の角のような眉が大きく動いた。

「はい、携帯番号は、店側がちゃんと記録に残しており、現在、携帯の会社に問い合わせ中です」

相変わらず着席していない伊達が、応える。しかし、それもあまり意味がないだろうと、法然は思った。過去の三件の事件でも、犯人はそれぞれ違う携帯番号を言っており、そのどれもが架空名義で取得した番号だったのだ。

「しかし、携帯が本当に必要なのは、客ではなく、コンパニオンのほうですからね」

「どういう意味だね？」

安中の言葉を、高鍋が問い質《ただ》した。

「安全のためですよ。どんなデリヘルでも、コンパニオンに必ず義務付けているのは、客の部屋に到着したら、すぐに店側に携帯で連絡を入れることなんです。『今、お客様にお会いできました』帰るときは、『これから、お客様とお別れをします』まあ、常にモニターされた状態に保つことが、コンパニオンの安全を保つためには絶対に必要なんです。

同時に、こういうシステムは、彼女たちが個人的に金をごまかすことも防いでいるわけです。九十分の約束の場合、終了十分前に店側からコンパニオンの携帯に電話するところもあるようですよ」

生活安全課での会議なら、ここらあたりで誰かが「さすがに詳しいな」と茶々を入れる者が出そうだった。特に、安中はコンパニオンの口まねを装って、その台詞を言ったから、滑稽《こっけい》な雰囲気が醸し出された。

しかし、刑事部長同席の捜査会議では、誰も笑う者はなく、緊張した雰囲気はまったく緩和されなかった。安中の発言は、宙に浮いた格好になった。

「では、次は死体の状況」

近松が切り捨てるように言った。安中と伊達が着席し、新宿署の刑事が立ち上がる。

「被害者は、シャワーを浴びているときに、浴槽内で襲われ、部屋に備え付けのガウンの白い帯で首を絞められたまま、仰向けに倒されて絶命したものと思われます。顔には腫《は》れと鬱血《うっけつ》が見られ、索状痕《さくじょうこん》は、ほぼ水平状態に走っています。ガウンの白い帯が首に巻き付いておりました。

被害者は完全に全裸状態でした。ただ、性行為の痕跡を示す体液は残されていません。性行為の前にシャワーを浴びているときに殺されたのか、それとも性行為後にシャワーを浴びているときに殺されたのか。その場合は体液がシャワーの水で洗い流された可能性があります。

抵抗した際に被疑者の体の一部をかきむしったのか、被害者の爪《つめ》の間に薄い皮膚片のようなものが残っていますが、微量のためDNA鑑定はむずかしいようです。昨日、狛江《こまえ》市和泉本町《いずみほんちょう》の慈恵《じけい》医大で行われた剖検《ぼうけん》で、死因は、絞殺による窒息死と判定されました。画像をお見せします」

報告者の刑事が目の前に置かれたノートパソコンを立ったまま操作すると、中央の大型スクリーンに被害者女性の画像が写し出された。同時に室内の照明が落ちた。暗青色《あんせいい》の鬱血が見られる女の顔が映し出されている。首筋から水平に走る索状痕も見えているが、解像度は低く、その色は幾分不鮮明だ。人間の生気を完璧《かんぺき》に消し去ったように見えるその画像から、女の容姿を判定するのは難しかった。ただ、いかにも本物の現場写真らしく、不鮮明なコントラストが、曖昧だが奇妙に臨場感のある不気味な画像の輪郭を提供しているように見えた。

「ガウンの帯を使って絞殺したとしたら、最初に起こった浅草の事件と同じだな。同一犯の可能性は排除できないな」

高鍋が、質問とも断定とも付かぬ口調で言った。

「ええ、その可能性があります。ただ、連続デリヘル嬢絞殺事件は、マスコミでも大きく取り上げられていますから、模倣犯かも知れませんが――」

高鍋は報告者の応答に頷《うなず》いただけで、それ以上質問しようとはしなかった。死体の状況だけで分かることは限られていたから、他の捜査員からも特にコメントはなかった。

このあと、別の捜査員による、遺留品や被害者の所持品の報告があったが、これについても取り立てて特異な報告はなかった。ここで会議は、一段落した雰囲気になった。

「それにしても、いずれも一流ホテルが、そんなに簡単にデリヘルが派遣する女性を客室に入れてしまうものかね」

刑事部長の島中《しまなか》が不意に発言した。頭頂部は、若干、禿《は》げ上がっているものの、精《せい》悍《かん》な顔つきをした、いかにも警視庁の幹部という雰囲気の男である。

本部長がこういう具体的な発言をすることは、あまりなかったから空気はさらに緊迫した。

「もちろん、ホテル側は客室に、宿泊者以外の客が入り込むのは認めていません。ホテル利用規則でも、必ずこのことに触れています。しかし、実態は、なかなか難しいようです。法然係長、どうですか、その辺の事情は？」

高鍋が、法然を名指しで振ってきた。今度は法然が立ち上がる番である。

「その通りです。デリヘルのような無店舗型の風俗営業店のコンパニオンがホテルの客室内に入り込むのを防ぐのは、確かになかなか難しいようですね。そういうコンパニオンは、ミニスカートや短パンを穿《は》いて、いかにもそれらしい服装をしているわけではありませんからね。ホテル関係者の話では、むしろ品のいい、高級ホテルにふさわしい格好をしているのが普通だそうです。

たとえホテル側が不審に思っても、仮に若い女性に声を掛けて、本当に普通の泊まり客だった場合は、とんでもない怒りを買ってしまいますからね。従って、全般的に言って、ホテルの従業員は、そういうことに関して、慎重な対応しかしない習性が身についているようです」

「しかし、それにしても、こんな事件が自分のホテルで起これば、高級ホテルの沽券《こけん》に関わるだろ」

「ええ、ですから、近頃は、そういう女性が入り込まないように監視体制を強めているホテルも出てきています」

法然の代わりに、高鍋が島中に応えた。

「ホテルの従業員の中には、そういうデリヘル店から金をもらっている奴《やつ》もいるんですよ」

法然の横に座る安中が呟いた。法然にしか聞こえない程度の声だった。

それは法然も、ある程度分かっている。金銭以外にも、何らかの便宜を受けて、そういうコンパニオンの出入りについて、見て見ぬ振りをするホテル従業員もいるはずだった。

だが、そんなことを捜査会議の場で言っても、あまり意味があるようには思えなかった。法然は、安中に向かって小さく首を横に振った。

やがて、会議は地取り班の報告に移った。被害者の人間関係に関する調査結果が、数名の捜査員によって報告された。

竜崎美保はイギリスに拠点を置く「グローバル航空」の客室乗務員だった。東京にある一流私大の文学部英文科を卒業後、「グローバル航空」に入社、既に六年近い勤務歴があった。

普通のOLと違って、週休三日か、四日のローテーションでの国際線の勤務だったから、日本にいるときに、アルバイトをすることは可能だった。問題は、そのアルバイトの中身である。

もちろん、会社には秘密だったが、美保の好ましからざるアルバイトのことを、社内の誰もが知らなかったわけでもないという。

このことについては、浅草署の刑事課の中年刑事が報告した。

「ごく親しいCA仲間には、打ち明けていたみたいですね。それどころか、一緒にやらないかと誘われて、迷っていた者もいたみたいですから、世の中、どうなっちゃってるんでしょう。若い女性の倫理観も、昔とはかなり違うみたいなんですね。そういうことに、それほど抵抗はないというか——華やかな航空会社に勤めていて、生活も派手になりがちですが、その割に世間が思うほどには給料はよくないらしいです。ですから、その途方もない報酬はやはり魅力的なんでしょうか——」

この奇妙な詠嘆の籠《こ》もった報告を聞きながら、法然の横で安中が再びぶつぶつ言っている。

「そうだよな。今、銀座や六本木のホステスをやったって、超売れっ子ならともかく、一日、一、二万なんて娘《こ》、ざらにいますからね。それが、一日で、十万を軽く超えるとなれば――」

法然は、解説付きの映画を見ているような気分だった。

報告者の中年刑事は、美保にはイギリス人パイロットの恋人がいたことにも触れた。関係はうまく行っていて、ことさらトラブルもなかったという。ただ、そのパイロットは、当然、美保がそんな危険なアルバイトをしていたことは知らなかった。

捜査会議は、二時間あまりで終了した。捜査に関連する、いくつかの強化項目が確認された。その一つに、ホテルの従業員に対する聞き込みの強化があった。「デジャブの森」は、かなり恒常的に「ダイアモンドグランデホテル」を営業の場として利用していたらしいから、あるいは、ホテル従業員の中に、協力者に近い者がいるのかも知れない。そういう従業員から、もっと深い情報を引き出すことが、犯人検挙に役立つ可能性はある。

デリヘルというのは、考えて見れば、経済効率のいい商売だった。セックスのために、無断で他人の家の軒下を借りるようなものなのだ。

ホテルの聞き込みの主力部隊に法然と安中が指名された。こういう場合、警視庁の刑事と所轄の刑事がコンビを組むのが普通だったが、デリヘルの実態調査を伴う地取り捜査という性質上、二人のコンビは例外的に認められていた。

だが、そのコンビが認められるということは、そのスジの聞き込みに関しては二人が、責任を全面的にかぶることを意味していた。そう考えると、法然はやはり重い気分になった。

7

午前十時過ぎ、石川県警捜査一課の田所と名乗る男が、生活安全課を訪ねてきた。課長の奥泉に言われて、係長の法然が応対した。安中と一緒に、「ダイアモンドグランデホテル」に聞き込みに出かけようとしていた矢先だった。

「実は、金沢で起きたOL殺人に関連して、ちょっとお聞きしたいことがあるのですが――」

法然と田所は名刺交換したあと、室内に置かれた、来客用の簡易な応接セットに対座していた。

田所は、四十代半ばに見え、法然より明らかに若かったが、頭頂部が少し薄くなっている。中肉中背で眼鏡は掛けていないが、肩の筋肉は盛り上がり、禽獣《きんじゅう》を思わせるような鋭い目が特徴的だった。だが、話してみると、礼儀正しく、誠実な人柄に見えた。話しぶりも、歯切れがよく分かりやすい。

階級的には警部で、警部補の法然より一つ上だった。役職としては、係長だから、法然と同じである。

田所は、まず、そのOL殺人の概要を簡略に話した。絞殺ということを除けば、法然らが担当している事件とは、まったく異質に見えた。絞殺に使われたのは、現場に残されたイニシャル入りのマフラーであることは、首筋に付着したマフラーの繊維や索状痕の幅や深さなどの科学鑑定から、ほぼ断定されていた。

殺された女の身元も割れていた。都内の大手ゲームメーカーに勤めるエリート社員で、東大経済学部卒の、広報課の課長だという。年齢は三十五歳である。金沢には実家があったが、被害者は実家には顔を出さず、わざわざ旅館に泊まってそこで殺されたのだ。

「ところが、意外なことが分かりましてね。その被害者、つまり、大友雪江は社内で売春をしていたという噂《うわさ》があるんですよ。いや、これは噂というよりは、ほとんど確実な公然の秘密に近い事実らしいんです」

「そんなキャリアのある女性が、売春していたというんですか？　しかも、社内で」

法然は、驚いたように言った。しかし、言葉ほどには驚いていなかった。かつて世間の耳目を集めた事件を思い出した。何が起こってもおかしくない世の中なのだ。法然は、その定番の言葉を再び、心の中で呟《つぶや》いていた。

「ええ、単に男女関係が乱れていたというなら、よくある話なんですがね。ところが、大友雪江は、関係を持つ度に、と言うか、持つ前に必ず金を要求していたというんです。主として、若い社員から一回一万円を受け取っていた。雪江はなかなかきれいな女性でしてね。一万円で抱けるなら、高くはないという評判だったらしいです。若い社員だけでなく、部長クラスの男とも寝ていたという話もあります」

「いくら金を取っていたと言っても、それは基本的には単純売春ですから、法的には処罰の対象にはなりませんよね」

「しかし、雪江はここ一年ぐらいは、道端でも客を引いていたらしいですよ」

「道端で？」

「ええ、その場所が、どうも千束のソープ街だというんです。この話は、社内の売春行為とは違い、正直、どこまで信憑性《しんぴょうせい》がある話かは分からないんですがね。あるとき、ソープ店の黒服に見つかって、ぶん殴られたことがあるなんて話も出ているんです」

聞きながら、法然は思わずため息が漏れた。ひどく惨《みじ》めな話に思えた。まず、動機が分からない。動機が分からなければ、その種の行為はすべて無意味に見えた。だからこそ、虚無の臭《にお》いが立ちこめ、そこはかとない哀《かな》しみの感情が法然の胸を去来するのかも知れない。

「動機は何なんでしょう？　金銭的に困っていたことでもあったんですか？」

「いや、私が聞き込んだところでは、金にはまったく困っていなかったということです。世間一般から見れば、エリート社員としてもらっている給料だって、けっして悪くないですからね。その上、売春の臨時収入があるわけでしょ。確かに、ブランドものバッグ等は、一般の女性並みには持っていたということですが、それだってそんなに贅沢《ぜいたく》な買い物はしていなかったそうです」

「すると、やはり、精神的な問題でもあったんでしょうか？」

「しかし、雪江は、一見、まったく普通にしか見えず、日中は課長としての業務もそつなくこなしていたようです。ただ、彼女の部屋から、これが発見されましてね」

田所は、足元に置いてあったリュックのジッパーを開き、一冊のハードカバーの本を取り出した。

法然は、それを受け取り、表紙を眺めた。

人格分裂の現象学——離人と自己撞着《じこどうちゃく》——

精神医学の専門書だった。筆者は、尾崎悠人《おざきゆうと》とある。裏表紙の筆者紹介を見ると、都内の病院に勤務する精神科医だった。

法然は、ぱらぱらとページをめくってみた。だが、すぐに田所に返した。頭が痛くなりそうな難解な言葉の断片が、視界の片隅を通り過ぎただけである。

「ここを見ていただけますか」

田所が、表紙をめくり、そこに鉛筆で薄く書かれた番号を指で指し示した。〇三で始まる、都内の電話番号らしかった。

「これ電話番号だと思ったので、一応、試しに掛けてみました。すると、この本の著者が勤務している病院の総合案内に繋《つな》がったんです。それで、今回の出張で、その尾崎という先生に面会して、雪江がこの先生の患者だったということが分かりましてね」

「すると、雪江にはやはり精神の疾患があったのでしょうか？」

「それがですね、ああいう偉い先生の言うことは、私の頭ではどうにもよく分からないんですよ」

そう言うと、田所は小さく笑った。

「何しろ、言うことが哲学的というか——それに守秘義務があるとかで、患者の個人情報は、そう簡単には教えられないという態度なんです。それでも、何とか聞き出せたことは、雪江には性的な妄想体系に基づく不安症があって、それを緩和するために、尾崎医師のカウンセリングを受けていたということなんです」

「性的な妄想体系に基づく不安症ですか？」

法然は思わず、田所の言葉を反復した。妄想体系の中身が問題だったが、尾崎は、やはり守秘義務を楯《たて》に取って、その内容は教えなかったという。

「とにかく、そういうことで、大友雪江の東京における行動を調査しているのですが、千束における彼女の売春行為等について、こちらのほうで何か情報をお持ちでないかと思いまして」

「そうですか。私の知る限り、大友雪江という女性に関するそういう情報は、我々の所には入っていないと思います。もちろん、詳しく調べて見なければ、断言はできませんが。何なら、今日の午後、ソープ街をご案内しますから、そこで聞き込みをやっていただいても構いませんが――」

「ところがですね、今日十二時過ぎの飛行機で、金沢に戻らなければならないんです。予算が厳しく、出張は、東京ですと一泊までが最大限ですので――」

田所はそう言うと、今度は、若干甲高い声で笑った。法然にも、事情はよく分かった。飛行機で日本国内を自由に行き来できる昨今、日本のどこに出張しても、一泊どころか日帰りを命じられることさえあるのだ。

「そうですか。分かりました。それでは、私のほうで、ソープ街の黒服連中にでも、雪江のことを聞いてみて、何か注目すべき情報が得られたら、連絡をさしあげてもよろしいのですが――」

「そうしていただけると、ありがたいです。ありがとうございます」

田所は身を乗り出すようにして、礼を言った。それから、胸ポケットから大友雪江の写真を取り出して、差し出した。

法然は、手にとって見つめた。

「彼女の親戚《しんせき》から、借りてきた写真です。複数ありますので、それはお貸しします」

写真の顔は、法然の想像とは少し違っていた。顔立ちは整っているが、魅力的というよりは、地味で大人しい印象だった。とても、売春をやるような女性には見えない。ただ、その微妙に切れ上がった目尻《めじり》と、こけた頰の印象が幾分不調和で、それが何か不吉な印象を喚起しているように見えた。

8

「奥さん、もうお休みでしょ」

安中が気を遣うように言った。安中は無神経な言動を装《よそお》いながら、案外そうでもなく、それなりの気配りができる男だった。

「気にすることはないよ。彼女は、夜の十時を過ぎれば、寝ちゃうからね。早起きなんだ。朝の六時には起きているのが普通だよ」

法然は、コップのビールを一口飲みながら言った。瓶ビールの大瓶がテーブルの上に置かれている。午前三時過ぎ、法然と安中は、法然の自宅のリビングテーブルに対座して話していた。安中は、板橋《いたばし》のマンションで一人暮らしだったから、必ずしも自宅に戻る必要はなかった。法然に誘われるままに、田端で降車したのである。

法然と安中は、夜中の二時近くまで「ダイアモンドグランデホテル」のロビーや客室のある階を回り、何人かのホテル従業員から話を訊いて来たのだ。竜崎美保が殺された夜の時間帯にフロントを担当していた従業員にも面談した。しかし、どの従業員からも特別に注目すべき証言は得られなかった。「何も気づかなかった」「いつも通りだった」彼らは、判で押したように、そんな言葉を繰り返したのである。

「それにしても、女性の倫理観も変わったものだな。俺の若い頃とはまるで違う。もちろん、一部の女性なのだろうが、デリヘルで働くことと、コンビニで働くことの、基本的な差を認めない女性もいるのかも知れない」

法然が軽い詠嘆を込めて言った。

「そういう女は昔からいたんじゃないですか。ただ、その意識が高学歴の経済的に恵まれた女性の間にも広がり始めたということでしょ。金の力は怖いですよ。分かりやすくて、面白くもない話ですけど」

安中が応えたが、その声は奥で寝ているはずの礼に気兼ねするように、いつもより小さかった。確かに、それほど大きくない二LDKのマンションだから、二人が大きな声で話せば、話が筒抜けになる可能性が高い。安中はリビングにしか入ったことがなかったが、どうやら法然と礼の寝室は隣室らしかった。

「高学歴と倫理観は必ずしも比例しないということか」

「ほら、この前『週刊スキャンダル』に出ていたでしょう。タイトルは、『急増する高学歴フーゾク嬢』だったかな。東大、早・慶・上智の学生の例が挙がってましたよ。まあ、最初の動機は父親の会社が倒産して、学費が払えなくなるなど昔からよくある話ですけどね。そういう有名大学の学生たちも、そんな事態に見舞われると、キャバクラ辺りから始めて、次はイメクラ、やがてデリヘル、ソープとエスカレートしていき、最後は一切の垣根を取り払って、何でもありになっちゃう——」

安中はそこまで言って、さらに語尾を落とした。隣室から、ごそごそという物音が聞こえたからだ。安中は、法然の顔を窺《うかが》うように見た。

不意に襖《ふすま》が開き、礼が眠そうに目をこすりながら顔を出した。ジーンズの短パンに、白いTシャツ姿だった。Tシャツの裾《すそ》が捲《まく》れ、ヘソがはっきりと出ている。寝間着用に穿《は》いている短パンもひどく短く、太股《ふともも》の白い付け根までが見えていた。法然の位置からは、臀部《でんぶ》の柔らかな膨らみも露《あら》わだ。V字型のTシャツからは、豊かな胸がこぼれるように覗いている。

礼は安中が正面に座っていることに気づいていない。室内の光にまぶしそうに目をつぶりながら、つま先だって伸びをした。法然が安中に視線を向けると、さすがの安中も、礼のあられもない肢体に動揺したように目を泳がせている。

「あら、安中さん」

ようやく、礼が安中に気づいた。みるみる顔が赤くなった。そのまま襖を閉めて、奥に引っ込んでしまった。礼は、普通はそういうことで動揺するタイプではなかったから、法然には礼の反応は妙に刺激的だった。

礼はそもそも安中を気に入っていた。見た目も性格も、最高ランクに入るというのが、礼が法然に語る安中評である。だが、普段、安中と接するときは余裕の態度で軽口を利く礼が、そのときはいかにも女らしく赤面したのだ。

「まずかったですね。少し遅すぎましたか」

「いや、構わんよ。それに女房は君が来ると喜ぶんだよ」

法然は、ふと安中の反応を見たい気分でこう言った。だが、安中は、いつもの軽口もなく無言だった。それが法然の生理を刺激した。安中の反応は法然には妙にリアルに見えたのである。

再び、礼が入ってきた。今度は、紺の上下のジャージを着込んでいる。

「安中さんいらっしゃい。先ほどはあんな格好で失礼しました。あなた、安中さんがいらしているなら、先に教えてくださいよ」

礼は、法然に文句を言ったが、それほど怒っているようには見えなかった。むしろ、その言葉は安中にあんな姿を見られたことを恥かしがりながらも、どこかで喜んでいるようにさえ聞こえた。実際、その顔はにこやかに笑っている。

法然は、さきほど感じた性的刺激が嫉妬《しっと》に近いものに変わるのを感じた。自分の妻が、同僚の男に、露出度の高い格好を見られるのを目撃して興奮する。そんな自分も一種の変態性欲者なのかと自嘲《じちょう》する一方で、安中の男としての魅力があまりにも不愉快なものに思えてきたのだ。

「こんな真夜中にすいません」

安中が謝った。

「いいのよ。私はもう一眠りしたから」

礼が弾んだ声で応えた。礼は法然の横に椅子《いす》を引いて座ると、安中と法然のコップにビールを注ぎ足した。礼は、ビールはほとんど飲まず、たまにワインを少量、飲む程度である。ベリーダンスの体型維持のため、基本的にはアルコール飲料は控えていた。

「安中さん、結婚はまだする気がないの?」

礼が唐突に訊《き》いた。

「する気もないし、相手もいませんね」

「ほんとにいないの？　安中さん、もてすぎるんで、相手を選び切れないだけでしょ」

「とんでもない。相手がいれば、こんなに夜遅く法然さんとビールなんか飲んでやしませんよ」

「そう、じゃあ、若い娘さん、紹介しようかしら。私の所に何人もの若い娘さんが、ベリーダンスを習いに来てるのよ。安中さん、どんなタイプがいいの？」

「僕、奥さんみたいな人がいいですよ」

安中が平然と応えた。冗談とも本気とも付かぬ口調だった。

「あら、うまいこと言って」

礼が嬉《うれ》しそうに笑った。その顔が再び、紅潮している。

法然は、自分の頭越しに飛び交う二人の軽口を聞きながら、相変わらず、奇妙な刺激の壺《つぼ》から抜け出ていなかった。それはやはり嫉妬や怒りにも、微妙に接する危険な感情だった。

礼は俺の妻だぞ。法然の脳裏にそんな台詞《せりふ》が浮かんでいた。だが、安中に罪があるわけではなかった。礼にも罪はない。

法然は、持って行き処《どころ》のない理不尽ないらだちを必死で抑え込もうとした。

9

緊急の捜査会議は紛糾した。ただし、捜査会議と言っても、正式のものではない。

出席者は、捜査一課長、管理官、警視庁捜査一課および関係所轄署刑事課の係長クラスなど、総勢十名である。要するに、特別捜査本部の中核を担《にな》うメンバーだが、生活安全課の法然だけがその定義に当てはまらない異質なメンバーだった。ただ、法然は高鍋と近松の強い要請で、その非公式の臨時会議に参加していたのだ。

三月十五日午後一時。その日の午前中、「デジャブの森」の経営者から通報が入ったのだ。

午前九時過ぎ、サトウと名乗った例の犯人と酷似した声で、予約の電話が入った。この店では、予約電話は経営者自身が受けるのが普通だった。

今度は、スズキと名乗っているという。経営者は、職業柄、人間の声には敏感だった。声質と言い、抑揚と言い、奇妙な咳払《せきばら》いと言い、ひな祭りの日に電話してきたサトウと名乗った男の声にほぼ間違いないと断言した。

男が指定した銀座のホテルに確かめたところ、確かに前日から鈴木保《すずきたもつ》という男が九階の九〇二号室に、二泊の予定で宿泊しているという。チェックインのときに担当したフロント係や荷物を客室まで運んだベルボーイの証言から、鈴木の容姿は、サトウと似ていなくもないことが判明した。

痩《や》せ形の整った表情の中年男。そんな大ざっぱな括《くく》りでは、似ているということにさほど意味があるとは思えなかったが、サトウについて、「ダイアモンドグランデホテル」の従業員からは、その程度の目撃情報しか上がっていなかったのだ。

経営者は電話を掛けてきた男に対して、女性の派遣を承諾していた。警察に対する捜査協力のつもりなのだろう。鈴木が指名しているのは、ホームページ上で、さる大手商社の社員として宣伝されている女性だった。ただ、当然のことながら、実際に女性を派遣することは拒否していた。

「やはり、任意でその鈴木保という男から、事情聴取するのが正当な捜査方法だと思います」

近松が言った。ひどく平凡な意見に聞こえたが、管理官という立場上、当然と言えば当然の発言だった。キャリア警察官の役割には、現場捜査員の法律を無視した暴走を食い止めることも含まれているのだ。

「しかし、声が似ているという以外は、何の根拠もありませんからね。そんな事情聴取は相手に警戒感を与えるマイナスの効果しかないと思いますが」

こう言ったのは、仁科《にしな》という警視庁の捜査一課第二係の係長である。四十を少し超える年齢で、階級的には警部だった。今度の特別捜査本部では、第二係が捜査一課から投入されている主力部隊であり、仁科は高鍋の腹心の部下である。

仁科の意見が、高鍋の意を受けているのは明らかだった。高鍋は、会議前の立ち話で、女性を派遣するように「デジャブの森」の経営者を説得できないかと法然に打診してきた。現行犯逮捕を狙《ねら》っているのだ。

だが、さすがに女性の派遣を説得することなど無理だった。だいいち、もし失敗して、派遣された女性に被害でも出れば、警視庁は致命的な窮地に追い込まれることになるだろう。捜査員でもない一般人を捜査の囮《おとり》に使ったという非難は避けがたいのだ。

もちろん、高鍋もそれは分かっているから、本気でそう言っているわけではなく、次善の方法を持ち出す前段階として、あえてそんな打診を法然にして見せたというところがあった。

「『デジャブの森』の経営者を説得するのが無理ならば、女性警察官を派遣するしかないだろ」

本音を言いながら、高鍋は一番奥のスチール椅子に座る、法然のほうを見つめた。

本部長も副本部長の署長も出席していなかったから、ホワイトボードの前に座っている捜査幹部は、高鍋と近松だけである。

法然は、発言しなかった。おそらく、近松が高鍋の意見には反対するだろうという予感があった。

「女性警察官を派遣して、どういう風に振る舞わせるのでしょうか？」

近松もすぐには反対しないで、用心深く質問した。この質問には、高鍋でなく仁科が応えた。

「やはり、『デジャブの森』から派遣されたコンパニオンであることを装わせるしかないでしょ」

「いや、私が訊いているのはその先のことです」

近松が毅然《きぜん》とした口調で言った。それから、さらに言葉を繋いだ。

「そもそもデリヘルは、本番行為でもない限り、合法なんでしょ。その鈴木という男が、ただの客だった場合はどうするんです。仮に我々の目指す犯人だとしてもですよ。何も仕掛けてこず、通常の性的サービスを求めてきたらどうするんですか？」

「そこだよな」

高鍋が、まるで独り言のように言った。

「やはり、その場合は、いろいろと理由を付けて拒否し、歯止めが利《き》かなくなった相手がさらに強引に迫ってきたところで、暴行罪くらいで検挙するしかないだろ。その取り調べを利用して、本件で叩《たた》くしかない」

高鍋が、またもや法然を見た。法然に助け船を求めているようにも感じられた。その具体的な段取りは法然らの生活安全課に考えて欲しいのだろう。法然が、やむを得ず口を開こうとした瞬間、近松が発言した。

「それだったら、完全に囮捜査ですよ。ご存じのように、囮捜査は日本の法律では、麻薬捜査や銃刀法に関わる法律以外では、一般には認められていないというのが普通の解釈です」

近松の流し目は斜視に近いほど、誇張された。そういう表情をするとき、近松は明らかに不同意なのだ。ただ、若いとは言え、キャリア警察官僚としての老獪《ろうかい》さは既にある程度身につけていて、自分の意見は自己主張としてではなく、客観的な他人の解釈として提示した。

「管理官の言いたいことは、分かっているよ。ただな、囮捜査にならないやり方はあると思うんだ。そういう方法を生活安全課の法然係長に工夫してもらうとか——」

法然の予感は的中した。そのとき、高鍋の胸ポケットに収まっていた携帯が鳴った。

高鍋は言葉を切り、ひとまず、携帯に出た。

「ああ、木暮《こぐれ》君か。そうか。——それは重要な情報だね。しかし、本名とは意外だった。住所はやはり不定か。分かった。会議の参考にさせてもらう」

木暮というのは、警視庁捜査一課に配属されている理事官の一人だった。理事官は、一課内のナンバーツーだったが、キャリアの理事官もノンキャリアの理事官も存在する。木暮は、ノンキャリアの警視で既に四十代の後半だった。こういうノンキャリアの熟練した理事官の場合、将来の一課長候補であることが多い。

実際、一課長が外に出ているとき、理事官は警視庁内に留まるのが慣例だった。さらに理事官の大きな役割は会計であり、予算の配分・利用は理事官が握っているのが普通だ。

「木暮理事官からの連絡だ。意外なことに、鈴木保は本名らしい。住所不定で、どこに住んでいるかははっきりしない。もちろん、宿泊記録に書かれた住所はデタラメだがな。彼には前がある。婦女暴行で既遂《きすい》二件と未遂一件だ」

この情報が、高鍋や仁科の主張を勢いづけ、近松の慎重論を後退させたのは間違いなかった。

「すると、明らかに、この宿泊には何かあると考えるべきですね。彼が絞殺魔ではないにしても、無銭宿泊の可能性はありますよ。でしたら、逮捕する理由は見つけやすい」

仁科がダメを押すように付け加えた。

「それなら、通常の職務質問で十分では――」

近松は、なおも消極的な態度を崩そうとしない。しかし、今度は高鍋が強い口調で遮った。

「いや、鈴木保が絞殺魔である可能性がある以上、女性警察官を派遣して、実行行為直前に逮捕するに越したことはない。どうですか、法然係長、そのための段取りを考えてもらえませんか?」

はっきりと名指しされて、法然は応《こた》えざるを得なくなった。

「考えろとおっしゃるなら、考えますが、その前に一つ確認させてください。鈴木保はチェックインのとき、どんな服装だったのでしょうか?」

「それは背広姿だったらしいです」

仁科が即答した。

「住所不定の人間が、ですか」

法然の懐疑的な口調に、一瞬の沈黙が流れた。誰もが同じことを考えたに違いない。

そもそも住所も定まらない人間が、背広姿で銀座の高級ホテルに宿泊すること自体がおかしいのだ。だが、高鍋はその疑問を自分の都合のいい方向に誘導した。

「明らかに何か企《たくら》んでいるはずだよ。背広を着込んでいるのも、その企みの計画性を裏付けるものかも知れない。法然係長、セイアン課には最近、刑事講習を終えたばかりの女性警察官が配属されていましたね」

晦《つごもり》美羽のことである。法然は不意を衝《つ》かれた気分になった。しかし、まったくの新人刑事である美羽にそんな囮の役ができるとは思えなかった。

刑事講習というのは、基本的には警視庁や各都道府県警、あるいはそれぞれの所轄《しょかつ》署の刑事課に、刑事として配属される者が受けることを義務づけられている警察内部の講習制度である。本人の希望だけでは受けることができず、警察署長などの推薦状が必要だった。

ただ、各警察署などにも、それぞれ独自の人事事情があるため、刑事講習を受けたあとでも、刑事課ではなく別の課に配属されることもあり得るのだ。美羽の場合が、そうだった。

しかし、こういう際、刑事講習を修了した女性警察官に声がかかるのは当然だった。生活安全課には、他にも女性警察官がいたが、刑事講習修了者はいなかった。

それに、と法然は思った。年齢や容姿という点においても、超高級デリヘル店のコンパニオンに何とか化け得るのは、生活安全課には美羽以外にいないように思えた。

だが、気が進まなかった。

法然にとって、囮捜査と言われないような方法の考案よりも、美羽をそういう役割に駆り出すほうがやっかいに思われたのだ。

10

「銀座ロイヤルシュプリマシーホテル」九階。

特別捜査本部は、九階の二室に捜査陣を配置した。鈴木保が泊まっているのが、九〇二号室だったから、九〇一号室と九〇五号室を確保したのだ。本当なら、九〇三号室を確保して、九〇二号室を挟みたいところだったが、九〇三号室は既に連泊の他の客が入っていた。

ただ、九〇一号室を確保できたことは大きかった。というのも、その部屋は扉で隣室の九〇二号室とは区切られてはいるものの、本来はスイートルームとして繋がっていたから、カギで扉を開けさえすれば、そこから隣室に入り込むことが可能だったのだ。

しかし、この段取りを巡ってホテル側と捜査陣の間に一悶着《ひともんちゃく》あった。最初、ホテル側は捜査に協力的で、無償で部屋を提供することを申し出た。だが、すぐにその申し出を取り消し、宿泊代を要求してきたのだ。どうやら、顧問弁護士と相談し、部屋の便宜などは計るものの、有償という結論に達したらしい。警察の捜査に関知せず、利用客として対応したという前提に立ちたいのだ。

特別捜査本部も、この要求を受け入れざるを得ず、結局、高鍋が予算からホテル代を捻出《ねんしゅつ》するように木暮に頼み込むことになった。まさに、こういう思いがけない予算の捻出は、理事官の腕の見せ所だった。

九〇五号室では、法然と安中、それに警視庁捜査一課の伊達が、浴室で着替え中の美羽が出てくるのを待っていた。

午後十一時過ぎ。鈴木が指定している時間は、日付が替わった午前一時である。九〇一号室には、仁科と所轄の刑事二名が既に入り込み、隣室の気配を窺っているはずである。それ以外に九階の廊下では、捜査本部の刑事たちが適当な間隔を保ちながら警戒していたが、法然も具体的な配置人数は知らなかった。

浴室の扉の開く音が聞こえた。足音が聞こえ、着替えを終わった美羽がおずおずと姿を現した。紺色の中型バッグを提げているが、その中には、浴室に入る前に着ていた衣服が入っているのだろう。

　法然は思わず息を呑《の》んだ。予想以上に、刺激的な服装だった。黒のミニスカートに、上部にレースがあしらわれた黒のオーバーニーソックス。ソックスとスカートの間に垣間見《かいまみ》える太股の皮膚の白さが妙になまめかしかった。上半身は、背中がざっくりとV字に開いた白いニットのセーターだ。服の着こなしのセンスは悪くない。

　安中の意見をおおよそ入れて、警視庁の広報課の女性スタッフが用意した衣服だった。しかし、安中の意見が正確に反映されているという点では、満足のいく結果だった。

　しかし、何かが不調和だと法然は思った。その原因は、すぐに分かった。化粧である。ファンデーションの濃淡にムラがあり、赤いルージュの濃さだけがやけに目立つのだ。

　美羽は緊張しているのか、硬い表情を崩さず、いつもの快活さは消えている。化粧のことなど言い出しにくい雰囲気だった。法然は、その部屋にもう一人女性警察官がいないことを悔やんだ。

　別の女性がいれば、アドバイスという形で、相手を傷つけず、化粧を直させることができる。だが、男ばかりではどう直せばいいのか、見当も付かない。

法然以外にそこにいるのは、安中と伊達だけだから、その嫌な役割は安中に頼むしかないと思った。またもや、困ったときの安中頼みだ。

　実際、最初の見た目の印象は重要だった。インターホンを押して、相手が最初に見るのは、顔なのだ。コートを着ているから、その下の服装は、その段階ではそれほど重要ではない。顔が気に入らなければ、拒否されることもあり得る。安中の話では取り替え《チェンジ》を要求する客はいくらでもいるらしい。

　法然は安中の顔を見た。以心伝心、安中も法然と同じような感想を持っているのは、その表情で分かった。

「服の着こなしのセンスは悪くないな。でも、化粧の仕方と服が少し合っていないかな——」

　随分、遠慮がちな言い方だった。安中は服装と化粧の調和の問題に巧みにすり替えて話したのだが、そういう問題ではなく、そもそも化粧の基本ができていないのだ。

「すみません。私、あまり化粧なんかしたことがないので、やり方がよく分からないんです」

　美羽がすっかりしょげかえった口調で言った。そこにいる三人の男性がどう感じているかは、既に分かっているようだった。

「誰か、化粧に詳しい女性を呼びましょうか？ 警視庁の広報にまた頼めば、来てくれると思いますよ」

伊達が、幾分乾いた声で言った。巨漢のせいか、その口調は無神経とも聞こえるのだが、本当にそうなのか、それとも伊達も美羽の服装に妙な緊張を感じて、そんな口調になっているのか、はっきりしなかった。

美羽が一層傷ついたように下を向いた。

「いや、むしろ、完全に化粧を落としてしまったほうがいいかも知れない」

不意に安中が言った。

「君は、素顔で十分通用するよ。下手に不自然な化粧などしないほうがいい」

安中の言葉に美羽の表情が一気にほころんだ。それからみるみる顔が赤くなった。安中にそう言われて、思わず喜びを表に出した印象である。

法然は、何故《なぜ》か、安中の前で赤面した礼の顔を思い出した。女性に対して安中が放つ、特異なオーラを今更のように思い知らされた気分になった。

「そうかも知れんな。確かにほとんど化粧を落として、薄くルージュを引くだけのほうがいいかも知れない。そのほうが素人《しろうと》らしい感じが出て、店のコンセプトにも合っている」

法然も安中に同調した。

「でも、すっぴんでは、服装と不調和じゃありませんか？」

伊達が疑問を呈した。

「いや、そのほうが刺激的で、かえって魅力的に映りますよ」

安中が反論した。そもそも捜査陣の中には、美羽にミニスカートを穿かせることに異論を唱えるものもいた。超高級店のコンセプトに合わないため、見破られることを懸念《けねん》する声だった。

しかし、安中はそういうコンセプトよりも、美羽の女性としての魅力を十分に引き出せる格好を選ぶべきだと主張した。ロングスカートは美羽には似合わないというのが、安中の意見だった。もちろん、その場に美羽はいなかったから、言いやすい面もあったのだろう。

実際、今、目の前に立つ美羽を見ると、安中の主張は正解だったと法然も思うのだ。服装自体は、非常によく似合っている。

美羽はもう一度浴室に戻った。戻る前、安中が「髪をもう少しアップにして」と言った。鈴木が指名した女は、髪をアップにした写真を店のホームページに載せていた。だが、安中がそう言ったのは、美羽の魅力を引きだすためだったのかも知れない。

法然は安中の観察眼に軽い敗北感を感じた。

「高級デリヘル店の人気職業欄に、女性警察官も加えるべきじゃありませんかね」

美羽の姿が浴室に消えた途端、安中が軽口を利いた。法然は苦笑し、伊達はあっけにとられた表情になった。

11

午前一時。美羽は九〇二号室の前に立った。ベージュのスプリングコートを着ているため、中の服装は見えていなかった。緊張した表情である。法然と安中を相手に何度もリハーサルをしているが、本番で美羽が自分の役割を果たせるかは、誰にも分からなかった。

方針は、二段階に分かれていた。一番分かりやすいのは、鈴木が絞殺魔として、美羽に襲いかかってきたときである。それに備えて、美羽のセーター下の腰回りには、小型集音マイク・小型警棒・催涙スプレーを取り付けた革バンドが巻き付けられている。

しかし、鈴木が絞殺にいたるような行動をおこさず、ただ本番行為、もしくは合法的な性的サービスを求めてきた場合は、美羽は警察官であることを明かして、職務質問する。

美羽がインターホンを押した。法然、安中、伊達は扉から、左右五メートルくらいの位置に散った。扉が開いて、美羽が中に入った途端、法然は安中と伊達を残し、隣室の九〇一号室に入った。あらかじめ、磁気カードのカギはもらっていた。

廊下に立つ捜査員は、やはり最小限に留めるべきだという判断だった。夜中の一時を過ぎているとは言え、都会のホテルだから、廊下にはある程度の人通りはありそうだった。

九〇一号室では、仁科ら三名の刑事が隣室に接する木製の中扉の前にしゃがみ込み、イアホンで隣室の音声を必死で拾っていた。扉は既に施錠《せじょう》を解かれており、いつでも押し開けることが可能な状態だった。

法然もすぐにイアホンを耳に付け、仁科たちの後ろからかがみ込んだ。

雑音が流れた。だが、すぐに美羽の声が聞こえた。隣室の捜査員が聞き取りやすいように、美羽は打ち合わせ通り故意に大きな声を出していた。

「お客様とお会いできたことを事務所に連絡させていただいてよろしいでしょうか」

鈴木が何か応えているようだが、雑音のせいか、それとも声が小さいせいかよく聞き取れない。しばらくすると、法然の携帯が鳴った。

「はい、法然」

「ただいま、お客様とお会いできました。それから、車の中に赤いバッグを置き忘れてしまいましたので、よろしくお願いします」

法然の顔色が変わった。後段は、あらかじめ打ち合わせていた符丁だった。「赤いバッグ」と言った場合は、人相がまったく違っているという意味なのだ。胸底に疼痛《とうつう》が走った。得も言われぬ嫌な予感が法然の脳裏を掠《かす》めた。

美羽の報告は、チェックインのときに、フロント係やベルボーイが確認した人物と、今、部屋にいる男がまったく別人である可能性を示唆《しさ》しているのだ。それは同時に、「ダイアモンドグランデホテル」で凶行に及んだ人物とも別人であることを意味していた。

法然は、捜査会議終了後、もう一度高鍋に念を押していた。

「どうも気になるんですよ。本当にチェックインした男は、鈴木保なんですかね。背広姿で、しかも整った顔立ちだったというんでしょう。しかし、警視庁に保管されている鈴木の顔写真は、普通のおっさん顔ですね。その上、右頬にかなり大きな黒子《ほくろ》がありますが、チェックイン時に、フロント係はそれに気づいていません。少なくとも、そういう証言はしていません」

「いや、こざっぱりして背広を着れば、イメージは相当変わると思うよ。それに、もともと人間の記憶は当てにならないから、フロント係やベルボーイの言うことにあまり大きな意味を持たせないほうがいいんじゃないかな。我々も日常生活では、人の黒子のことなんか気にしていないでしょ」

法然は、それ以上は発言しなかった。相変わらず強い疑問は残ったが、一方で、仮にチェックインした男が鈴木でなかったとしても、その意図がまったく想像できなかったのだ。

だが、今、隣室にいる男がチェックインした男と別人であるという美羽の連絡を聞いた途端に、その不安は再び一気に増幅され始めた。

「了解。くれぐれも無理をするな」

法然は、咄嗟《とっさ》に言った。「無理をするな」とは、ぎりぎりまで相手を引っ張らず、早い段階で警察官の身分を明かし、隣室にいる法然たちを迎え入れろという意味である。だが、そんな短い言葉で、美羽が法然の言うことを理解したか、疑問だった。

「料金は、九十分で十万円いただきます。申し訳ありませんが、先払いでお願いします」

「金？　金は要らねえんじゃねえの」

一瞬、集音マイクの感度が不意に高くなったように、男の嗄《しわが》れた声が入った。

「えっ、どういう意味ですか？」

そのとき、激しい雑音が入り、美羽の声も鈴木の声も聞こえなくなった。法然は焦《あせ》った。思わず、体が前のめりになった。現場指揮官の仁科の顔を見たが、仁科は動かない。

「とにかく、つべこべ言わずに、早く脱げよ。そんなエッチな恰好《かっこう》しやがって。俺の、もうはち切れそうだからさ」

不意に、再び男の声が聞こえた。法然は少し呂律《ろれつ》が回っていないことに気づいた。既に飲酒してかなり酩酊《めいてい》状態なのかも知れない。そうだとしたら、危険な状況だ。

「いいえ、お金が要らないなんてことはあり得ません。それは誰からお聞きになっているんですか。——すると、あなたは誰かに頼まれてここに泊まっているだけだと——そして、ここに来る女性を好きにしていいと言われたのですね」

美羽の発言に対して、鈴木も何か言っているようだったが、その声ははっきりとは聞き取れない。美羽は、わざと大声で男の言葉を反復しているようだった。これも打ち合わせ通りだ。だが、美羽の声も上ずって聞こえる。

美羽が余裕を失いかけているのは、明らかに思えた。これ以上、美羽にこの行動を続けさせることには意味がない。法然が仁科に作戦の中止を具申しようとした瞬間、イアホンから小さな叫び声が聞こえた。同時に隣室から、鈍い振動音が響いた。法然は飛び込もうとして、体を一層前傾させた。しかし、仁科が右手を後方に差し出して、待ての合図を出した。何が起きているのか、見極めようとしているのか。

「仁科さん、突っ込みましょう」

法然が叫んだ。しかし、その声より先に複数の人間の怒声が聞こえた。

誰かが扉を押し開けた。法然も、考えるより先に体が動いた。突入した。法然の目に、安中の背中が見えた。ベッドの上に仰向けに倒れた美羽の上にのしかかっている男を引き離そうとしている。法然たちより先に、安中と伊達が廊下のほうから飛び込んでいたのだ。

男はズボンを半分ずり下げ、毛むくじゃらの脚とブリーフが見えている。その顔は飲酒と興奮によるのか、真っ赤だ。男の下に押し倒された美羽が、オーバーニーソックスの上の太股を剝《む》き出しにして脚をばたつかせていた。安中が男に平手打ちを食らわした。男の体が斜め横に吹っ飛び、床上に仰向けに倒れた。その上から、安中がのしかかる。

男が足をばたつかせながら、叫んだ。その足を伊達が押さえつけた。ズボンが絡《から》め取られるように完全にずり落ち、男の下半身はブリーフ一枚になった。

「何だ、お前ら？」

法然は、ベッドの上で仰向けに倒れる美羽に視線を走らせた。ミニスカートがさらに上にたくしあげられ、太股が露わになり、奥の白い下着まではっきりと覗《のぞ》いている。それなのに脚を閉じて立ち上がろうとしないのは、美羽がショック状態にあるからだと法然は思った。

法然が美羽を助け起こした。美羽が法然の胸に顔を埋めた。顔面蒼白《がんめんそうはく》で、その目に涙がうっすらと浮かんでいる。嗚咽《おえつ》が始まりそうなのを、ぐっと堪《こら》えている感じだった。幾分赤みを帯びた喉《のど》が汗ばみ、微妙な痙攣《けいれん》を伝えていた。法然は、それを見た瞬間、性的刺激にも似た疼痛が全身を貫くのを感じた。

法然は、他の刑事たちからも美羽を隠すかのように抱きかかえて、隣室に誘導した。法然の背中から、無線機で本部に連絡する仁科の声が聞こえた。

「被疑者、暴行罪で現行犯逮捕」

だが、法然はその報告に強い違和感を覚えた。デリヘルから派遣されてきたと信じている女性に、性行為を仕掛けるのはあまりにも当然に思えた。それを暴行罪で検挙できるものなのか。

法然と美羽は隣室に入った。その途端、法然の胸の中で、美羽の嗚咽が始まった。

第二章　残映

1

「やられたな」

高鍋は呆然《ぼうぜん》としていた。講堂の衝立《ついたて》の前での立ち話だった。法然と高鍋の他に、近松も渋い表情で、会話に加わっている。

実際、事態は最悪だった。単に、鈴木保の逮捕に問題があったというだけではない。同じ日のほぼ同一時刻に、「ダイアモンドグランデホテル」で別の新たなデリヘル嬢絞殺事件が発生していたのだ。

しかも、絞殺の手口は、竜崎美保の場合とまったく同じで、被害者は浴槽の中で仰向けに倒れ、その首にはガウンの白い帯が掛かっていた。

実際、鈴木が囮《おとり》で使われたことは否定できなかった。囮捜査が逆用されたのだから、警視庁のメンツは丸つぶれである。さらに、鈴木についた国選弁護人からは、違法捜査を理由に即時釈放するように求められていた。

高鍋も近松も、午前中に殺人事件現場に臨場してきたばかりだった。二人とも相当に憔悴《しょうすい》した表情である。

法然も責任を感じていた。何故《なぜ》もっと強く、自分の疑問を高鍋にぶつけなかったのかと悔やまれた。しかし、高鍋のほうは、法然の疑問を真摯《しんし》に受け止めなかったことを、法然以上に後悔しているようだった。

「法然さん、グチになるが、あのとき、あなたの意見をもっとよく考えるべきだったな」

「いや、そう言われましても、私自身、犯人の意図を読めていなかったのですから、あれは一種の当て勘みたいなもので、とても意見と呼べるものじゃなかったですから」

「しかし、鈴木については早急に結論を出す必要があります。長引かせると、マスコミが騒ぎ出す可能性があります」

近松が、法然と高鍋の会話の方向を変えるように言った。近松の言いたいことは明らかだった。

「検察に送致する前に釈放するほうがいいか」

高鍋が吐き捨てるように言った。被疑者は、通常、逮捕後四十八時間は、警察の取り調べを受け、検察に送致されてからは二十四時間検察に取り調べられる。そのあとさらに、二度の勾留《こうりゅう》請求ができ、裁判所に認められれば、二十三日間勾留することも可能なのだ。

高鍋の言っていることは、四十八時間以内に鈴木を釈放することを意味していた。

「いや、嫌疑不十分で、今すぐ釈放したほうがいいと思います」

近松はきっぱりと言った。そもそも、高鍋が自分の具申を容《い》れず、囮捜査を強行したことが不満なのかも知れない。

高鍋は無言だった。その沈黙は、近松の意見に対する同意を暗に表していた。

携帯が鳴った。高鍋が出る。相手は理事官の木暮らしかった。

「そうか。やはり、刑事部長はお冠《かんむり》か。明日、捜査会議で俺が説明するよ」

高鍋が携帯を切った。電話内容を説明する必要はなかった。法的な問題を含む囮捜査を刑事部長の許可なく実施し、しかもその捜査態勢を別の殺人を実行するために利用されたのだから、刑事部長が激怒するのも当然だった。

「刑事部長に、課長のほうから明日の捜査会議への出席を要請していただけませんか」

近松があくまでも事務的な口調で言った。その日に発生した新しい絞殺事件を受け、翌日の午後八時から浅草署の講堂で、大規模な捜査会議が開かれる予定になっていた。

高鍋は力なく頷《うなず》いただけだった。捜査会議が開かれれば、高鍋は針のむしろ状態になるだろう。

いや、高鍋にとってもっと深刻なのは、マスコミ対策だった。昨日の顚末《てんまつ》については、マスコミに説明しないわけにはいかない。そうすれば、間違いなく、違法捜査に加えて、稚拙《ちせつ》な捜査という非難を受けることだろう。

身柄を拘束した鈴木保は、ほぼ本当のことを供述しているようだった。西新宿の中央公園近辺の段ボールハウスに住む鈴木の所に、サングラスを掛けた中年男が不意に現れ、アルバイトを依頼してきたというのだ。

銀座の高級ホテルに宿泊して、やってくるデリヘルの女性を抱くというのが仕事内容だった。デリヘルに勤める女性の研修だと説明されたが、誰が考えても怪しげな依頼である。しかし、鈴木は深く考えることなく了承し、日当の一万円を受け取っていた。

ジャンパー、セーター、スポーツシャツ、ズボンなどこざっぱりした服を与えられたが、背広ではなかったという。従って、ホテルにチェックインしたのは、鈴木ではなく、本物の犯人自身だったと推定される。実際、昨夜の午後六時過ぎ、鈴木はホテルのエントランスの外で、犯人と思われる男ともう一度落ち合い、磁気カードの部屋カギを渡されていた。

「法然さん、明日の捜査会議では、晦巡査長からお聞きになった報告をお願いします」

近松が言った。既に、明日の会議の段取りに頭が向かい始めているようだった。何しろ、近松は今回の捜査方針に一人反対していたのだから、むしろ、警視庁の上層部から、それによって高い評価を受けるのかも知れない。

近松の表情には、そんな余裕すら感じさせる落ち着きがあった。

2

法然は、ソープ街の外れにある「夢床《ゆめどこ》」というソープ店の前で、渋谷《しぶや》という黒服の男と立ち話をしていた。街には、ネオンが瞬《またた》き、春の夕暮れにあざとい色を滲《にじ》ませていた。

渋谷は店長だったが、ソープ店の店長と言っても、まだ若く、二十代の後半の感じだった。幾分、長髪の髪を後方で束ねているが、清潔感があり、職業とは不似合いな澄んだ目が特徴的だった。渋谷の手には、法然から受け取った大友雪江の写真が握られている。

「いや、私自身はこの女性を見たことはないんですがね、そういう噂《うわさ》は聞いたことがあります。一時、この辺りの黒服たちの間で素人《しろうと》の女が客を引いて、売春しているって噂話が飛びかっていたのは事実です。でも、私の聞いた話では、その女をぶん殴ったのは、黒服じゃなくって、極山会《きょくざんかい》っていう暴力団の組員だって話ですよ。もっとも、どこかのソープ店から頼まれたのかも知れませんけどね。何しろ、その女はここに遊びに来る客を目当てに、この近辺で声を掛けていたらしいですからね。そんなに若くはないけれど、素人っぽい雰囲気の女で、見た目も悪くなかったから、ソープに遊びに来た客でも、それより遥《はる》かに安い値段で話を持ちかけられて、つい応じちゃう客もいたらしいですよ。だから、我々から見れば、営業妨害もいいとこでしょ」

「極山会の誰にぶん殴られたかは、分からないか？」

極山会は、浅草に本拠を置く、中堅の暴力団である。最近は目立った動きもなく、比較的穏健な組織だった。

「さあ、そこまでは。ただね、その女、殴られただけじゃ済まず、組の事務所に連れ込まれて、若い組員に回されて、さんざん嬲《なぶ》られたらしいですよ。もっとも、こういう話は尾ひれが付くものですから、どこまで本当かははっきりしませんけどね」

「そういう噂が流れたのは、だいたいいつ頃だったのかな」

「さあ、噂ですからね。はっきりといつとは言えないけど、去年の春ごろ、もう一年近く前かも知れません」

確かに、噂がいつ立ったかを言うのは、不可能だろう。いつどこからともなく起こってくるのが、噂の本質なのだ。

「そうか。また、何か分かったら教えてくれよ」

法然は渋谷の肩を軽く叩《たた》くと、歩き出した。渋谷は深々と頭を下げた。法然にとって、黒服たちとの会話は日常の仕事を円滑に進める上で重要だった。普段、気楽に話していれば、情報も取りやすいのだ。

しかし、法然の頭の中は、デリヘル殺人で混乱していた。石川県警の田所に頼まれた案件をふと思い出したのは、むしろ、その混乱を整理するために、デリヘル殺人とは無関係な仕事に従事してみるのもいいかもしれないと思ったからである。

法然は、歩きながら大友雪江の写真をもう一度見つめた。神社の鳥居の前で上下黒のスーツを着て立つうつむき加減の女。やはり、地味で清楚《せいそ》で、しかも暗い印象だった。性という言葉とは、無縁な雰囲気の女性である。

雪江に纏《まつ》わる情報と、その表情の乖離《かいり》は著しく、渋谷の話にも増幅されて、法然の脳裏に奇妙なモザイク画が映し出された。

哀れな女の末路というのでもなかった。やはり、理由が分からない、と法然は思った。

同じ体を売る行為であっても、法然が、今、携わっているデリヘル殺人の被害者たちとは対極の方向性を示しているように思われたのだ。

3

翌日の夜の捜査会議。法然は立ち上がって喋《しゃべ》っていた。美羽の証言を報告していたのだ。

「室内に入った途端、晦巡査長は、鈴木保の顔を見て、チェックインのときに目撃された男とは別人だと思ったそうです。あらかじめ教えられていた人相とまったく違っていました。ただ、右頬に黒子《ほくろ》がありましたので、鈴木保であることは確認できました。従って、『赤いバッグ』という符丁を使って、そのことを私に伝えてきました。『黒いバッグ』と言った場合は、情報通りの人相で、『赤いバッグ』と言った場合は、情報とは違う人相と、あらかじめ決めていたのです。鈴木は、料金の前払いを求められると、金の支払いを拒否しました。料金のことで揉《も》めている最中に、鈴木は晦巡査長に襲いかかってきました。そこで、隣室とドア前の廊下で待機していた我々は、突入して鈴木を緊急逮捕することを余儀なくされたわけです」

法然が喋り終わっても、講堂内は静まりかえっていた。問題は、鈴木にそういう仕事を依頼した男が誰かということだったが、それについては、有力な手掛かりは一切なかった。

「法然君、そういう方針は君自身が立てたのかね」

島中本部長が発言した。厳しい表情だった。

「いや、そういう捜査方針を立案したのは私です」

高鍋が応《こた》えた。沈痛な表情だった。その太い眉《まゆ》も、心持ち平坦《へいたん》に見えた。

「それでは君に聞くが、その捜査方針を実行するに当たって、予想される法的問題点は検討したのかね」

冷静な言い方ではあったが、高鍋にとっては十分に過酷な言葉に響いたに違いない。

「はい、一応、検討いたしましたが、囮捜査という非難は免れるのではないかという判断に至りました。ただ、法然係長の報告にありましたように、被疑者が晦巡査長に襲いかかってくるタイミングが早すぎたため、結果的に囮捜査と非難されても仕方がない状況になってしまいました」

苦しい言い訳である。島中は、さらに発言した。

「しかし、仮に晦巡査長のほうから、警察官だと名乗ったとしても、被疑者を緊急逮捕すれば、やはり同じことじゃないのか。いや、私は囮捜査だったからいけないと言ってるわけじゃないよ。囮捜査が違法かどうかは、専門家でも意見が割れていて、いちがいに非難できない面がある。私が言っているのは、囮捜査だと非難される可能性を承知の上で、何を狙《ねら》った逮捕劇だったのかということだよ。私が知りたいのは、囮捜査という捜査態勢を取った目的だよ。それがどうもはっきりしない」

島中は、将来の警視総監候補と言われている警視庁幹部だった。捜査会議という公《おおやけ》の場で、部下の高鍋をひどく叱責《しっせき》する気はないようだった。ただ、その理詰めの物言いは、ただでさえ緊張感に満ちていた講堂内の雰囲気を一層、冷え冷えとしたものに変えた。

「正直、職務質問するだけで十分だという近松管理官の意見もありました。しかし、私としては、被疑者が連続デリヘル嬢殺人の犯人である可能性に賭《か》けて、あくまでも現行犯逮捕を狙いたかったのです」

「すると、被疑者が晦巡査長に対して、いきなり絞殺行為に及べば、君の目論見《もくろみ》通りだったわけだね。しかし、被疑者は通常の性行為にしか及ばなかった。しかも、デリヘルから派遣された女性に対して、そういう行為に及ぶのは、ある意味では当然だからね」

島中は、ここで言葉を止めて、近松のほうを見た。あとは君が言えと、目で合図しているように法然には見えた。しかし、近松もさすがに高鍋の気持ちに配慮したのか、沈黙を通した。

島中の言っていることは、法然にもよく分かった。囮捜査自体を必ずしも非難しているのではない。警察官僚という保守的な立場にある島中は、囮捜査が合法である場面を認めながら、このケースに限っては、それを使う意味はほとんどなかったと言っているのだ。

そして、その判断ミスが別の殺人という致命的な結果を招いたことを言外に仄《ほの》めかしていた。しかし、成熟した警察官僚である島中は、高鍋の顔を決定的に潰《つぶ》すことは避け、それ以降は沈黙を通した。

捜査会議は、被害者に関する情報の報告に移った。

被害者、水島《みずしま》ユリは「敬愛薬品《けいあいやくひん》」に勤めるOLだった。「敬愛薬品」はガンなどの新薬開発で名を知られた一流企業である。

竜崎美保とは高校時代の同級生で、美保に誘われて、ユリもこの危険な高収入アルバイトに手を出したのが真相だった。そのため、当然、二人は親しく、デリヘルの事務所でもいつも二人で行動していたという。

その二人がいずれも同じように浴槽内でガウンの帯で絞殺されたというのだから、普通に考えれば、人間関係のもつれによる怨恨《えんこん》が殺害動機として有力になるはずだった。しかし、それまでに起こった三件のデリヘル嬢絞殺事件との関連は、最初の浅草の事件ではやはりガウンの帯が絞殺に使われたという共通点はあるものの、今の段階では不明という他はなく、真相は濃く深い闇《やみ》の中に沈んでいるように見えた。

安中が、「デジャブの森」内部の人間関係の調査に関して、報告した。

「『デジャブの森』は、事務所の中にかなり広い、コンパニオンの待機室を持っています。デリヘル店の中には、事務所用のスペースしか持たず、コンパニオンはそれぞれが自宅などで待機して、電話一本で指定のホテルに出かけていく形式の所も結構あるんですが、その意味ではこのデリヘルは福利厚生はしっかりしていると、コンパニオンの間では評判がよかったみたいです。

待機室には、テレビ以外に、お茶菓子やコーヒー、紅茶、ソフトドリンクも置いてあり、コンパニオンたちはここでお喋りしながら、自分に声が掛かるのを待っていたようです。竜崎美保と水島ユリ、それに高瀬千夏《たかせちなつ》というやや年配のコンパニオンが仲がよかったようで、三人はいつもお喋りしていたそうです。ただし、高瀬千夏は去年の七月に辞めていますから、最近はもっぱら美保とユリがくっついていたようです――」

安中の報告は、さすがにデリヘル事情に通じているのがよく分かり、伊達の報告などに比べて詳しかった。それだけに、時間もかかる。安中の報告はさらに続いていた。法然はその声を遠くに聞きながら、親しかった美保とユリがデリヘル殺人の標的になったことの意味を考えていた。二人がもともと親しい関係にあったとすれば、犯人もまったく無関係なサイコキラーではないような気がした。

待機室を持たないデリヘルでは、コンパニオンたちが互いに顔を合わせる機会もほとんどないという。そういう場所なら、コンパニオン同士の人間関係も生じようがない。しかし、「デジャブの森」はそうではなかった。おそらく、ある種の人間関係が成立している世界だったのだろう。美保とユリはもともと高校時代の同級生だったのだから、「デジャブの森」の待機室で親交を深めたわけではないだろうが、高瀬千夏はどうだったのか。法然はその女について、少なくとももう少し調べてみる価値はあると感じていた。

4

法然は、成田興業《なりたこうぎょう》の看板を見上げた。それから、二階に続く外階段を登り始めた。鈍く重い足音が周囲に響き渡る。入り口のガラス扉をノックした。扉が開き、角刈りでゴールドの鎖を首にかけた男が顔を出した。

成田興業は極山会の表看板である。実際、成田興業が不動産売買や債権の割引などで、合法的な利益を得ていることも確かだった。

「社長はいるかな?」

法然は穏やかに訊《き》いた。

「あんたは?」

男は警戒の色を露《あら》わにした。

「法然って伝えてくれ」

「ホウネン？」

唇を歪《ゆが》めて、訊き返した。

「ああ、ホウネンだ。そう言ってもらえば、分かる」

男は無言で中に引っ込み、すぐに再び、顔を出した。

「どうぞ、お入りください」

丁重な口調に変わっていた。

室内は、二十畳程度の事務室である。奥の窓際《まどぎわ》のデスクに座る小太りの黒い背広姿の男が、どこか照れたような笑顔で法然を迎えた。すぐに立ち上がり、目の前の黒いソファーを指さしながら言った。

「どうぞ、こちらに」

他にも二台の長テーブルがあり、五人のジャージ姿の男が座っていた。長テーブルには、電話機とノートパソコンが二台ずつ置かれている。灰皿もなく、タバコの臭《にお》いも感じない。室内の壁には、「禁煙」とでかでかと書かれた張り紙がある。健康志向の暴力団か。法然は心の中で呟《つぶや》いた。

背広姿の男は成田栄一《えいいち》。成田興業の社長というより、極山会の組長と言ったほうが分かりやすいだろう。

「お久しぶりです。今日は、またなんで？　若いのが、悪さでもしましたかね」

「いや、そんな大げさなことじゃないんだ」

法然は、ソファーに腰を下ろしながら、さりげなく言った。

法然と成田には、浅からぬ因縁があった。極山会が千束三丁目にある、「イマジン」という優良ソープランドを買収しようとして、地元のソープランド組合と激しい対立状態になったことがあった。極山会は、何人かのソープランド経営者に脅しをかけ、緊張状態は極限にまで高まった。そのとき、警察の代表として法然が介入し、極山会を引かせたのである。

成田は、一見、柔らかな物腰の男だったが、興奮すると、手が付けられない状態になる激高型の人間だった。しかし、一方では、自分の顔を立てた対応をする人間に対しては、物分かりのいい一面もある男である。

「ちょっとある女について訊きたいんだ」

法然は、着ていたグレーのジャンパーの内ポケットから、大友雪江の顔写真を取り出して、成田に渡した。

「この女がどうかしたんですか？」

成田は雪江の写真を見ても表情を変えなかった。実際、その表情は雪江を知っているようには見えなかった。

法然が渋谷から聞いた雪江に纏わる話を手短に話しているうちに、成田の表情が変化した。

「おい、何やってんだ。お茶はまだか？」

成田がいらいらした口調で叫んだ。不意に不機嫌になったようだった。

戸口で法然を迎えた男が慌《あわ》てて立ち上がった。

「というと、ウチの誰かがこの女に暴行を働いた容疑が掛かってるんですね」

成田が、渋面のまま訊いた。

「まあ、そういうことだが、こっちは立件する気はあんまりないんだ。それよりも、その女について、詳しいことが知りたい」

成田は、一瞬、法然を凝視した。それから、無言のまま頷くと、一番出口に近い長テーブルに一人座る男のほうに向かって、大声を出した。

「おい、飯田《いいだ》、ちょっと来い」

痩《や》せた骸骨《がいこつ》のような表情の男だった。すぐに立ち上がり、法然たちの方向に歩き出した。

「お前、前にある女を回したって、言ってたな。この界隈《かいわい》で客を引いて、ソープの経営者の怒りを買っているって女を」

あまりにもストレートな質問に、飯田と呼ばれた男は動揺の色を露わにした。

「いや、本当にやったわけじゃありませんよ。そうなりそうになったとは言いましたけど」

「それはいつ頃のことかね」

法然が確認するように訊いた。飯田が、成田のほうを見た。言っていいですか、と訊いているように見えた。

ここで、ようやく茶が運ばれてきた。法然は、少しだけ口を付けた。

「浅草署のセイアン課の刑事さんだ。知っていることはみんな喋るんだ」

成田に恫喝《どうかつ》するように言われた飯田は、歯切れの悪い口調で話し始めた。

その話は、渋谷の話とだいたいにおいて一致していたが、一つだけ決定的に違っていたのは、最後の最後になって、飯田たちが輪姦《りんかん》行為を中止したということだった。

「本当ですよ。信じてくださいよ。いざその女を回そうってことになって、顔を二、三発張り飛ばして、仰向けに押し倒すとこまではやったんですよ。ところが、女は別に抵抗する風でもなく、涙を目にうっすらとためているだけなんです。それに着ている物を脱がせて、最後にパンティーも脱がせて、みんな度肝を抜かれたんですよ。その女、生理だったんです。あそこにタンポンしてたんです。タンポンだけしてる全裸の女って、何だか異様で……。だから、みんなやる気を失ったというか。いや、というより、何だか可哀想《かわいそう》な感じがしたもんだから、みんな妙な気分になって、まあ、いいやって、感じでやめたんです」

「場所はどこだったの？」

法然が訊いた。飯田が、上目遣いに成田を見た。

「ここか？」

成田が呆《あき》れたように言った。

「すいません。社長は留守でした」

気がつくと、長テーブルにいる男たちも俯《うつむ》き加減だ。少なくとも、何人かはその強姦、いや、飯田の言葉を信じるなら、強姦未遂行為に加わったのだろう。

「君らは、その女と何か会話は交わさなかったかね。女がどういうことを言ったか、詳しく教えてくれないか」

「ほとんど会話なんかしませんでしたよ。そのあと、俺が三ノ輪《みわ》の駅まで送っていったんですけど、特に会話もなかったんです。いや、今、思い出すと俺のほうからは、いくつか質問したんですよ。どこに住んでいるのかとか、そんなに金が必要なのかとか——でも、女は何も応えませんでした。だから、駅で別れ際、『二度とするんじゃないぞ』ともう一度念を押して別れたんです。それっきり、あの女の姿は見ていませんね」

飯田の口調が急に歯切れがよくなった。法然は、飯田が法然よりは成田のことを気にしているように感じた。法然は、成田の顔を窺《うかが》い見た。成田は、格別怪訝《けげん》な表情も見せず、言葉も挟まなかった。

「君、女を駅まで送っていくなんて、随分親切なんだな」

法然がにやりと笑って言った。

「いや、一人で帰して、また途中で悪さされると困ると思いましたから」

飯田は妙な愛想笑いをしながら応えた。笑うとその骸骨のような表情が、一層、不気味さを帯びた。

「その女はこの写真の人物かい?」

法然は、雪江の写真を見せた。飯田はそれを手に取り、凝視した。それから唸《うな》るように言った。

「ええ、断言できないけど、イメージは似てます。一言で言うと、本当に素人のおとなしそうな女って感じで、とても売春をするような女には見えなかった」

法然は、立ち上がった。成田がいいんですかという表情で、法然を見上げた。

「ありがとう。助かったよ。この女について、また、情報が入ったら教えてくれ」

法然は、言いながら、戸口のほうに向かった。

5

法然は、講堂の衝立の前で近松と話していた。

「安中君の報告によると、その高瀬千夏という女は、『デジャブの森』を辞めたあとは、やはり都内にある『ゴールデンパフューム』に勤めています。最初のデリヘル殺人があった店です。もちろん、被害者は別人ですが、これが偶然の一致かどうか、今のところ、よく分かりません。案外、狭い業界ですから、特別なことではないのかも知れませんが。今も、安中君が調査を続けていますから、また、何か新しいことが分かれば、報告があるかも知れません」

「しかし、それは少し気になる情報ですね。高瀬千夏は、『ゴールデンパフューム』には、どれくらいの期間、在籍していたんでしょうか?」

「割と早く辞めたようですね。最初のデリヘル嬢殺人が起こったのは去年の八月五日ですが、そのあとすぐに、姿を現さなくなったそうです。ただ、ああいうデリヘル店は、何週間か、いや何ヶ月も姿を現さないと思っていたら、ひょっこり来ることもあるそうで、いつ辞めたかを言うのは、なかなか難しいようです。そのあとの高瀬千夏の足取りは、分かっていません」

「うん、最初のデリヘル嬢殺人が起こったあとは、とにかく高瀬千夏は姿を現さなくなったんですね。そのことをどう考えるかだな」

「いや、そのことをあまり過大に考えるのは、かえって危険かも知れません。実際、ああいう店は、女の子の入れ替りは激しく、コンパニオンが辞めることはけっして珍しくありません。それに、デリヘル嬢殺人が起こった店では、他のコンパニオンもきっと恐怖を感じるのでしょうね。どの店でも何人かのコンパニオンがその直後に辞めていますから、関連があると言えばあるのですが、それはごく当然のことが起こっただけとも言えるのです」

「高瀬千夏が『デジャブの森』に入った経緯は、どうだったんですか？　ああいう超高級店は身元のしっかりした者しか採用しないんでしょ」

「それも建前ではそうなんですが、やはり一部には、当然のことながら、昼間の職業を言いたがらない女もいて、店側もその女の容姿が一定の水準を超えている場合は、あえて訊かないこともあるようなんです。『デジャブの森』の経営者の話では、千夏の入店の仕方もそうだったらしいです。ただ、竜崎美保とはもともとの知り合いで、彼女の口添えもあったようです。竜崎美保が千夏のことを詳しく知っていた可能性はありますが、美保は経営者には千夏は自分の知り合いだという程度のことしか話していません。まあ、ホームページでは一流企業のOLという紹介をされていましたが、どこまで事実に基づいているかは分かりませんからね。それに、美保も殺されたわけですから、千夏のことをどの程度知っていたかを確認するのは、既に不可能になっています」

法然の説明に近松は曖昧《あいまい》に頷いた。完全に納得した表情ではなかった。それはそうだろう。法然自身、千夏の移籍先でデリヘル嬢殺人が起こったことはやはり気になるのだ。いや、それだけではない。結局、時間的には前後するものの、『デジャブの森』でも二件の殺人が起きたのだから、千夏の関係する先々で殺人が起こっているという印象は拭《ぬぐ》いきれなかった。

とにかく、できるだけ早く千夏という女性を探し出し、事情聴取をする必要があるのは確かだった。その証言から新たな事実が分かり、捜査は大きく展開するかも知れないのだ。千夏が何らかの形で事件に関与している可能性も視野に入れる必要があるだろう。しかし、情報が限られている今の段階では、千夏についてそれ以上話しても意味がないように思われた。

「ところで、一課長は、大丈夫でしょうか?」

法然は、話題を変えるように言った。

「ええ、参っているようです。この前、刑事部長から言われたことが堪《こた》えたみたいです。あれでも、刑事部長、だいぶ抑えた言い方をしてましたけどね」

近松もそれなりに高鍋のことを心配している口調だった。

「私が心配しているのは、一課長が辞任を考えているんじゃないかということなんです。そんなことになれば、捜査態勢が大幅に変更され、私のような所轄の人間はやりにくくなってしまう」

法然はあのカブト虫の角のような太い眉に象徴される、高鍋の強気な表情を思い浮かべながら言った。その強気が近頃、すっかり影を潜めているのだ。

「いや、それは心配ないでしょ。こんな難事件、誰が現場の指揮を執ったとしても、そう簡単に解決できるものではありませんからね。ただ、高鍋さんは、焦《あせ》りすぎた。一気に解決しようとしたのが、いけなかったのかも知れない。私も法的な意味で反対していただけであって、まさか鈴木が囮だと思わなかった。それを何となく感じていたのは、法然さん、あなただけですよ。私も、あなたが犯人のチェックイン時の服装にこだわっているのを聞いたとき、嫌な予感はしたんだけど、その意味を正確には理解できていなかった」

「それは心配ないでしょ」が、何を意味しているのか、法然には曖昧だった。しかし、法然はあえてそれを問い質《ただ》すのは避けた。

法然は、今回、自分が特別捜査本部に動員された理由を考えた。超高級デリヘルという特別な背景のある事件だったから、高鍋にしてみれば、生活安全課の協力は不可欠だったのだろう。そして、法然の捜査能力には定評があり、その噂は当然、高鍋も耳にしていたはずだ。だが、そういう高い評価は、法然にとってありがた迷惑でもあった。

今回の高鍋の判断ミスも、心理的要因まで考えると、法然に対する高鍋の過剰な期待が遠因になっているとも考えられるのだ。そのため、捜査の常道を踏み外してしまったところがあった。

高鍋は、むしろ、石橋を叩いても渡らないような、キャリア警察官僚としての近松の知見に耳を傾けるべきだったのだろう。実際、法然という存在がなければ高鍋はもう少し近松の言うことを尊重したはずである。

もちろん、法然も囮捜査に賛成したわけではない。しかし、ある意味では高鍋にも近松にも遠慮して、はっきりした意見を述べなかったことを、法然は今になって後悔しないではいられなかった。

「では、高瀬千夏の調査、引き続きよろしくお願いします。法然さんと安中さんだけでは人手が足りなければ、本部から応援を出しても構いませんから」

近松が話題を打ち切るように言った。

「はい、そのときは申し上げますが、もう少し二人で調査してみます」

法然はさりげなく、応援を断った。やはり、セイアン課と揶揄《やゆ》気味に呼ばれる課の捜査員としてのプライドがあった。それにそういう世界に慣れていない本部の刑事が加わったとしても、戦力としてプラスになるとは思えなかった。

「そうですか、じゃあ、そういうことでよろしくお願いします」

近松も、法然の反応を予想していたかのように、高瀬千夏の調査に応援要員を本部から出すことにはこだわらなかった。

6

法然は浅草署の外に出た。いつものとおり、いつもの道順で、ソープ街に向かう。格別に用があったわけではない。そうするのがまさに生活習慣となっていたのだ。

三月の中旬を過ぎ、寒さも若干緩み、春めいていた。午後二時過ぎで、ソープ店の店頭を飾る昼の電飾が、相変わらず空《むな》しく色褪《いろあ》せた街の姿を映しだしているように見えた。

法然はふと足を止めた。ソープランド「夢床」の扉から、ひどく痩せた男が出てくるのに気づいたからだ。店長の渋谷は、その日に限って、店頭には立っていない。男が振り向いた。はっとした。骸骨のように痩せた表情が法然の目を引いた。成田興業の飯田である。

飯田は、法然に気づいたようには見えず、ソープ街を北方に向かって歩き始めた。法然は、適当な距離を取りながら、そのあとを尾《つ》けた。

何かピンとくるものを感じていた。そもそも法然に大友雪江の情報に関連して、極山会、つまり成田興業のことを話したのは渋谷である。そのとき、渋谷は法然の質問に、誰が雪江を殴ったかは知らないと応えた。要するに、噂としては聞いているが、それ以上の具体的なことは知らないという口調だったのだ。だが、今、飯田が「夢床」から出てくるのを見た途端、法然はその発言に疑問を感じた。渋谷は飯田のことを始めから知っていたのではないか。

それに、法然は飯田の説明にも完全に納得していたわけではなかった。強姦未遂まで認めながら、そのあとの説明はきれい事に過ぎた。ひょっとしたら成田には言えない秘密を飯田が隠し持っているのではないかという気がしていたのだ。

もちろん、飯田に関わることが、法然にとって寄り道になることは分かっていた。大友雪江のことは、石川県警の田所に対する捜査協力に過ぎず、喫緊の課題ではない。法然が、今しなくてはならないのは高瀬千夏の行方を捜すことなのだ。しかし、法然は一度電話で田所に飯田から聞いた話を報告しただけで、それ以上のことを調査していないことが気になっていた。法然はふと飯田を問い質してみようという気になった。

「君、ちょっと」

ソープ街の突き当たりを飯田が右折したところで、声を掛けた。飯田は振り向いて、法然を見た。法然は、飯田の表情に、一瞬、浮かんだ不安の影を見逃さなかった。

「ああ、どうも」

飯田はようやく法然の顔を認識したように頭を下げた。

「真っ昼間から元気がいいな。『夢床』へはよく行くのかね？」

法然は笑みを湛《たた》えて訊いた。飯田は明らかに動揺した表情になった。

「さっき君が出てきたソープだよ」

「ああ、あそこですか。店の名前もあまりよく知らないもんで。今日、初めて入った店です。たまには、すっきりしないとね」

言いながら、飯田は下卑た声で笑った。

「すっきりか。それも悪くないな。しかしな、どういうわけか、店長の渋谷は君のことをよく知ってるぜ」

はったりだった。渋谷が法然に飯田のことを何か喋ったと思わせることによって、飯田の自主的な発言を引き出したかったのだ。

「店長、何を言ったんですか？」

「それは君のほうがよく知ってるだろ」

ギリギリの駆け引きだ。しかし、ヤクザが頻繁にソープの店長に会っている場合、相場は知れていた。シノギの一つとして、なにがしかのみかじめ料を取っていることが多いのだ。しかし、暴力団対策法施行後、暴力団員がみかじめ料を取ることは難しく、それが行われている場合は、店側が何か弱みを握られていることが少なくない。

「いや、だんな、ちょっと待ってください。これは正当な収益ですよ。みかじめ料じゃありません」

飯田の言葉を聞いて、法然はにやりと笑った。語るに落ちるとはこのことだろう。法然からみかじめ料という言葉を遣ったわけではない。法然は闇の中を手探りで進みながら、その闇の彼方《かなた》にある確かなものを感じている気分だった。

「じゃあ、何の金なんだ？」

「いや、あそこの店とうちの会社と少し取引関係があるもんですからね」

「それじゃあ、何故、今日初めて入った店なんて、嘘《うそ》をついたんだ」

法然は語気を強めて、畳みかけた。

「すいません。みかじめ料と勘違いされると嫌だったもんで――」

「ボウタイ法で、締め上げられることを恐れたのか？」

「ええ、まあ。それに――」

「それに？　やっぱりそうか。組長に内緒でやってんだな」

「だんな、勘弁してくださいよ」

突然、飯田が裏返った声で言った。

「俺たち、シノギは厳しいんですよ。それぞれが稼いで生きてくことも時には必要なんですよ。だけど、これがばれたら、俺、組長からシメられた上に破門されますよ。

だから、お願いしますよ。このことは組長には――」

「君、俺はセイアン課の風俗担当の刑事でソタイの刑事じゃない。俺は君らのシノギには関心がない。分かるだろ？」

「大友雪江のことですか？」

「そうだ。強姦未遂というのも本当か。本当は最後までやったんじゃないのか」

「とんでもない。あの話は本当ですよ。あそこまで正直に話して、結論だけ嘘を吐《つ》いても意味がないじゃないですか」

それなりの理屈だった。法然は、飯田も案外頭は悪くないと感じた。少なくとも、取引は可能だろう。

「しかし、彼女については、まだ喋っていないことがあるだろ。君が喋ってくれれば、他のことは目をつぶってもいいぞ」

飯田は沈黙した。結論を下しかねて、考え込んでいるようにも見えた。

「それとも、ソタイに連絡しようか」

法然はできるだけ意地悪な表情を作って言った。

「いや、待ってください。喋りますよ」

飯田はそのひどく痩せた体を、身もだえするようにくねらせながら、苦しげに言った。

7

「何故《なぜ》打ち明けてくれなかったんだ。上がりのうち、毎月百万持って行かれたら、君らも楽じゃないだろ」

法然は「夢床」の事務所で店長の渋谷と話していた。渋谷は神妙な表情で、俯き加減に法然の前に立っている。簡易なデスクと椅子《いす》が二脚あるが、二人は立ち話だ。

「ええ、そうなんです。しかし、大友雪江のことで、いろいろと脅されていましたから」

ソープ街における雪江の客引き行為で一番被害を受けていたのは、「夢床」だった。何しろ、常連客を十人も奪われていたのだ。一回、一万円と値段が安い上に、ソープ嬢には普通あり得ないような知的雰囲気があるため、雪江にのめり込む客も少なくなかった。しかも、雪江は本名を名乗り、客が要求すれば会社の身分証明書まで見せていたらしい。

渋谷が恐れたのは、雪江の人気が他の客にも広がることだった。それで、以前から

「夢床」に客として来ていた飯田に相談した。飯田が、「俺に任せろ」と言うものだから、雪江が二度とソープ街で客引き行為をしないようにしてくれとは頼んだ。

しかし、飯田は渋谷の要求を遥かに超えることまでしたという。雪江を「夢床」まで連れてきて、懲罰として向こう一ヶ月間、「夢床」で無報酬で働かせると申し出たのだ。

法然の推測では、飯田が雪江を三ノ輪駅まで送っていったというのは嘘で、成田興業を出たあと、直接、「夢床」まで連れてきたのだろう。

「本人も納得しているって言うんですよ。驚いたことに、雪江本人が書いた誓約書がありましてね。今までの客引き行為を詫《わ》びて二度としないと誓っている上に、『向こう一ヶ月間、奴隷《どれい》として「夢床」で働きます』っていう一節があるんです。しかも、彼女、私以外にも三人の男性従業員がいる前で、その誓約書を読みあげさせられたんですけど、言葉が詰まる度に飯田に思い切り尻《しり》をひっぱたかれて、その度に子供のように大声を上げて泣くんです。何だか異様な光景だったですね。父親に折檻《せっかん》されてる娘みたいで。

そのとき、紫のミニのワンピース姿だったと思いますけど、飯田は最初の内はワンピースの上から尻を叩いていたけど、次第に興奮してきて、ワンピースをまくり上げて、パンストの中のパンティーが透けて見える状態にして叩くもんだから、尻が真っ赤に腫《は》れ上がっていくのがパンストの上からも分かるぐらいでしたよ。彼女のおいおい泣く声が部屋の中に響き渡って、我々はすっかり毒気に当てられたような気分になって、みんな黙りこくっていました。

そのあと、私が彼女の会社の身分証を預かることになったんです。一流企業の課長というんで驚きました。飯田が東大出だっていうもんだから、本人に訊いたら頷《うなず》いたので、本当だと思いましたよ。そのあと一週間くらいは、彼女は、実際、私たちの所に通ってきてソープ嬢として無報酬で働いたんです。その間も、会社にはちゃんと出勤していたみたいですよ。身分証は取り上げられ、飯田に何枚も裸の写真を撮られていましたから、彼女にしてみれば誓約を守るしかなかったのでしょうか。

でも、私はやばいと感じていたんです。特に、身分証を取り上げて、それが私の手元にあることが気になっていました。いや、私は自分が何かの犯罪に関与したとは考えていませんよ。私は、ただ、彼女が尻を打たれるのを見ただけで、私も他の従業員も一切、手を出していませんからね。しかし、やっぱり、やばいという感覚は拭いきれなかった。それで経営者に相談したら、すごく怒られて、『そんなやばい女、すぐに出禁《できん》にしろ』って言われたんです。

でも、飯田に無断でそれを実行するわけにはいかないから、飯田を呼んで相談することにしました。そこで、飯田が百万円の話を持ち出してきた。最初は、大友雪江の解放を認める代わりに、百万円出せと言う話だった。もう一度経営者に相談したら、警察沙汰《ざた》になるのを避けられるなら、百万くらいやむを得ないだろということになった。

それで、百万円払い、雪江には身分証も返し、もう来なくていいからうちの店には一切関わらないでくれって言ったんです。万一警察沙汰になることを考えて、私もできるだけ優しく対応しましたよ。そしたら、彼女も私にえらく感謝して、お礼を繰り返していました」

「ただ、分からないのは、どうして君のほうから極山会のことを俺に喋ったかということなんだ。極山会とやばい関係にあるのに、極山会の名前をあえて俺に教えたのは何故なんだ？」

「そうなんですよ。私もあのとき切羽詰まっていたんです。私としては、百万というのは、一回限りのことだと思っていたんです。経営者からもそう言われていました。ところが、飯田はそれを毎月の顧問料みたいに解釈していたんです。ヤクザが言うみかじめ料みたいなものを要求していたんです。

断りたかったけど、正直に言って、大友雪江のことでは、何だか共犯みたいな気分に追い込まれていたんです。私は何もしなかったとは言え、彼女が暴行される場面を目撃し、身分証を預かり、無報酬で働かせていますからね。飯田は、『あんたんとこも、サツに知られたらまずいだろ』を連発していましたよ。明らかな脅しです。

しかし、最初に百万払ったあとも、店の売り上げから毎月百万もの金を飯田に持って行かれていることなんか、経営者には言えませんでした。でも、そういう状態がもう一年近く続いていて……。だから、法然さんに話して、法然さんが極山会に聞き込みに行けば、飯田もまずいと思って、我々からの取り立てをやめるんじゃないかと。法然さんに大友雪江のことを訊かれたとき、咄嗟《とっさ》にそんなことを思ったんです」

「それは、ある意味では君の思惑通りになったみたいだな。実は、極山会の組長はこのことを知らなくてね。飯田は、それがばれることを極度に恐れている。だから、俺との取引にあっさり応じたんだ。今後、彼が君らから、みかじめ料を要求することはないと思うよ」

「そうだったんですか。ありがとうございます」

渋谷は、深々と頭を下げた。

「礼を言ってくれるんだったら、もう少し雪江について知っていることを教えてくれないかな。特に、その後、雪江がどうなったか」

もちろん、渋谷はその後雪江が殺されたことは知らないようだった。法然もそれを話す気はない。法然が知りたかったのは、「夢床」から解放された直後の雪江のことだ。

「そう言えば、一度、店に電話がありましたね。何の用かと思ったら、結局、デリヘルに勤めることになったから、一度、自分を指名して欲しいって言ってきたんです」

「ほう、君は彼女から好かれてたんだ」

法然の言葉に渋谷は一瞬、暗い表情をして黙った。法然は、渋谷の表情を見つめた。ソープの店長という職業から想像されるようなあざとさとは無縁な、むしろ、さわやかな印象の男だった。長めの髪も金髪に染めているわけではなく、ストレートな黒髪である。

「それが言いにくいんですが、私、彼女と一度寝たんです。変な言い方ですが、うちで無報酬で働かせられているとき、何だか可哀想な気がして……。それにやっぱり好奇心もあって、店が終わって一緒に帰るとき、二人でラブホテルに入ったんです。いや、無理に誘ったんじゃないですよ。彼女のほうがむしろ積極的だった。途中から、私が優しくなったんで、何だか私を頼っている印象でもあったんです。

寝てみて思いましたよ。実にいい子なんです。ベッドの中のマナーもいいし、実に細やかな心配りのできる女性でした。たぶん、私がこれまでの人生で接したことがないようなタイプの……。だから、ますます気の毒な複雑な気持ちになったんです。そのときは、当然、お金も要求されませんでした。私なんかと違って、高学歴でいい会社にも勤めている女性がそんな転落の人生を歩むのが不思議でしてね。何だか妙に淋《さび》しげというか、不思議と純で儚《はかな》い感じの女でしたよ」

「君は、結局、その誘いの電話には応じなかったの」

「ええ、行きませんでした。もう一度会ってみたいという気持ちもなくはなかったけど、やはりもう関わりたくないという気持ちが強かったです。この女にこれ以上関わると、本当にやばいことになるという予感がしたんですよ。清純なのに、同時に魔性の女って言うか――そういう怖いような雰囲気もありましたね。『デジャブの森』という店にいると言っていましたけど、今はもう辞めているかも知れません」

法然は、思わず身を乗り出した。

「今、何と言った?」

法然は咳《せ》き込むように訊いた。

「『デジャブの森』って言いましたけど。そういう名の超高級デリヘルがあるんですよ」

「そこでの彼女の源氏名《げんじな》は聞かなかったかい?」

「そう言えば、言ってましたね。何とか千夏だったかな」

「高瀬千夏――」

「そうです。確かにそんな名前だったな。でも、彼女、今頃どうしているんでしょうかね。私の罪の意識がそうさせるのか、何となく彼女のことを考えちゃうんですよ。私も十年近くこの業界にいますが、初めてですよ、こんな気分は」

法然は呆然として、渋谷の詠嘆の籠《こ》もった声を黙って聞いた。この決定的な情報を得られたことは僥倖《ぎょうこう》だった。しかし、高瀬千夏はもう生きてはいないのだ。ただ、法然はやはり、その情報を渋谷に伝える気はなかった。

8

「そうですか。妙な繋《つな》がりが出てきたわけですね」

普段冷静な近松が、幾分興奮気味に言った。それから、早口に言葉を繋いだ。

「高瀬千夏と大友雪江は同一人物だったとなると、『デジャブの森』で仲のよかった三人が三人とも絞殺されたことになる。高瀬千夏こと、大友雪江だけが金沢で死んだことになるが、その意味をどう考えるかですね」

近松は、法然の目を覗《のぞ》き込むようにして、言葉を切った。二人は、いつも通り講堂の衝立《ついたて》の前で立ち話をしていた。衝立の中からは、ノートパソコンのキーを打つ単調な音だけが聞こえており、他には人の声は聞こえていない。

「ええ、意外でした。私としては、ただの捜査協力のつもりだったのですが、そうとも言っていられない事態になってきたのかも知れません」

「それにしても、あなたが高瀬千夏が大友雪江と同一人物であるのを突き止めたのは、大変なお手柄ですよ。これで、捜査は大きく進展するかも知れない。あとで一課長に報告しますが、一課長もこの情報で少し元気が出るんじゃないですか」

その日、高鍋は本庁にいて、捜査本部に来る予定がなかった。捜査が一定の進展を見せなければ捜査会議は開かれないから、高鍋が来ることはない。それに、警視庁の捜査一課長は、各管理官が捜査責任者を務める複数の事件を束ね管轄《かんかつ》しているため、捜査本部も複数存在しており、一つの事件にだけ力を集中させることなどできないのだ。

「いや、しかし、大友雪江が金沢で殺されたことと、東京で起こっている連続デリへル嬢殺しが、繋がっているのかいないのかもはっきりしない状況ですからね」

「それはそうです。いずれにせよ、捜査本部の誰かに、金沢に行ってもらう必要がありそうですね。どうです。法然さん、行ってもらえませんか？」

「ええ、もちろん、お許しをいただけるなら、そうしても構いません。しかし、その前にやっておきたいことがあります」

「と、おっしゃいますと？」

「尾崎という精神科医に会ってみたいのです」

法然は、既に近松に金沢のＯＬ殺人のだいたいの経緯については話してあった。その中で、一番引っかかっていたのは、田所が話した尾崎医師との面会の模様である。法然にしてみれば、尾崎が語っていないことに、何か重要な事実が含まれているように感じていたのだ。

「そうですね。確かに、その医師が大友雪江を患者として診ていたならば、もう少し詳しく訊けば、新たな事実が分かる可能性がありますよね」

「ええ、せっかく金沢に出張させて頂けるなら、雪江に関する情報をもう少し集めてからにしたほうがいいと思うんです」

言いながら、法然は、未《いま》だに行ったことがない金沢の街並みを思い浮かべた。そこにあるはずの大友雪江の残映を求めて、法然は金沢に行くのだ。

「では、金沢の件、一課長には私のほうから話しておきますから、よろしくお願いします。出かける時期は、法然さんの都合で決めてもらって構いませんから」

近松が話題を打ち切るように言った。

第三章　金沢

1

　東京都北区にある「清涼会病院《せいりょうかい》」は、埼京《さいきょう》線十条駅から徒歩十分程度の位置にある私立病院である。そこの心療内科に勤務する尾崎悠人は、慶應大学医学部出身の精神科医で、現在、四十五歳だった。

　法然は、午後の診察のない金曜日、午前中の診療が終わった午後一時半頃、診察室の中で尾崎と会った。看護師は既に引き上げており、診察室の椅子《いす》に座って、向かい合って二人だけで話した。

　尾崎は痩《や》せ過ぎという印象はあるものの、端整な顔立ちの男である。眼鏡は掛けておらず、僅《わず》かに黒髪に交じる白髪が、知的で思慮深げな印象を増していた。

「前にいらした刑事さんにも申し上げたのですが、私の患者に関しては、医者としての守秘義務がありますから、申し上げられることは限られています」

尾崎はあらかじめ念を押すように言った。既に、法然に対する警戒心が、そのけっして明るくない表情に浮かんでいるように見えた。しかし、法然には、その警戒心の根源が分からなかった。

「もちろん、それは分かります。ただ、ご存じのように、大友雪江は、今年の二月、金沢市で殺害されました。警察としては、犯人の検挙に全力を挙げていますので、お話し頂ける範囲で結構ですので、ぜひご協力願いたいのですが」

「警視庁浅草署の刑事さんですよね――」

尾崎は、法然が渡した名刺を手にとって眺めながら言った。落ち着いた口調だが、何かを言い淀《よど》む印象があった。

「東京の刑事さんが、どうして金沢で起こった事件を調べるのでしょうか?」

不意を衝《つ》かれた。法然の経験では、普通、刑事から証言を求められる人間は、こんな管轄《かんかつ》に関する質問はしないものだった。だから、尾崎の質問の意図が読めなかったのだ。

「実は、東京で起こったある事件と、彼女との関連性が出てきたのです」

法然は、本当のことを言った。相手に証言を求める場合、できる限りの範囲で自分の持つ情報を知らせるのが、法然のモットーだった。特に、証言者が尾崎のように客観的な第三者で、公共性の高い立場にある人間の場合はそうである。

しかし、法然の言葉に対する尾崎の反応は意外だった。自分のほうで訊《き》いておきながら、それ以上、深くは訊き出そうとはしなかったのである。

「彼女は、かなり定期的に先生の診察を受けていたのでしょうか？」

法然は、手順を踏んだ質問から入った。尾崎の言う守秘義務が、証言を妨げる瞬間まで、質問を続けるつもりだった。

「そうですね。多いときは一ヶ月に二度ほど来院されていましたね」

「もちろん、心療内科に来る以上、何かの不安を抱えていた？」

「それはそうです。彼女には、ある種の妄想体系みたいなものがあって、それを解消するために私のカウンセリングを受けていたのです」

「妄想体系とおっしゃいますと？」

「まあ、妄想を構築し体系化することから生じる不安症と言ったらいいでしょうか。特に家族関係に関する不安を訴えていました。彼女は、父親を若い頃亡《な》くしており、その父親に対する思いが強い分だけ、母親や兄に対する嫌悪《けんお》感も強く、そういう嫌悪感を持つ自分自身を憎むという悪循環にも陥っているように見えました」

「そういう家族関係の不安というのは、心療内科を訪れる患者なら、かなり普通に抱く不安と言ってもいいのでしょうか？」

「その通りです。もちろん、職場における人間関係に関する不安を訴えるのもごく普通のことなんですが、よく聞き出してみると、そういう職場の不安でさえ、家族関係に関する不安に遠因を求めることができるのです」

法然が知りたいのは具体的なことだった。法然も大学時代、文学部にいたのだから、フロイトなどに関連する講義を聞いたことがあり、不安の多くが父親や母親に関するコンプレックスに原因を求めることができるという程度の精神医学的知識はあった。しかし、そういう分析は、抽象的かつ哲学的になりやすく、実際の捜査に有効だとは思えなかった。

「私が知りたいのは、むしろ、職場に関連する不安のほうなのですが。彼女は何か、特定の不安を職場で抱えていたということをお聞きではないでしょうか？」

「う〜ん、それはまあ」

尾崎は明らかに躊躇《ちゅうちょ》していた。早くも守秘義務の壁が現れたのか。

「職場でのトラブルとか？」

「トラブルと言えば、トラブルですが、それは通常のトラブルとは違います。しかし、その中身を申し上げることは――」

法然は、否定的な語尾を予想した。だが、ここが勝負所とも感じていた。

「実は、先生、これは大変重要な捜査上の秘密なのですが、精神科医として彼女を診ていた先生には申し上げてご意見を伺いたいのです。大友雪江には、社内で売春していたのではないかという噂《うわさ》が流れていたのです」

一瞬の沈黙があった。法然は、尾崎の顔を窺《うかが》い見た。その表情から驚きは読み取れなかった。

「やはり、ご存じでしたか。それはそうでしょうね。彼女自身、職場のかなりの人に知られていることを認めていましたからね」

「ということは、彼女は先生にそのことを――」

「ええ、カウンセリングのかなり早い段階で認めていました」

言いながら、尾崎はふと窓のほうに視線を逸《そ》らした。白のブラインドから、春の木漏れ日が淡い日差しを尾崎のスチール製デスクの上に落としている。

「何故《なぜ》、彼女のような高学歴で、知性の高い女性が売春行為をしていたのでしょうか？　我々の調査では彼女が特に金銭的に困っていたという事実は出てきていないのですが」

「刑事さん、私は彼女のカウンセリングを一年近く行っていたんですが、それでもその何故に応《こた》えるのは難しい。たぶん、彼女自身がその理由を分かっていなかったんじゃないでしょうか。私とのカウンセリングは、その理由を発見するための長い旅だったとも言える。しかし、彼女は、その理由を知ることなく、死んでしまった。いや、正直言って、私には彼女が死ぬ直前でさえ、その理由を発見できたのか、はっきりとは分からないのです」

法然は、言葉の接《つ》ぎ穂を失って黙り込んだ。「何しろ、言うことが哲学的というか――」法然は、田所の言葉を思い出していた。しかし、尾崎の言葉遣いは「哲学的」というよりは、「文学的」だと感じていた。

「もちろん、その理由を断定的に述べることが難しいのは分かります。しかし、彼女がそういう売春行為をする理由について説明する、何か断片的な言葉でもいいんです。例えば、こういう言葉を遣っていたとか――」

「自分を罰しているんだとも言っていましたね。自己懲罰は彼女が、よく遣っていた言葉です」

「どうして、自分を罰するのでしょうか？」

「それは父親に纏《まつ》わる過去の歴史と関連しているというのが、彼女の説明でした。私は、その説明を聞きましたが、それが事実かどうかは分からない。それに、その内容は彼女のプライバシーに密接に関わることですから、私のほうから申し上げるわけにはいかない。興味がおありでしたら、刑事さんのほうでお調べになってください」

突き放すような言い方だった。だが、同時に法然をそういう方向の捜査に誘導しているようにも聞こえた。

尾崎は、雪江についてかなりのことを知っている。これが、法然の第一感だった。だが、その内容を一気に訊き出すのは、不可能に思えた。何回か面会して、その都度、法然自身が調べた新しい事実をぶつけて、尾崎の情報を訊き出すしかない。

法然はそんなことを考えながら、あらためて、尾崎の端整な顔を凝視した。

2

「雪江はもともと繊細な子でしたが、父親が死んでからは、それはもう病的と言っていいような神経過敏症になっていったような気がします」

正午を三十分過ぎている。神田にある喫茶店「ルノアール」で、法然は雪江の兄、大友梓《あずさ》と話していた。梓は、法然のために、昼休みの貴重な時間を割いてくれたのである。

梓は四十二歳で、受け取った名刺を見ると、「丸一《まるいち》食品」という、神田神保町《かんだじんぼうちょう》にある大手食品メーカーの営業課長だった。いかにも熟《こな》れた印象の人物で、不愉快であるはずの法然との面談に対しても、大人の抑制を持って臨んでいるように見えた。尾崎とは違ったタイプだったが、やはり顔立ちは整っていて、よく通った鼻筋が印象的だった。身長はかなり高く、長身の安中とほぼ同じくらいに思えた。痩せ型で眼鏡は掛けていない。妻と中学生の息子と一緒に、調布《ちょうふ》市に住んでいるという。

「雪江さんは子供の頃から、大変、頭の良いお子さんだったのでしょう?」

法然はコーヒーを一口啜《すす》りながら、普通の世間話をするように訊いた。

「さあ、それは肉親である私としては、何とも申し上げられませんが、大変な努力家だったことは確かです。私たちは七歳違いですが、学年は六年しか離れていませんでした。私たちは同じ大学に入りましたが、私は浪人で、雪江はストレートでしたから」

「ということは、あなたも東大ご出身ということですね」

「ええ、私は文学部でしたが、彼女は経済学部です。まあ、一般的には、男のほうが経済学部で、女のほうが文学部というのが多いのでしょうが、雪江はどういうわけか、初めから文科二類、つまり経済学部の受験を決めていたようでした」

「大変失礼な質問になってしまうかも知れませんが、あなたは雪江さんとは兄妹《きょうだい》として、仲がよかったのでしょうか？」

幾分、唐突に聞こえることを覚悟しながら、法然は訊いた。雪江のその後を考えると、家族関係に問題があった可能性を考えるのは当然であり、尾崎もそういう趣旨の言葉を法然に伝えていたのだ。

「いいえ、残念ながら、そうではありません。私ともあまりそりが合いませんでしたが、母ともうまく行っていませんでした。いや、むしろ、雪江が本当にそりが合わなかったのは、母とだったと言ったほうがいいのかも知れません」

「その理由は何だったのでしょうか？」

「母は、肺がんで死んだ父に対して、強い嫌悪感を持っていました。しかし、雪江は父のことが傍《はた》からは病的に見えるほど大好きでした。ですから、そこに原因があったのかも。既に中学時代から、雪江は父のことで母と言い争っていました。私に言わせれば、父はもう死んでいるのですから、今更、そんな言い争いは意味がないとしか思えませんでしたが。もっとも、私は、その頃、大学に入って東京に住んでいましたので、母と妹との言い争いを見るのは、たまに帰省したときくらいでしたが」

淡々とした冷静な物言いには、哀《かな》しみを超えた諦念《ていねん》が滲《にじ》んでいるように見えた。

法然は、その話を聞きながら、梓の立ち位置が、何となく分かるような気がした。

死んだ父親を巡っての母と妹の確執を、梓はさぞかし荒《すさ》んだ気持ちで聞いていたことであろう。死んだ人間に対する評価が、生きている人間同士の疎外《そがい》要因であることに、いたたまれないような気持ちだったのかも知れない。

同時に、普通の会社人間として生きようとする梓の人生観は、長い間、母と妹との確執を目撃し、さらには妹の異常な死を体験した人間が、過酷な状況に対する反動として当然身につけるべき防御の姿勢のようにも、法然には思われるのだった。

「既にご存じと思いますから申し上げますが、私の父、大友一也《かずや》の弟は、金沢市では非常に有名な葉山《はやま》事件の加害者でした。つまり、私の叔父、大友一樹《かずき》は、この事件で幼い子供二名を含む三名を殺害し、死刑になった人物だったのです。母は、こういう、大友家の負の遺伝子をとても恥じていて、生前の父にも当たり散らしていたらしい。しかし、雪江は、だからこそ父に同情し、その問題に関して、父に冷たい態度を取っていた母を許せないと感じていたようです」

法然は、その告白に驚いていた。実は、そんな情報は法然の耳には入っていなかったのだ。

梓の口調は、変わることがなく、淡々としていた。だからこそ、語られていることの深刻さと、その口調がいかにも不調和だったとも言える。

おそらく、その事件は地元ではかなり有名な話なのだろう。一樹の家族はもちろんのこと、梓も雪江も、そして、この二人の母親も長年の間その事件に関連する激しいバッシングに耐えてきたことが推測された。大友家が秀才の家系だったことは、かえって、そのバッシングに拍車を掛ける結果になったのかも知れない。

法然を訪ねてきた田所も、石川県警の刑事なのだから、当然、大友家に関するそんな情報は知っていたはずである。しかし、田所は、そんな説明は一切しなかった。故意にしなかったのではなく、法然との会話時間は非常に限られていたため、そこまでの詳細を話す時間の余裕がなかっただけだろう。

ただ、法然は、自分が葉山事件を知らなかったことに、奇妙な後ろめたさを感じていた。とは言え、そのことを白状して、あらためてその事件の説明を受ける気にはなれなかった。

それに、と法然は思った。明朝、金沢に出発することになっているのだ。その種の情報は、地元に入ってから十分に収集することができるだろう。

法然は、あまりにもあっさりと大友家の犯罪史に触れた梓に対して、好感に近いものを感じていた。梓には、何事も隠す意思はないように見えた。身内の犯罪、妹の異常な死という負の出来事の連鎖は、梓にさらなる苦痛を強いたはずだが、梓の態度は表面上は凪《な》いだ海原のように穏やかだった。

法然は、雪江の売春については、初めから尋ねる気がなかった。尾崎が認めているとは言え、それは捜査情報のレベルであり、その情報はマスコミにも流れていなかった。あくまでも風聞として、雪江の周辺の人々に伝わっているに過ぎないのだ。

もちろん、近い将来、週刊誌レベルでは、登場してくる可能性がある話だった。骸《がい》骨《こつ》のような表情の飯田に尻《しり》を叩《たた》かれて泣きじゃくる哀れな雪江の姿が、法然の脳裏に浮かんだ。そういう情報が耳に入ったとき、梓が身内として、どれだけ平静を保っていられるか、法然には見当も付かなかった。

法然は、腕時計の日付を見た。三月三十一日（月）。明日から、四月だった。

そして、法然は、明日の午後には間違いなく、金沢の風情《ふぜい》ある街並みを眺めているはずだった。

3

法然は、東京駅から上越新幹線に乗った。出発前に田所に連絡し、大友雪江が金沢に入った経路を聞き出していた。雪江らしい人物と連れの男が上越新幹線のグリーン車の中で目撃されており、雪江が金沢に入るのに陸路を取ったと推定されていた。小松空港まで飛行機で行く方法もあったが、やはり、雪江が行った通りに行きたかった。

予算の面では、飛行機の方が安かったが、そこは近松が木暮にうまく話してくれて、捜査の必要上、新幹線と在来線の特急列車の乗り継ぎで行くことが認められていたのである。

午後〇時四十分、越後湯沢《えちごゆざわ》で、北越急行ほくほく線の特急「はくたか10号」に乗車した。プラットホームで駅弁を買い、車内で遅い昼食を摂《と》った。と言うか、朝から何も食べていなかったから、それがその日の最初の食事だったのだ。

越後湯沢から、金沢まで二時間三十五分程度だったので、食後、法然は葉山事件に関する資料を読んだ。資料と言っても、葉山事件の重要資料は石川県警にあり、それは現地に行ってから見ようと決めていた。法然が読んだのは、警視庁の資料室に保管されていた新聞や週刊誌の記事だけである。

法然は、車内で、葉山事件の犯人、大友一樹が『週刊毎朝《まいちょう》』に寄稿した手記を読み始めた。葉山事件に関して、マスコミに公表されていた記事の類《たぐ》いはほとんど読んでいたが、この手記だけが未読だったのである。

法然は、その手記を読みながら、ときおり、窓外に視線を投げた。四月に入ったとは言え、舗装された道路には未《いま》だに白い雪が薄く残り、その後方の所々に見える山肌の草木と共に、微妙な季節の移ろいを示しているようだった。

やがて、法然は列車の走行音以外は聞こえない世界に入り始めた。

大友一樹

私が葉山良和《はやまよしかず》を殺したかったわけ

午前三時に目を覚ました。夏なのに体が震えた。

他の選択肢はなかった。あの一家を皆殺しにするしかない。それが私の生き残る唯一《ゆいいつ》の道だと思った。

日曜大工用に使っていた金槌《かなづち》と着替えのジーンズとTシャツをベージュのずた袋に入れた。黒のジャージ上下を着て、家の外に出る。

闇《やみ》が呼気を吐き出し、星が流れた。早くも鉛のように重い夏の大気を感じた。あと一時間もすれば、東の空は白み始めるだろう。

目的地の平屋の木造家屋には、徒歩五分で到着した。葉山良和という、玄関の表札を見上げた。だが、ここは、間違いなく私の家なのだ。葉山が不当に占拠しているに過ぎない。

頭頂部の禿《は》げあがった陰険な顔つきをした男。それが葉山だった。本人は四十過ぎだったが、女房は若く、まだ二十代の後半だろう。幼い娘が二人いる。二人とも、幼稚園児のはずである。

侵入するのは、容易だった。何しろ、大家である私自身が、マスターキーを持っているのだ。

居残り佐平次《さへいじ》。それが葉山の異名だった。私がその異名を知らなかったのは、不動産屋としては不覚という他はない。アパート、マンション、一軒家を間借りしては、家賃を滞納して居座り、結局、高額な立ち退き料をせしめて、悠然と引き払うのだ。

悪質きわまりない居残り屋。こんな男に見込まれたのは不運だった。だが、不運を嘆いても始まらない。彼を葬《ほうむ》らなければ、私が破滅する。

強制執行で退去をさせるには、日本の裁判制度では時間が掛かり過ぎる。私に経済的余裕があれば、それもいいだろう。だが、私は、その家をできるだけ早く売却する必要があった。そうしなければ、資金繰りがどうにも立ち行かない。

実際、私は間借り人さえいなくなれば、その家を買ってもいいという人物を見つけていた。その家を売ることができれば、私はひとまずは窮地を逃れられる。

鍵《かぎ》を差し込み、左に捻《ひね》った。玄関の引戸を開け、中に入る。ごく普通の動作だった。自分の家に帰宅した人間が行う自然な動作。誰も見ていなかったが、仮に見ている人間がいたとしても、朝帰りの亭主が、多少とも女房のことを気にしながら、家の中に入る動作にしか見えなかったことだろう。

玄関の三和土《たたき》。赤いハイヒールが目に留まった。子供用の靴と紳士用の革靴も並んでいる。

すぐ目の前に、フローリングのリビングが見えた。そこには誰もいない。

履いていたズックを脱いで、上がり込んだ。リビングテーブルの上に、出前で取ったと思われる中華丼《ちゅうかどんぶり》が三つ置かれ、その中に食べ残しの麺《めん》と汁が僅かに残っているのが見える。激しく心臓が打ち始めた。

ずた袋を床に置き、金槌を取り出した。ずた袋はそこに放置し、忍び足でさらに奥へと進んだ。

間取りは熟知している。リビングを横切ると、八畳と六畳の畳部屋があるはずだ。台所とトイレと浴室を除けば、室内の部屋はそれですべてだった。冷《ひん》やりとした廊下の感触。ナイロンの靴下が微《かす》かに滑るのを感じた。正面に白い襖《ふすま》が見える。それが八畳間だ。おそらく、家族全員が揃《そろ》って寝るならば、その部屋が一番ふさわしいだろう。その奥にある六畳間は、家族四人で寝るには、狭すぎる。

そっと襖を開ける手が震える。

薄闇の中に折り重なるようにして眠る人間の姿が見えた。同時に、蟬《せみ》の羽音のような扇風機の回る音が私の耳を捉《とら》えた。

人数を明瞭《めいりょう》に視認できるほどには、目は闇に慣れていない。だが、不運なことに、その前に事態は動いた。

「ママ、そこに誰かいるよ」

闇の中から、聞こえる声は、私を動転させた。幼い女の子の声だ。襖を開けただけで、それ以上の動きはなかったのに、何故、気づかれたのか不思議だ。あるいは、初めから目を覚ましていたのかも知れない。

女の子の口から、もう一度同じ言葉が繰り返された。

「誰もおるはずないやろ」

成人の女の声が聞こえた。面倒くさそうな寝言のような口調だった。

「おる、おる。そこに変な人が立っとる」

激しい疼痛《とうつう》が私の胸骨を走り抜けた。その直後に、金切り声の女の悲鳴が、闇を裂くように響き渡った。

そのあとの記憶は飛んでいる。壊れた洗濯機のように激しく打つ心臓の鼓動と、闇の中を飛んだ血しぶきの感触だけが、鮮明に私の記憶の襞《ひだ》に刻み込まれた。

金槌を打ち付ける手応えはなかった。巨大な軟体動物を殴りつけるような脱力感。

人に危害を加えている実感さえなかった。まるで餅《もち》を搗《つ》いているように、ぐにゃぐにゃと、すべての重力が吸い取られていくような感触。そのくせ、血しぶきだけが激しく飛び散るのを知覚していた。

壁際《かべぎわ》のスイッチで、部屋の明かりを点《つ》ける。私自身が声にならない悲鳴を上げた。前頭部にぱっくりと赤い傷口を開けた女が私を見つめていた。目にも金槌の一撃が当たったらしく、片目から半分ほど眼球が飛び出し、夥《おびただ》しく出血している。嘔吐《おうと》するような激しいうめき声。その横では、横転した扇風機が不気味な低音のうなり声を立てている。

すぐに視線を逸らした。だが、その逸らされた視線は、ゴム人形のように蒲団《ふとん》の上に転がる二人の幼い女の子を捉えた。二人とも頭から血を流していた。お揃いの白のネグリジェが真っ赤に染まっている。

二人とも顔に傷はなかった。その普通の表情がかえって、私の記憶に鮮明に残り、執拗《しつよう》に纏わり付いた。

すぐに、明かりを消した。見るに忍びない光景だった。

だが、明かりを消した直後に、決定的な事に気づいた。肝心な葉山がいないのだ。

やむを得ず、もう一度明かりを点けた。今度は部屋の隅から隅まで見つめた。だが、結論は同じだ。やはり、その家の主《あるじ》の姿は見当たらない。

私は明かりを点けたまま、部屋の外に飛び出した。さらに奥にある六畳間を目指したのだ。息を切らせながら、同じような白い襖を、今度は荒々しく引き開けた。

そこに葉山が寝ているはずだ。私はそう思い込んでいた。その勢いのまま、左手に構えた金槌でぶちのめすつもりだった。

だが、私の足は蹈鞴《たたら》を踏むように、部屋の中央の畳の上で立ち止まった。その部屋には、誰もいなかった。蒲団さえなかったのだ。私は、呆然《ぼうぜん》としながら、ここでも明かりを点けて、確認した。

誰かが、家の中を動くような音が聞こえた。トイレにでも立っていた葉山が、その激しい物音に不審を抱いて、慌《あわ》てて部屋に戻って来たのか。混乱した頭の中で、そんな風に考えた。

急いでその六畳間を飛び出した。廊下から、玄関方向に視線を投げた。よろよろと歩く、赤いネグリジェ姿の女の背中が見えた。女が振り向いた。

額から、相変わらず夥しい血がしたたり落ちていた。口にも金槌が当たったのか、歪《ゆが》んだ唇の奥に見える歯が真っ赤に染まっていた。化け猫のような、恐ろしい形相だ。

奇声を発しながら、もう一度襲いかかった。闇雲に左手を振り回し、女の体のそこら中を殴りつけた。甲高い悲鳴と鈍いうめき声が交錯した。

女は俯《うつぶ》せに倒れ、ぴくりとも動かなくなった。私はようやく殴打《おうだ》を停止した。忘我状態で、廊下に跪《ひざまず》いた。

敗北を意識していた。それだけ激しい物音を聞いても、葉山が姿を見せないのは、彼が既に逃げたのか、あるいは、そうでなければ、もともと在宅していなかったと考える他はないのだ。

廊下の窓から、東の空を眺めた。早くも白み始めていた。どこかで近所の犬が激しく鳴いている。私は、パトカーのサイレンの音を幻聴のように聞いていた。

法然の頭の中でも、パトカーのサイレンが響き始め、それは列車の走行音と微妙に共鳴した。法然は、活字から目を逸らし、再び、窓外の風景を見つめた。

手記はあと一ページほどで終了するが、ここまで読んで、手記としてはかなり風変わりだと感じていた。大友一樹は金沢大学の文学部出身で、若い頃から文学青年だったらしいから、一定の文才を感じさせる手記ではある。

しかし、タイトルと実際に書かれていることが、妙に不調和に感じられるのだ。手記の大部分が、実際の行動の詳述に充《あ》てられていて、殺害動機という心理的側面に関するものは、葉山一家を殺さなければ自分が破滅するという程度の、大ざっぱな説明しかなかった。

おそらく、それはこれから読む部分に出てくるのだろうと予想されたが、手記はあといくらも残っていないのだから、それほど詳しい動機説明があるとは思えない。

法然は、大友一樹の粘着癖を感じた。殺害状況そのものに対する、詳細な記述自体に、意味があるような奇妙な手記。しかも、彼が真の目標とした葉山良和は取り逃がしたのだから、不思議なチグハグさが伴った。

法然は、再び、週刊誌のコピーの印字に目を落とした。彼の耳奥でサイレンの音は消え、レールを鳴らす単調な走行音だけが聞こえていた。

4

安中と伊達は「デジャブの森」の経営者山田《やまだ》洋平《ようへい》と事務所のソファーで向き合っていた。渋谷の道玄坂《どうげんざか》沿いにあるマンションの一室である。その部屋自体は、六畳程度の空間だったが、さらに奥の方にもう二部屋あり、そのうちの一室がコンパニオンの待機室になっているようだった。もう一つは、どういう用途で使われているのか、不明だった。

まだ、午後七時過ぎで、ほとんどの女性が出勤していなかった。山田の話では、女性たちがやってくるのは、午後九時過ぎが多いという。客が派遣を求めてくるのも、夜のかなり遅い時間帯が普通である。

山田は、四十代後半に見える、口ひげを蓄えた男だった。金縁の眼鏡とブルーのループタイ。喋《しゃべ》り方は、高級ホテルのフロント係と大差がなかった。愛想のいい男だったが、それは常に警察を味方に付けておきたいという本能的な防御反応とも取れた。何しろ、安中と伊達に会ったとき、山田がすぐに口にした言葉は、渋谷署で行われる、無店舗型の風俗営業者のための講習会には欠かさず出席しているということだったのだ。

「こういう店は、当然、女の娘《こ》には本番行為の禁止は徹底してるんでしょ」

安中が訊いた。もちろん、この店のホームページで本番行為の禁止が明示されているのは確認していたが、そんな文言はどのデリヘル店の場合でも書いてあり、それが実際には守られていない可能性のほうが高いのだ。

「もちろんです」

「でも、守らないコンパニオンがいたら、どうするの?」

安中が、いたずらっぽく笑い、からかうような口調で訊いた。

「即、解雇です。お客様の場合でも、本番行為を強要なさろうとする方は、ご利用をお断りさせていただいております」

山田は、真剣な表情で応えた。当然だろう。本番行為を認めれば、この場で逮捕されてもおかしくないのだ。ただ、もちろん、密室の中で男女二人だけで行われる行為なのだから、経営者にさえ本当は何が行われているのか分からないはずである。逆に言えば、その密室性が経営者の責任を微妙に回避しているとも言えた。

「ところで、三月十五日のことなんですがね――」

それまで、安中と山田の会話を黙って聞いていた伊達が、割って入るように話し始めた。伊達にとって、安中と山田の会話は無駄話にしか思えなかったのだろう。だが、風俗営業者との会話に慣れている安中は、逆に、そういう周縁的な会話の重要性を熟知していたのだ。

「水島ユリを指名した、オカムラという男の声に、あなたは何の不審も抱かなかったのでしょうか?」

伊達は、安中の思惑を無視するように、ズバリ本題に入った。言っている意味は分かる。何しろ、山田は三月十五日にスズキと名乗って電話してきた男の声が、三月三日にサトウと名乗って電話してきた男の声と同一であることを看破して、警察に通報してきたのだ。

そして、水島ユリを指名して「ダイアモンドグランデホテル」で殺害した男は、オカムラと名乗っていた。今から思えば、オカムラとスズキ、それにサトウも同一人物である可能性が高い。スズキをサトウと見抜いた山田が、オカムラの声との類似性に気づかなかったことが不思議だった。

「ところがですね――」

山田は、言い訳するように言い淀《よど》んだ。

「それが、ある会社の接待枠の御利用だったもんですからね。ついこっちも信用してしまい、気づかなかったんです」

「接待枠？ そんなのがあるんですか？」

伊達が怪訝《けげん》な表情で訊いた。高級クラブの接待枠なら分かるが、デリヘルの接待枠など聞いたことがないのだろう。実際、山田には事件発生当初から、何人かの他の刑事が聞き込んでいたが、「接待枠」などという話は一度も上がってこなかった。おそらく、山田もそのとき初めて、思わず口にしてしまった言葉なのかも知れない。

しかし、安中にとって、それは別段、違和感のある話でもなかった。商社などの営業部門が、高級デリヘル店を接待用に利用するのはそれほど稀《まれ》なことでもないのだ。商社の場合は、主として外国人向けのことが多く、ホームページに載るそういう高級デリヘルのコンパニオンの紹介文に、「英語対応可」などと書かれているのは、まさにそういう外国人接待用にもデリヘルが使われていることの証左だった。

「ええ、まあ、結構大きな会社に接待用に御利用頂いており、そういう御利用方法が私たちにとっては、一番安全でありがたいものなんです。ですから、そういう会社の名前を出されると、ついチェックが甘くなってしまうんです」

「じゃあ、そのオカムラという男が利用した接待枠というのが、どこの会社のものか教えてください」

あまりにも事務的な口調で、伊達が言った。山田の顔が曇った。安中から見れば、当然の反応だった。顧客の秘密をばらすようなことが、そう簡単にできるはずはないのだ。特に、「デジャブの森」などという超高級店にとって、そういう企業は絶対的にありがたい存在のはずだった。だが、伊達の質問は、そんな事情をまったく理解していないような訊き方だった。

「それはちょっと——お客様のプライバシーに関わることですから」

「それはそうでしょうが、こっちは、人の命に関わることでしてね」

伊達が強い口調で迫った。だが、山田は無言のまま視線を落とした。

「どうせ商社の営業あたりだよね」

不意に安中が口を挟んだ。その砕けた口調が、思わず、山田の反応を誘ったところがあった。

「いえ、違います」

「ほんと？　じゃあ、どこだろう？」

安中はクイズで最初の解答を外した人間のような口調で、呟《つぶや》いた。

「ですから、やはり、そればっかりはお応えできないんです。それに、あとで問い合わせて分かったことは、そのオカムラという男が一方的にその企業の名前を騙《かた》っただけで、その企業は今度の件とはまったく無関係なのですから」

山田が、もう一度、哀願するように言った。やはり、そういう企業の信用を失うことは、山田にとって死活問題なのだろう。それなら、こっちの方で調査するしかないと、安中は思った。

5

午後一時、法然と田所はひがし茶屋街《ちゃやがい》の中を通り抜けていた。金沢市の屈指の観光地の一つである。かつては、この界隈《かいわい》に花街《かがい》が発達し、遊郭に繰り出す前の引手茶屋《ひきてちゃや》が軒を連ね、三味線や鼓《つづみ》の音がかしがましく聞こえていたはずの地域だった。

法然が引手茶屋の意味を初めて知ったのは、大学時代、樋口一葉の『たけくらべ』の講義を定年間際の老教授から聞いたときだった。引手茶屋とは、客たちが遊郭に繰り出す前の待機場所という機能を持っているのだ。

待機場所と言っても、客たちはおとなしく待っているわけではなく、遊郭で本格的に遊ぶ前の前哨戦《ぜんしょうせん》がそこで行われるのである。酒、料理はもちろんのこと、三味線や鼓に合わせた常磐津《ときわず》・端唄《はうた》の類いが響き渡り、茶屋と遊郭を結ぶ人力車がひっきりなしに行き来していたことだろう。

しかし、現在、その界隈にある店は、いくつかの料亭とレストランを除けば、大多数は甘味処《かんみどころ》だった。まさに、茶屋という言葉の文字通りの意味だけが生き残ったかのようだった。

「ちょうどいいですね。お仕事とは言え、せっかく金沢にいらしたのですから、少しは観光地もご覧になってください。法然さんは、甘い物がお好きですか?」

「ええ、まあ」

法然は曖昧《あいまい》に応えた。甘い物が特に好きなわけではない。ただ、田所の言葉を社交辞令的に受け入れただけである。

「それじゃあ、帰りにここにまた寄って、甘い物でも食べながら一服しましょう」

田所が気を遣うように言った。実際、前日、金沢に到着して以降の法然は、異常なハードスケジュールで行動した。まず、田所の案内で、大友雪江の絞殺死体が発見された市内の高級旅館「水月亭」を訪問。死体発見者の客室係から話を聞く他、何人かの従業員にも質問した。それから、雪江がパンフレットを所持していた「泉鏡花記念館」を訪問。閉館時間が午後五時だったから、さほど重要にも思われなかったこの場所の訪問を先にしたのだ。

「泉鏡花記念館」は、市内の中心地からさほど離れていない近代的な文学館だった。鏡花の小説の朗読が音声案内によって試聴できるようになっている。それ以外は、どこの文学館でも同じであるように、鏡花に関わる文学年譜と履歴が長々と掲示され、特に目新しいものはなかった。ただ、法然の頭は雪江の足跡を追うことに必死で、鏡花への関心が高まることはなかった。

そのあと、さらに金沢市の郊外に住む雪江の母を訪ねた。しかし、それはいかにも気まずい訪問となった。梓とは異なり、母の大友遼子《りょうこ》はきわめて非協力的で、ほとんど事情聴取の拒否に近い状態だった。本来、殺人の被害者の身内であるはずなのに、まるで加害者の身内のような態度だったのである。

遼子は六十過ぎの年齢に見えたが、眉《まゆ》の薄い顔の険が目立つ女性で、その瘦《こ》けた頰の陰影も、どこか雪江を彷彿《ほうふつ》とさせた。ただ、法然の目からも非業《ひごう》の死を遂げた自分の娘を憎んでいるのが分かった。「自業自得です」という言葉を繰り返すばかりで、実質的な証言は一切、聞くことができなかったのである。法然は、ひょっとしたら、遼子は娘の売春の件も知っているのではないかとさえ思った。もちろん、法然も田所もそんなことは口にはしなかったけれど。

結局、遼子の鎧《よろい》のような堅い殻を壊すことはできず、法然と田所は退却を余儀なくされた。その代わりに、翌日になって、大友一樹の妻、大友忍《しのぶ》に会おうとしているのである。

忍の住居は、ひがし茶屋街のはずれにある西源寺《さいげんじ》をさらに数百メートル進んだ住宅街の一角にあった。

平屋だったが、どこか風情を感じさせる木造家屋である。田所が電話して、あらかじめ面会の約束はしてあった。田所自身は、既に以前に何回か忍に会っており、今回は、どちらかと言うと、法然のための面会とも言えた。

忍は、遼子とは違い、特に非協力的ということはなかった。自分の姪《めい》に当たる雪江の死をそれなりに悲しんでいるようにも見えた。しかし、話が遼子のことに及ぶと、露骨に顔を曇らせた。

「遼子さんとは、長い間、お話しいたしておりませんのや。刑事さんたちもご存じでしょうが、例の事件のことで、遼子さんは私たちとはあまり付き合いとうなかったようで、十年前くらいから、もう何の連絡もございません。一也さんが生きておった頃は、まだ付き合いもありましたし、遼子さんにも親切にして頂いた時期もあったのですが――」

法然たちは、冷えびえとした六畳の和室に通され、茶褐色の座卓を挟んで忍と向かい合っていた。忍の背後にある壁際の床の間の上には、ローマ数字の古びた柱時計が掛かっている。

忍も遼子とほぼ同年代に見えたが、着ているものは奇妙にみすぼらしかった。ベージュのスラックスに、紺のセーター。スラックスは色褪《いろあ》せて所々が白く変色し、セーターもすり切れたような繊維の毛羽《けば》が目立った。

「そうすると、葉山事件が起こった当初から、大友遼子さんが冷たい態度だったというわけではないのですね」

法然が初めて口を開いた。それまでは、田所がすべての質問を引き受けていた。

「ええ、一也さんが優しかったせいもあるのでしょうが、遼子さんも私たちに同情して、元気づけてくれることもありました。でも、しばらくして、冷たい世間の風が私たちだけでなく、大友家全体に吹き始めると、遼子さんの態度はがらっと変わったんです。それでも、一也さんは相変わらず、私たちを庇《かば》い続けたもんやから、しまいには、一也さんと遼子さんの仲までおかしくなり始めたんです。だから、私としては、二人が私たちのことなんか、見捨ててくれたほうが気楽な面もございましたのや」

「あなたは雪江さんと梓さんとは、少しは付き合いがあったのでしょうか？」

法然が重ねて尋ねた。

「いいえ、ほとんどありません。あの二人は私から見れば、姪と甥《おい》のわけやけど、やっぱり遼子さんに対する遠慮がありますからな。だから、今度、市内で雪江さんが殺されたというニュースを聞いたとき、本当に驚きショックを受けたのですけど、正直、私が覚えとる雪江さんは、小学生の姿なんですわ」

「梓さんに関しては？」

「同じようなもんですわ。ほとんど何も覚えとりません」

「一也さんと一樹さんは、仲のよい兄弟だったわけですね」

「それは、そうです。主人があんなひどい事件を起こしたあとでも、一也さんだけは、私たちを庇い続けてくれましたからな。ただ、運のない人でな、肺がんに掛かって亡くなったんですわ」

「そのとき何歳だったのですか？」

「まだ、四十二歳だったんですわ。がんちゅうのは、ストレスとも関係あるんやから、やはり主人のことで苦労したのが堪《こた》えたと思うと、私としては一也さんに本当に申し訳ない気持ちで一杯で」

忍はそう言うと、暗い表情で視線を落とした。田所が奇妙に冷めた目つきで、法然のほうに、例の禽獣《きんじゅう》を思わせるような鋭い視線を投げた。法然は、それに気づいていたが、その意味は分明ではなかった。

居心地の悪い沈黙が続いた。この部屋だけが冬が終っていないかのような錯覚を覚えた。

6

法然は、田所に薦められて、ズワイガニを一杯買った。

結局、法然と田所は、ひがし茶屋街の甘味処で甘い物を食べることはやめて、主として カニや魚介類を売る近江町《おうみちょう》市場に立ち寄った。忍の家で二時間近く話したから、忍の家を出たとき、既に三時を回っていた。

法然は、その日、夕方の五時十七分に金沢を出る「はくたか23号」で越後湯沢まで行き、そこから上越新幹線に乗り継いで、夜の九時二十分に東京に帰る予定だった。

所詮《しょせん》、一泊だけのせわしない出張である。県警で捜査資料を見せてもらう時間の余裕などとてもなかった。ただ、市場を三十分くらい見たあと、市場の外れにある喫茶店に入り、コーヒーを飲みながら二人で話した。法然にしてみれば、捜査資料を見ることができない分、田所からいろいろと聞いてみたいことがあったのである。

「彼女、一也と一樹の仲については、明らかに嘘《うそ》を吐《つ》いていますよ」

ウェイターが二人分のコーヒーを置いて去ると、田所は間髪《かんはつ》を入れずに言った。法然は、忍が話していたとき、田所が示した鋭い眼差《まなざ》しを思い出した。

「というのは？　そちらの捜査で何か挙がってきているんですね」

「ええ、地取り班の報告によれば、その二人は、必ずしも仲がよくなかったという評判が結構あったって言うんです。昔のことを覚えている高齢者が少しいて、そういう趣旨の発言をしているんですが、そのことは三十五年前の葉山事件の捜査報告書にもはっきり書かれています。兄の一也は、普通のサラリーマンで生活も地味だったのですが、弟の一樹は生活が派手で、不動産会社を経営しながら、かなり投機的な土地の売買をやっていて、その割に芸術家気質《かたぎ》で気性も激しく、商売上の敵も少なからずいたと言うのです。だから、葉山事件については、一樹が嵌《は》められたと言う者もいたみたいなんです。実際、裁判では、一樹についた弁護人がこのことに言及して、情状酌量を求めたことが記録として残っています」

「嵌められたというのは、具体的にはどういうことでしょうか？」

法然は、訊《き》きながら、一樹の手記の文言を思い出していた。間借り人さえいなくなれば、その家を買ってもいいという者がいることに言及していた箇所を何となく覚えていたのである。

「そもそも葉山良和は、一也の知り合いだったんです。一也の紹介で、一樹の経営している不動産会社に現れて、一樹の会社が所有している物件を借りたんです。それに、その物件を買いたがっていた男も、一也の知り合いだったんです。富永信二《とみながしんじ》という人物で、市内でレストランや土産物屋を経営している実業家でした。もう故人となっていて、改めて富永から事情を訊くことは不可能なのですが、当時の裁判記録によれば、一樹の弁護人は、はっきりとそう主張したわけではないが、一也と富永の連携を臭《にお》わせているんです」

「連携とは、どういうことですか？　二人がつるんでいたということでしょうか？」

法然の質問に、田所はすぐには応《こた》えず、コーヒーを一口啜った。それに合わせるように、法然もコーヒーに口を付けた。

「ええ、まあ、そういうことですね。ただ、ひどい悪意があったというよりは、賃借人の葉山に家賃を滞納させて居座り続けさせ、一樹を焦《じ》らせて、最終的には、葉山が入居した状態で、かなり安い値段で富永に売却させることを狙《ねら》ったんじゃないかというのが、弁護人の推測だったんです。買い取ったあとで、葉山を出て行かせ、通常の値段で転売すれば、富永はかなり儲《もう》けられる。そうなれば、当然、リベートみたいな形で、一也の懐《ふところ》にも金が入る。一也は、小さな製紙会社に勤めるサラリーマンで、給料も安く、生活も楽じゃなかったって言いますからね。もちろん、葉山にも金をやるという約束をしていたんでしょうね」

「そういう弁護人の主張は、裁判で認められたのでしょうか?」

「いや、認められませんでした。判決文では、根拠のない憶測と一蹴《いっしゅう》されています。実際問題としても、一也のほうも、それほどはっきりとそういう意図を持っていたというより、暗にそういう展開を期待していたという程度の心理的問題だったのかも知れませんね。日頃から、あまり仲のよくなかった弟に対して、意地悪な気持ちが働き、同時に自分自身が儲けられる可能性があれば、富永と葉山を焚《た》きつけることくらいしたかも知れないでしょ」

「しかし、その結果が重大すぎた」

「そうなんです。当然、一也はそこまでひどい結果は予想していなかった。そんな殺人事件になってしまえば、元も子もなかった。殺人のあった物件なんか誰も買いませんからね」

「でも、忍の話では、事件後、一也はずっと一樹や一樹一家に対して、親切だったわけですね」

「ですから、罪の意識に駆られ苦しんでいたとも取れますね」

田所の話では、一樹は一審の金沢地裁で死刑判決が出たあと、控訴まではしたものの、控訴棄却となったあとは、死刑判決を受け入れ、上告はしなかった。このとき、一也は何度も一樹が収監されている七尾《ななお》市の拘置所に足を運び、必死で上告を勧めたが、一樹は頑として受け入れなかったという。結局、一樹は、一九八九年三月十五日、刑を執行された。享年《きょうねん》三十八だった。

法然は、田所の話を聞きながら、二人の兄弟の確執に、得も言われぬ暗い思いを馳《は》せていた。田所の言うように、きっと一也はそんなひどい結果は予想できなかったのだろう。日頃から、不愉快に感じていた弟を少し困らせて、自分も経済的に少しだけ潤《うるお》うという下心程度の気持ちだったのかも知れない。そのけっして決定的ではなかった悪意が、三人の人間の生命を奪い、弟自身の命も絶ったのだ。

「一樹と忍には、子供はいなかったのでしょうか？」

法然は、ふと思い出したように訊いた。

「いたようですよ。幼い男の子がいたそうですが、結局、どこか遠い親戚《しんせき》に預けて、育ててもらったらしい。当時のことを知る人があまりいないんで、はっきりしないんですが、何しろ、一樹と家族に対する当時のバッシングはすごかったらしいですからね。忍は、親しい知人にも、どこに預けたか絶対に言わなかったそうです。正式に養子にしてもらったのか、それとも単に預けただけなのか、彼女は、事件から三十五年も経《た》った今になっても、昔の自分の子供が今、どうしているのか、頑として口を割らないようです。

私も、今日以外にも、何回か彼女に会っていますので、一度、ちらりと訊いたことがありましたが、彼女自身が、もう何十年も子供に会っていないから、どこでどうしているかも知らないと言っていました。もちろん、それが本当かどうかは分かりませんが、そのことが今度の事件と関係があるとも思えませんから、あまりしつこく訊いてはいないんです」

確かに、法然にもそのことと大友雪江の死が関係しているとは思えなかった。むしろ、忍の子供が今どこかで生きているとしても、金沢の地を離れて、大友家とは無縁な生活をしていることだろうと思った。

だが、一方では、弟の家族を離散させるほどに追い込んだ、一也の罪の意識がどれほど深いものであったかを考えざるを得なかった。雪江は、その父の苦悩を知っていたのではないか。そして、そんな父に同情し、深く愛してもいた。それが母の遼子との確執を生んだとしたら、二重の悲劇と言う他はなかった。

法然は、何気なく腕時計を見た。午後の四時半になろうとしていた。

「そろそろ時間ですか？」

田所が、気を利《き》かすように訊いた。

「ええ、そうですね。本当に今回は、大変お世話になりました」

法然は、心を込めて礼を言った。まだ聞きたいことはいくらでもあるような気がしたが、すぐには思いつかなかった。

「いや、とんでもありません。こちらこそ、貴重な情報をありがとうございました。東京にお帰りになったあとでも、また、情報交換をよろしくお願いします」

田所の言葉は、法然には若干、後ろめたく響いた。実は、それほど詳しくは雪江とデリヘル殺人の関わりについては話していなかったのだ。もちろん、故意に隠していたわけではない。

そもそも、法然自身の事件の見立てが固まっていなかった。大友雪江と高瀬千夏が同一人物だと判明したことにより、金沢における雪江の死が東京で起こっている連続殺人と関係している可能性は高まってはいたが、その二つの事柄がどう関係しているのか、見当も付いていなかったのである。

7

法然は、上越新幹線を上野駅で降り、京浜東北線《けいひんとうほく》で田端に戻った。キャリーバッグを引きながら、路上で自宅マンションの建物を見上げたとき、夜の十時近かった。妙に生暖かい夜風が法然をどこか落ち着かない気分にさせた。

自宅には、礼の他に安中もいるはずだった。金沢を出るとき、安中と礼に電話しておいたのだ。安中に対しては、カニを口実にしたが、もちろん、捜査上、話したいこともあった。

礼は、安中が来ることを知ったとき、幾分、声が弾んだように法然には思えた。しかも安中は、夜の九時頃には法然の家を訪問できると応えていたから、礼は一時間近く、安中と二人だけでいることができるのだ。簡単なつまみとワインで、安中をもてなしながら、法然がカニを持ち帰るのを待つと礼は言った。

だが、法然はふと、礼にとってカニなどどうでもいいのだろうと思った。安中と二人だけでいられる時間があることのほうが嬉《うれ》しいのかも知れない。そう思うと、例の微妙な刺激が、法然の体を痙攣《けいれん》のように突き抜けるのを感じた。

四階の自宅前で、インターホンを鳴らす。もちろん、カギも持っているが、法然はその日は何となくインターホンを鳴らすほうを選んだのだ。

しばらく、反応はなかった。法然は軽い胸騒ぎを覚えた。だが、やがて扉が開き、安中が顔を出した。

「あっ、お帰りなさい。お邪魔してます」

安中がいつも通りの屈託のない声で言った。だが、その顔は、若干赤くなっている。礼と一緒にワインを飲んでいるのだろう。それは、法然自身が望んだ段取りだったが、いざとなると、その現場を見るのが怖いような気分になった。だいいち、礼ではなく、安中が法然を出迎えたのも気に掛かった。

「奥さん、ちょっと酔っちゃったみたいですよ」

安中の口調は、自然だった。リビングにキャリーバッグを置いたまま、法然はテーブルに座る礼のほうを見た。礼は目を閉じ、うつらうつらと船を漕《こ》いでいる。テーブルの上には、空《から》の白ワインの瓶と半分ほど残った赤ワインの瓶。赤白用のワイングラスが、礼と安中が座る席の前に置かれているが、礼の赤ワインのグラスは、半分ほど残っていた。安中のグラスは、赤白ともに空である。それ以外に、近くのマーケットで買ったらしい、オードブルセットの銀白色のアルミホイルの皿がのっている。

法然は、もう一度、礼に視線を移した。明らかによそ行きの白のブラウスに、赤のミニスカートだ。その膝元《ひざもと》が緩みかげんで、ただでさえ短いスカートが上の方にたくし上げられ、肌色の薄いストッキングで覆《おお》われた太股《ふともも》が剝《む》き出しになっていた。礼は、法然が戻って来たことにも気づかないのか、相変わらず、目を閉じたまま、微かな寝息をたてていた。

「女房は、かなり飲んだのかね？」

法然は、安中に動揺を見ぬかれないように、平静を装《よそお》って訊いた。

「いや、白をグラス一杯と、赤をグラス半分ぐらいですよ。あとは、僕が全部飲みました」

確かに、安中は一人でワインボトルを三本くらい空けても平気な男だったから、その程度の酒量ではたいして酔っているはずはなかった。だが、礼は普段は、ワインをグラス半分ほどで酔ってしまうくらいだったので、その日の酒量は明らかに限界を超えているのだ。そして、礼は限界を超えると、気分が悪くなるタイプだった。

礼が目を覚ました。法然に気づくと、さすがに少し動揺した表情で言った。

「あら、あなた、帰っていたの。ごめんなさい。気がつかなくって」

「起こしてしまったみたいだな」

法然は、思わず言った。別に、皮肉を言うつもりなどなかった。だが、その言葉は礼には皮肉に聞こえたのかも知れない。

「いやだ。私、安中さんの前で寝てしまったの。恥ずかしいわ」

酔いが覚めかけて、若干、青白く見えていた礼の顔がみるみる赤くなった。

「カニはどうする?」

法然は、キャリーバッグのジッパーを開けて、カニの入った真空パックを取り出しながら言った。

「ごめんなさい、私、さっきから頭が重くて気分が悪いの。飲み過ぎちゃったみたい。カニは、あなたと安中さんで食べて」

「そうか。気分が悪いんだったら、君はもう休んでいいよ」

法然は、今度は皮肉に聞こえないように気を遣いながら、優しく言った。

「そうさせてもらうわ。安中さん、本当にごめんなさいね」

言いながら、礼が立ち上がった。その瞬間、足が縺《もつ》れて、転びそうになった。法然よりも近い位置にいた安中が、素晴らしい反射神経で礼を抱き止めた。礼は、安中の胸に顔を埋めるようにして、いかにも恥ずかしそうな表情をした。法然は、礼の耳たぶまでが赤くなっているのに気づいた。

安中が法然のほうを見た。そこから、礼を寝室まで運ぶのはあなたの役割でしょと言っているように見えた。

法然は、安中に礼を寝室まで運んでもらいたいような異様な衝動に駆られた。しかし、さすがにそれは言い出せなかった。真空パックのカニをテーブルに置くと、安中に代わって礼を抱き止めた。礼の顔には、がっかりしたような、ほっとしたような表情が現れたように法然には思われた。

法然は、礼を奥の寝室まで運んだ。礼は服を着替えることなく、ベッドの中にもぐり込んだ。しかし、中に入っても、しばらくの間、法然の手を握って離さなかった。

「あなた、ごめんなさい」

そう言った礼の目に涙が浮かんでいる。法然は、その謝罪の意味を深刻には受け止めなかった。むしろ、自分の書いた筋書きに浅ましさを感じている自分を意識していた。

「大丈夫だよ。ゆっくり休みなさい」

法然は、微笑《ほほえ》みながら、一層優しく言った。

8

法然がリビングに戻ると、安中が既に真空パックに入っていたカニを、大皿の上に取り出していた。大皿は、食器棚から勝手に取り出してきたらしい。

「茹《ゆ》でてあるやつですから、このまま食べられますよ」

「ああ、美味《うま》そうだな。君から食えよ」

法然が促すと、安中は「いただきます」と言いながら、いきなり親爪《づめ》をもぎ取った。手でその爪を二つに割りながら、安中が訊いた。

「奥さん、大丈夫ですか？」

「ああ、ちょっと飲み過ぎただけだよ。そもそもアルコールにあまり強くないんだ」

「じゃあ、あまり勧めないほうがよかったですね」

「いや、そんなことはないよ。彼女も、君と飲めて嬉しかったんじゃないか」

法然は、ごく自然にそんな言葉が出る自分に驚いていた。妙にざらついた気分だ。

安中を刺激するというより、自分を刺激したかったのかも知れない。嫉妬《しっと》の対象を故意に作り出すことによって、礼に対する自分の執着を確認するような気持ちだったのか。

安中は、一瞬、きょとんとした表情をして、無反応だった。だが、法然は、安中がその言葉の意味を理解していないとは思えなかった。

見かけより、遥《はる》かに相手の気持ちを気遣う人間なのだ。下手な軽口で、法然の嫉妬心を増幅するのを恐れて、あえて鈍い反応を装ったと法然は解釈した。それなら、法然も大人の対応をするしかない。

「ところで、金沢では面白い事実が分かったよ」

法然は、冷蔵庫から缶ビールを二本取り出し、一本を安中に渡し、もう一本のプルトップを引きあけながら言った。

「このカニ美味いですよ」

安中は、法然の言葉を無視するように、カニの身を頬張り始めた。それでも、法然は、忍から聞き出した話と、一也と一樹が不仲だったという田所の話を中心に金沢で得た情報を話した。

「でも、まあ、それは過去の事件に関する情報ですからね。今度の事件と直接的な関係があるとも思えないんですがね」

それは安中の言う通りだった。法然だって、直接的に関係していると思っているわけではない。ただ、雪江が抱いていた家族関係の不安の中身が、父方の負の遺伝子であることを確認したかっただけなのだ。

だが、確かに、それが確認できたところで新たな捜査の展望が見えてきたわけでもなかった。

「そうなんだよ。ただ、俺の気持ちの上で、納得したいということもあったんだ。やっぱり、大友雪江が子供の頃、どんな環境に置かれていたか、彼女の生育歴を知った上で、その売春の動機が推測できるような気がしたんだ」

「それで、何か推測できたのですか？」

「いや、何となく分かったことは、彼女が父親の罪を引き受けていたんじゃないかということぐらいさ」

「そうですかね。あくまでも、親と子供は別人格なんですから、父親の罪を娘が引き受けるなんて、やっぱり、何かおかしいですよ。少なくとも、彼女が売春をする合理的な説明にはなっていませんよ。好き嫌いで言うなら、俺はそんな小難しい理屈を言って売春する女より、ブランドものの高級バッグが欲しくてデリヘルで働く女のほうが好きですよ」

法然にも安中の言っていることはよく分かった。欲望と金。売春の動機はそれで十分説明が付くと言いたげだった。安中が本当にそう信じているというよりは、そういう合理的な距離の取り方をすることによって、動機というやっかいな事象を塩漬けにしているようにも法然には感じられた。

「ところで、君のほうでは何か新しいことが分かったかね」

ここで、法然はようやく缶ビールを一口飲みながら言った。安中のほうは、カニ爪を一本食べ終わり、缶ビールは開けずに、自ら注ぎ足した赤ワインを飲んでいる。

「ええ、例の『デジャブの森』ですが、オカムラを名乗る男が水島ユリを指名して予約を取ったとき、大岩《おおいわ》製薬の接待枠を利用していたことが分かったんです」

『デジャブの森』の経営者である山田は、結局、どこの会社の接待枠だったかについては、口を割らなかった。しかし、安中は、そのあと何人かのコンパニオンに接触し、そのうちの一人からそれが大岩製薬であることを聞き出していたのだ。

「大岩製薬？　確か、水島ユリも昼間は製薬会社に勤務していたんだったね」

「ええ、敬愛薬品です。どちらも一部上場の一流企業ですよ」

「偶然の一致だろうか？」

「それは分かりません。もう少し調べて見ないと。ただ、大岩製薬の接待枠を利用して遊んでいた客は、多くが大きな病院に勤める医者や事務長だったらしいですよ。まあ、薬の納入で便宜を図ってもらうのが目的でしょうね。国立の大学病院なんかの場合は、製薬会社も接待を受ける側も贈収賄《ぞうしゅうわい》の罪に問われる可能性がありますけど、私立病院の場合は、その可能性がないから結構派手にやってるらしいですよ」

「超高級デリヘルは、医者にとっては、秘密が漏れにくいという点で、安全な遊び場だということか」

「ええ、コンパニオンの女の子の話では、外科医が多いらしいです。手術でストレスがたまるからでしょうか。それに、精神科医もたまにいるそうです」

そう言うと、安中はにやりと笑った。

第四章　疑惑

1

法然は地下鉄丸ノ内線霞ケ関《かすみがせき》駅で降車し、中央合同庁舎三号館にある国土交通省を訪問した。雪江の親友、草薙瑠衣《くさなぎるい》に会うためである。瑠衣は東大経済学部を卒業後、国家公務員の上級職試験に合格し、国土交通省に入省していた。ただ、法然は瑠衣が勤務する二階には上がらず、受付を通して、瑠衣に電話で連絡してもらい、エレベーター前のエントランスホールで立ち話をした。

瑠衣は、法然の不意の訪問に、それほど怪訝《けげん》な表情も見せなかった。受付からの電話で話したとき、「大友雪江さんのことでお聞きしたいことがある」とあらかじめ言ってあったせいかも知れない。

瑠衣も、雪江が殺害されたことは知っていたので、警察の訪問を予想できなくもなかったのだろう。

「私たち、同じクラスで同じ語学の授業を受けていましたので、それ以来、親しくしていました」

瑠衣は、伏し目がちに、ホールのフロアーに視線を落としながら言った。控え目で、清楚《せいそ》な印象の女性である。黒目の勝った澄んだ目が、印象的だった。

「大友さんが亡《な》くなられたのは、いつ頃お知りになったのでしょうか？」

「今年の二月六日です。夕刊に事件のことが報道されたとき、友人の電話で知りました。その日は、大学時代の同級生何人かからも電話が掛かり、みんな騒然としていましたから」

「その同級生の中で、あなたは大友さんととても親しかった？」

「そうです。雪江とは本当に仲がよくて、大学時代は、何をするのも一緒でした。何故《なぜ》か気があったんです。だから、雪江が亡くなったとき、同級生の中で一番ショックを受けたのは、やっぱり私だったと思います。今でも、私、そのショックから完全には立ち直れないんです」

「そうですか。お気持ちはお察しします。そんなとき、まことに申し訳ないのですが、大友さんの交友関係についてお聞きしたいのですが。草薙さんは、御卒業後も大友さんと友人としてのお付き合いは続いていたわけですよね」

「ええ、電話ではよく話していました。でも、さすがに二人とも違うところに就職していて、毎日が結構忙しかったですから、そう頻繁には会っていません。ここ二、三年は会うにしても一年に一度か、二度くらいになっていました」

「一番最近会ったのは、いつ頃でしょうか？」

「去年の八月です。日にちまでは覚えていませんが、日曜日だったと思います。銀座で昼ご飯を食べて、帰りに千束にある彼女のマンションに寄って、二時間くらいお喋《しゃべ》りをして別れました」

千束のマンション。雪江は、そこへ路上から客を呼び込み、売春していたのである。そして、それが原因で極山会の飯田に命じられ、「夢床」で屈辱的な無償労働を強いられたのだ。もちろん、瑠衣が雪江と最後に会ったその日は、それよりもかなりあとの時期だと推定されるが、瑠衣が売春のことを雪江から打ち明けられていた可能性を法然は考えた。しかし、そんな微妙な質問はひとまず避けて、あくまでも手順を踏んだ質問を続けた。

「どんなことを話されたのでしょうか？　差し支えのない範囲でお話しいただけないでしょうか？」

本当は、差し支える部分が、一番聞きたいことなのだ。しかし、「差し支えのない範囲で」というのが、法然が聞き込みをする際の、常套句《じょうとうく》だった。そう言ったほうが、相手が意外に正直なことを話してくれることが多いのだ。

午後二時過ぎ。中途半端《はんぱ》な時間帯だったが、さすがに中央省庁の玄関だけあって、エレベーター前の人々の往来は、けっして少なくはない。法然と瑠衣は、西寄りの窓近くに立って、小声で話していたが、エレベーターの乗り降りをする人々が、二人の話を気にしている雰囲気はまるでなかった。

「その頃、雪江はあることで悩んでいて、そのことで、相談を受けていたんです」

「それは、どんな種類の悩みだったんでしょうか？」

「彼女、好きな人がいたんです。それを相手になかなか打ち明けられず、本当に苦しんでいました」

意外だった。雪江は、売春しながら、あるいはデリヘルに勤めながら、同時に恋愛もしていたというのか。

「その相手というのは、誰だったかご存じなのですか？」

法然は思い切って訊《き》いた。明らかに、「差し支える」質問だった。

瑠衣は、一瞬、押し黙った。言っていいものか、迷っているようだった。

「知っています。でも、私は会ったことがない人です」

瑠衣は、小声で、法然から視線を逸《そ》らせながら言った。

「そうですか。では、その方が誰なのか教えていただけないでしょうか。もちろん、あなたにご迷惑が掛からないように、できるだけ慎重に調査を進めるつもりですから」

「いえ、別に言っても構わないのです。それは雪江の片思いで、その方が今度の事件に関係があるとは思えませんから」

瑠衣は、その人間の氏名を言わないことで、かえって疑惑が醸成されるのを恐れるように言った。法然は頷《うなず》き、瑠衣の言葉を待った。

「実は、雪江は精神的に不安定になることがあって、そのため専門の精神科医のカウンセリングを受けていたのですが、その先生のことを好きになってしまったんです。尾崎先生という、都内の総合病院に勤務する方ですけれど――」

特別な驚きは生じなかった。むしろ、それは法然の頭の中にぼんやり浮かんでいた推理とそれほどかけ離れたものではなかった。法然は、初めて尾崎と面会して、雪江のことを訊いたとき、何となくそんな予感を感じていたのである。

「ああ、尾崎先生ですね。私は一度お目に掛かっています」

法然は、瑠衣の自然な言葉を引き出せるように、あえてさりげなく言った。

「カウンセリングを受けて、いろいろと相談するようになって、信頼関係ができあがって行くにつれて、男性としても、あの先生が好きになってしまったということでしょうか」

法然は、瑠衣の目を覗《のぞ》き込むようにして訊いた。

「ええ、まあ、そんな感じでした。でも、雪江は男女関係に関しては臆病《おくびょう》で、自分から告白できるタイプではありませんでした。結局、自分の気持ちを相手に伝えられず、悶々《もんもん》としていました。心の不安を和らげるつもりで受けたカウンセリングが、かえってその不安を大きくしてしまったわけですから、彼女はカウンセリングを続けるかどうかを悩んでいて、それを私に相談してきたのです。ただ、私としても応《こた》えるのが難しく、結局、彼女の話を聞いてあげることしかできませんでした」

「訊きにくいことですが、二人の間にいわゆる男女の関係などなかったのですね」

「なかったと思います。雪江は、告白もしていませんでしたから、尾崎先生は気づいてさえいなかったかも知れません。ただ、私が雪江に会った最後の日、彼女の部屋の中に、編みかけのマフラーがあったので、『好きな人にあげるの?』って訊いたら、はっきりとは言わなかったけれど、恥ずかしそうに頷いたので、私はきっと尾崎先生にあげるのだろうと思っていました。そのマフラーにイニシャルが入っていて、それが尾崎先生の氏名と一致していましたから」

法然の胸の鼓動が不意に高まった。不覚だった。何故そんなことに気づかなかったのか。

もちろん、法然は田所からマフラーに関する捜査情報は聞いていた。だが、それは捜査関係者だけが知っている情報で、マスコミには公表されていなかった。犯人だけが知り得る情報として秘匿《ひとく》されていたのだ。だから、当然、雪江の殺害現場にマフラーが残されていて、それが絞殺に使われた可能性が高いことを、瑠衣が知っているはずがない。

「Y・Oというイニシャルが刻まれていたのですね」

法然は、念を押すように訊いた。尾崎悠人。確かに、Y・Oである。そのイニシャルが、大友雪江と同じであることに、法然は今になってようやく気づいたのだ。

「ええ、そうです。だから、彼女が冬になってそのマフラーを尾崎先生にプレゼントして告白した可能性はあるかも知れませんが、その後のことは分からないんです。ずっと、何しろ、私、去年の八月に会って以来、電話でさえ彼女と話していないんです。何しろ、彼女のことが気になっていたんですが、私のほうも仕事がかなり忙しくなっていて、連絡を取ろうと思いながらもなかなか取れず、そうしている内に、彼女が亡くなってしまったんです。だから、私、とても後悔しているんです。もっと積極的に彼女と連絡を取り、相談に乗ってあげればよかったって」

「さきほど、尾崎先生が事件と特に関係があるとは思えないという趣旨のことをおっしゃいましたね。その根拠は何なのでしょうか？」

法然は、さらに踏み込んだ質問をした。瑠衣の顔に当惑の色が浮かぶ。

「特に根拠があるわけではありません。でも、私は雪江の内気な性格から考えて、彼女が最終的に尾崎先生に告白したとは思えなかったからです。マフラーだって、本当にあげたかどうかも分かりません。だから、やっぱり、尾崎先生のほうは、雪江の気持ちを知らないまま終わってしまったんじゃないかと思うんです」

「だから、二人の間で事件など起きようもなかったということですね」

法然が引き取るように言った。瑠衣が大きく頷いた。尾崎に対する、警察の疑惑を助長するようなことを言ってしまったことを後悔して、必死で取り消しているような態度にも見えた。

法然は、ここまで話して、瑠衣は雪江が売春していた事実は知らないのだろうと思い始めていた。好きな男性に対する恋心を胸に秘めて、それを告白さえできない純情で内気な女性という雪江のイメージが、根強く、瑠衣の心に刻まれているのを感じていたのだ。

瑠衣自身が、そういう清潔な女性に見えた。法然は、今回の一連の事件の関係者で、初めて種類の違う女性に会ったような気がした。

法然は雪江に対して瑠衣が抱くイメージを壊したくなかった。雪江の売春について、瑠衣に訊く気持ちは消えていた。

2

法然と安中は、横並びの自席に着いて、小声で話していた。

午後六時過ぎ。浅草署四階の生活安全課は、違法売春で検挙された女たちや売春管理者が目に付き、同じ階の取調室に繋《つな》がる通路は、奇妙な活気を呈していた。

法然も安中も外回りから帰ってきたところだった。法然は、草薙瑠衣に会ったあと、もう一度、事件のあった「ダイアモンドグランデホテル」と「銀座ロイヤルシュプリマシーホテル」に聞き込みに行っていた。西新宿と銀座に現れた、サトウ、スズキ、オカムラの人相についてもう少し詳しく確認したかったのだ。

安中は、相変わらず、「デジャブの森」と大岩製薬を洗っていた。安中は経営者の山田に執拗《しつよう》に顧客リストの提出を求めていたが、山田は言《げん》を左右にして、応じようとしなかった。

「ということは、尾崎が『デジャブの森』を利用していた可能性はありますよね。実は、大岩製薬の営業課長に直当《じか》たりして、『デジャブの森』のことを訊いたのですがね。徹底的にとぼけられましたよ。そんなところは知らないの一点張りなんです。しかし、今の係長の話を聞くと、何としても、山田のやつから顧客リストを出させる必要がありそうですね」

「だが、山田が応じる可能性は低いだろ」

「だったら、奥の手を使うしかありませんね」

「奥の手？」

「ええ、あの店のコンパニオンの一人から聞き出したんですけどね。事務所の奥にはあそこの女の子たちの待機室があるんですが、そのさらに奥にもう一部屋あって、そこを特別な客には利用させているらしいんですよ。ほら、『デジャブの森』はシティーホテルの宿泊者にしか利用を認めていませんから、東京近郊在住の客は利用しにくいでしょ。奥さんに対して、都内のホテルに泊まる言い訳はなかなか見つけにくい。

そこで、店側が特定の上客に、事務所の一角の部屋を利用させているらしいんです。でも、これは違法です。無店舗型の風俗営業の定義を明らかに逸脱しています。このことをネタに山田にリストを出させる手もあるということですよ」

「しかし、仮にそんなリストが手に入ったとしても、尾崎医師が本名を使っていることなどあり得ないだろ」

「それはそうですが、名前は偽名でも何となくそれらしいのを見つけられるかも知れないじゃないですか」

「うん、そうだな。それじゃあ、そっちのほうの調査は頼むよ。伊達君と一緒にやってるんだろ」

「一人で十分なんですけどね。彼がくっついてくるから、仕方がないですけど」

「まあ、そう言うなよ。本庁の刑事なんだから、顔を立ててやれよ」

法然が金沢に行ったときから、安中は伊達とコンビを組むように命じられていた。本庁の刑事と所轄《しょかつ》の刑事の組み合わせなのだから、これが本来のあり方なのだ。

安中の表情が変わり、法然に目配せした。奥泉が自分の席から、法然らの席に歩いてくるのが見えた。

「法然君、高鍋さん、厳しい立場なんだってな」

奥泉が法然の肩ごしに話しかけてきた。法然は無言だった。いくら警察内部の人間とは言え、特別捜査本部内の極秘事項を奥泉に話す気にはなれなかった。

実際、それは微妙な問題だった。というのも、高鍋らは記者会見で、必ずしも正確な発表をしているとは言えなかったのだ。

鈴木逮捕の際、女性警察官が立ち会ったことは認めていた。しかし、その女性警察官を囮《おとり》に使ったとは、明言していなかったのだ。むしろ、美羽が鈴木の部屋を訪れた主たる目的は、職務質問であったと説明していた。ただ、鈴木が警戒して中に入れない可能性を考えて、あえて女性警察官を使い、鈴木にデリヘルから派遣された女性であると思い込ませようという意図があったことは認めた。

これは高鍋が考えたことというより、刑事部長の島中と管理官の近松が書いた筋書きだったらしい。当然、記者団はそう簡単には納得せず、この点に質問の集中砲火を浴びせた。ただ、鈴木の国選弁護人との間には、鈴木を「嫌疑不十分」として即時釈放する代わりに、逮捕の経緯については、弁護側もそれ以上追及しないという暗黙の了解が成立していた。その結果、鈴木は釈放され、弁護人も逮捕の経緯を詳しく報道陣に話さなかったため、マスコミも囮捜査批判は、最初ほど口にしなくなっていたのである。

しかし、誤認逮捕をした上に、新たなデリヘル嬢殺人を許したのだから、捜査に対するマスコミの批判自体は、相変わらず手厳しい論調だった。その批判の矛先が、もっぱら捜査現場の最高責任者である高鍋に向けられるのは、ある意味ではやむを得ないことであった。

高鍋の針のむしろ状態は、確かに続いていたのだ。それは対外的にという以上に、捜査本部内部において、一層、顕著な現象だった。内部の捜査員たちは、それが高鍋によって主導された囮捜査であったことを、重々承知していたからである。

「いや、それほどでもありませんよ。マスコミは、いろいろと書きますけどね」

法然の代わりに、安中が応えた。高鍋を庇《かば》ったというより、そんなことに口を出す奥泉に対する皮肉に聞こえた。

「そうか。でも、そろそろ犯人を挙げないと、彼の立場も苦しいんじゃないか。俺だって、事件が早く解決して、君たちみたいな有能な二人に、早いとこ、セイアン課の仕事に戻ってもらわないと仕事が大変で困ってるんだ」

そう言うと、奥泉は甲高い声で笑った。それから、法然たちの後ろの通路を通り抜け、室外に出ていった。夕食を摂《と》りに、外に出るつもりらしい。

「何言ってるんでしょうかね。スポーツ新聞の競馬欄を読むのが仕事のくせに。仕事が大変なわけないでしょ」

奥泉の姿が見えなくなると、安中がかなり大きな声で言った。しかし、室内の警察官は、ほとんど出払っていたから、格別な反応もなかった。法然は、ただ苦笑したばかりだった。

そもそも、法然は奥泉のことを、それほど悪い人間だとは思っていない。無神経で気が利《き》かないのは確かだったが、それは長年の間に染《し》みついた生活習慣みたいなもので、今更文句を言っても始まらなかった。

「ちょっと上に行ってくるよ。高鍋さんが来てるんだ」

法然は、さり気なく言った。

「大岩製薬のこと、話すんですか？」

安中が訊いた。

「ああ。ただ、尾崎医師のことは、今の段階ではあまり決定的に報告するつもりはないよ。イニシャルが同じというだけじゃ、疑うべきたいした理由にならないからね。君もそのつもりでいてくれ」

そう言ったものの、法然の本心では、尾崎に対する疑惑が深まっていることは確かだった。ただ、それを口にすることで、高鍋に過剰な期待をさせたくなかった。客観的に見れば、それはまだ海の物とも山の物とも分からない情報と言うべきなのだ。「大岩製薬」と「敬愛薬品」の関係も、今のところ、ライバル会社だということくらいしか分かっていない。

法然が立ち上がり、後方にある部屋の出入り口に向かうと、偶然、入ってきた美羽と鉢合わせになった。

「あっ、係長」

美羽は立ち止まって、敬礼した。法然は、にっこりと笑った。

「元気？」

「ええ、何とか」

そう言って微笑《ほほえ》んだものの、美羽はあまり元気そうにも見えなかった。あの極度な緊張状態を経験した上、その努力も捜査自体の失敗で、報われることがなかったので、美羽もかなり落ち込んでいると、法然は人づてには聞いていた。いつか慰めてやらなければならないと思いつつ、法然自身もかなり忙しくなっていたため、その機会を持てなかったのだ。

「今度、安中君も入れて飲もうよ」

法然は、安中のほうを振り返りながら、さり気なく言った。

「ええ、ぜひ」

美羽の言葉が不意に弾んだ。だが、安中は、デスクトップのパソコンでしきりに何か調べているようで、法然と美羽の会話に興味を持っているようには見えなかった。

3

「ですから、何回おいでになられても、そういう顧客リストはお見せできません。私どもにとって、お客様のプライバシーは絶対なんです」

山田は、ついに切れたように言った。伊達のストレートな要求が続き、しばらくは丁重に断り続けていたが、伊達のしつこさについに堪忍袋《かんにんぶくろ》の緒が切れた感じだった。

安中は、あまり口を開かず、山田と伊達のやり取りを聞いているだけである。だが、それも最初から伊達と打ち合わせた作戦だった。

安中と伊達は、まるで病院の受付のようになっている、透明なガラスのカウンターを挟んで、山田と話していた。

部屋全体はがらんとしていて、山田の後ろにかなり大きな事務用デスクが一台あり、その上にノートパソコン、プリンター、卓上電話などがのっているだけである。カウンター前の入り口付近には、前回の訪問のときに座った応接セットがあるが、この日は山田も二人を早く追い払おうという意図があるのか、立ち話で応じていた。ピンクの壁際《かべぎわ》には、奥の部屋に繋がる扉が見えている。どうやら、事務所に常時詰めているのは、山田一人らしかった。

山田が一人で予約電話を受け、それを運転係の人間とコンパニオンに連絡するだけでいいのだ。余分な人件費をできるだけ減らそうとするのは、経営者として当然だろう。

そのとき、入り口の扉が開き、赤いワンピースの女性が入ってきた。長身でスタイルもよく、目鼻立ちのはっきりした美人である。「お早うございます」と山田に挨拶《あいさつ》したあと、安中らにも軽く目礼して、事務所の中を通り抜けるようにして奥の部屋へ繋がる扉のほうに向かった。

安中はその背中を意味ありげに見送った。

「ところで、社長、奥の部屋が女の子たちの待機場所になっているんでしたね。そのさらに奥にある部屋は何のためにあるの？」

不意に安中が訊いた。山田の表情が変わった。顕著な反応と言っていい。

「ええ、それはいろいろな用途で使っていますが、やはり、その部屋もコンパニオンたちの待機所に使われることが多いんです」

「そうかな。でも、さっきから、この事務所にやってくる女の子なんて、今来た人、一人くらいでしょ。このあと何人来るか分からないけど、事務所なんかに来なくて、電話一本で直接ホテルまで行く子のほうが多いっていうじゃない。だったら、せいぜい一部屋あれば十分で、二部屋も要らないでしょ。本当はもっと別の用途で使ってるんじゃないの」

安中が何を言おうとしているのか、山田は、当然、分かっているはずだった。

山田は、不意に黙り込んだ。安中は、その沈黙を降伏の予兆と解釈した。

「社長、『デジャブの森』は無店舗型の風俗営業として届けが出されているんでしょ。だったら、自分の事務所をホテル代わりに客に使わせることなんかできるわけないよね」

「ええ、そういうことは、基本的にはいたしておりません」

山田が動揺の色を露《あら》わにして言った。その声も、幾分、震えている。

「基本的に？」

安中がにやりと笑いながら、聞き咎《とが》めた。

「ですから、お客様の中には、ちょっとだけ部屋を使わせろって、強引に要求してくる方もあるんです。東京にお住みになっている方ですと、シティーホテルに泊まるわけにはいかず、かと言って、うちはラブホテルへの派遣はお断りしていますので――」

「そういうとき、たまには部屋を使わせてしまうことがあるということですよね」

今度は、伊達が言った。

「いや、その、分かってくださいよ。もちろん、基本的にはお断りしています。でも、どうしても、お断りできないこともあるんです」

「事情はどうであれ、違反は違反だよな」

安中が断定的に言い放った。山田の顔が苦しそうに歪《ゆが》んだ。

「それは分かっているんですが、強引なお客様の申し出をどうしてもお断りすることができないこともあるんです。もちろん、そんなことは頻繁に起こるわけではありませんが」

「まあ、いいじゃない。俺たちも、それをすぐに咎め立てするつもりはないですよ。でも、そういう違反行為はやめないとね。今後、やらなければいいんです。俺は風俗担当の刑事だけど、こちらは警視庁の捜査一課の刑事さんだからね」

安中は、ここで一呼吸置き、わざと伊達のほうを見た。伊達は、無表情のままである。

「捜査一課の刑事さんは、違法風俗営業なんかにあんまり関心がないんだな。だから、分かるでしょ」

安中は、伊達から視線を逸らし、今度は山田の目を覗き込むようにした。

「分かりました。ただ、私が顧客リストを出したことは、どうか内緒に願います」

山田が、ついにおろおろした声で言った。

「もちろんですよ。我々が情報の出所を外に漏らすことなど絶対にありません」

安中の返事に、山田は諦念《ていねん》にも似た安堵《あんど》の表情を浮かべた。それから、後ろの事務用デスクの位置まで戻り、立ったままでパソコンの操作を行い、ある画面をプリントアウトした。

「これで全部ですね」

安中は、A４判のコピー用紙にびっしりと印字された五枚のリストをめくりながら言った。

「ええ、全部です」

「本名を書いている客は少ないんでしょ」

伊達が言った。

「そうでもありません。かなりの方から、会社のお名刺も頂いておりますから、むしろ、本名のほうが多いと思います。特に、一流企業の方は、あとで発覚したとき、偽名は何か違法なことをしていたという印象を与えるからと言って、本名を書く人が多いんです。領収書なんかも正々堂々と要求される方もいらっしゃいます。私どもも、お客様にはできるだけ本名を書くようにお願いしているんです。でも、もちろん、中には偽名で通す方もいらっしゃると思いますが」

そのとき、安中はリストの二枚目に「大岩製薬」の名前を見つけていた。その下に、二十名ほどの人間の氏名と携帯番号が並んでいる。そのうちの何人かは社員かも知れないが、他は医者の可能性が高い。その証拠に、携帯番号の多くが同じ番号で、氏名だけが違っているのだ。おそらく、接待する側の社員が予約電話を入れているのだろう。

安中の目は、その大岩製薬のリストの最後に出ているオカムラシゲユキという氏名に引き寄せられた。

「これが問題の電話の主《ぬし》ですよね」

安中はその部分を指で指し示しながら、訊いた。

「ええ、そうです」

「しかし、携帯番号が他の人とは違いますよね。大岩製薬の接待枠を利用する人は、要するに、会社の営業担当者が電話してきて、実際に利用する人の代わりに予約しているわけでしょ。しかし、この人物は自分で予約電話を入れてきたわけでしょ。ヘンだとは思わなかったのですか」

「いや、たまにはそういうお客様がいらっしゃるんですよ。自分で電話してきて、大岩製薬のお客様だという方が。その場合、請求書は大岩製薬のほうに行くのですが、接待したわけではない方が勝手に御利用された場合でも、その方が会社にとって重要な方の場合、営業担当者はけっして文句を言わないんです」

なるほど、安中がもう一度リストを眺めると、大岩製薬の接待枠を使っているものでも、自分の携帯を使っている者も、少数ながらいるようだった。

氏名も正確に漢字で書かれているものもあれば、苗字《みょうじ》も名前もカタカナのものもある。堂々と名刺を渡して利用する者もいれば、携帯で氏名を告げるだけの者もいるのだろう。「デジャブの森」は会員制と謳《うた》っているものの、その実態は所詮《しょせん》、こんなものなのだ。匿名の悪意が細菌のように、この特殊な業界に紛れ込んでくるのは、大いにありうることだった。

4

安中と伊達は、尾崎の尾行を開始した。

既にこの件については、法然から高鍋に報告されていて、尾行の許可も得ていたのだ。だが、高鍋に過剰な期待を抱かせるのは本意ではなかったから、法然としてはできるだけさりげない口調で高鍋に話したつもりだった。高鍋のほうも、囮捜査の失敗以来、非常に慎重になっており、法然の報告に冷静に対応した。確かに、尾崎の件は、まだ、何とも言いがたい情報に過ぎなかったのだ。

ただ、安中と伊達の調査で、「デジャブの森」と「ゴールデンパフューム」だけでなく、絞殺事件の起こった他の二つのデリヘル店でも、雪江が勤務していたことが判明していた。極山会によって、ソープランドの「夢床」で一週間ほど無報酬で働かせられたあと、「デジャブの森」と「ゴールデンパフューム」に勤め、さらに「王妃《おうひ》城《じょう》」「ルビーコレクター」と転々としていたのである。

これらの店のコンパニオンたちは、もちろん、仕事上の源氏名を持っていたが、こういう超高級店の場合、店側に対しては、本名と昼間の勤務先を明かすのが、原則だった。容姿端麗であることが、重要な採用条件であるのは言うまでもない。だが、それに加えて昼間きちんとした仕事を持っていることが、雇用条件を有利にする大きな要素でもあるという。

例えば、「デジャブの森」の場合、客は九十分で十万円支払うことになっている。ごく平均的なケースの場合、コンパニオンの取り分は六万円で、店側は四万円である。しかし、コンパニオンが、一流航空会社の客室乗務員であれば、この取り分の比率が変わり、コンパニオンが八万で、店側が二万ということもあり得る。安中らは、そんな話を山田から聞き出していた。

ただ、採用の際、昼間の職業について虚偽の申告をし、雇用条件を有利にしようとする女性もいるから、身分証明書として運転免許証と社員証などの提示が求められるのが普通である。店側はそれをコピーして保管する。女性が勤務を辞めたら廃棄するというのが建前だが、女性が辞めたかどうかを判断するのはそう簡単ではないらしい。

辞める意思表示をはっきりとする女性は意外に少なく、いつの間にかいなくなっているというケースのほうが多いという。逆に、辞めたと思っていたコンパニオンが一年近く経《た》って、ふっと顔を出すこともあるのだ。そのため、身分証明書のコピーは、相当に長い間保管されるのが実情だった。

四店のうち、「デジャブの森」を除いた三店で、雪江の身分証明書のコピーが残っていた。「デジャブの森」の場合、極山会に捕まって解放された直後のことだったから、やはり慎重になっていて、身元を明かさなかったのかも知れない。ただ、その割に「夢床」の店長である渋谷にはあっさりと「デジャブの森」に勤めていることを電話で伝えているのだから、その辺りの雪江の心理状態は不明と言えば不明だった。

高瀬千夏という源氏名も「デジャブの森」のときに使っただけで、他の三店ではそれぞれ別の源氏名を使っている。

「大友雪江が、かなり早い段階で、自分のデリヘル勤務を尾崎医師に告白していたとしたら、雪江本人を除けば、彼女がどのデリヘルに勤めていたかを正確に知っていたのは、尾崎医師だけということになりますね」

伊達が安中に向かって言った。

ゴールデンウィーク明けの五月七日(水)。午後六時過ぎ、清涼会病院正門前。温暖な日で、夕方になっても既に夏を思わせる生暖かい風が吹き抜けている。

二人はバス停の正面にある白いベンチに座って話していた。法然が出張から戻っても、安中と伊達のコンビは解消されなかった。警視庁と所轄の刑事がコンビを組むのが本来の姿ということもあるが、法然の顔は尾崎に割れていたから、この任務はもともと法然には不可能だった。

「確かにその可能性はありますね。もっとも、雪江がどの程度具体的にその話をしたかによりますけどね」

伊達は、安中より二つ歳下で、三十歳だった。だが、安中にもさすがに本庁の刑事という意識が働くようで、丁寧語を崩すことはない。安中にしてみれば、法然とのコンビに比べて、居心地が悪いのは確かだったが、それでも伊達と一緒にいる時間が長くなるに連れて、次第に親しみのようなものを感じ始めていた。

ただ、伊達はその重そうな体を除けば、これと言った特徴のない刑事だった。警視庁捜査一課の刑事というのは、それなりのキャリアを積んだ優秀な刑事が、捜査一課長にスカウトされたり、警察署長に推薦されてなるのが普通だった。だが、伊達の場合、表向きはどこにその優れた能力が隠れているのか分からないようなところがあった。言うこともやることも平凡で、安中は伊達との会話がいささか苦痛だった。

「安中さんは、結婚されてるんですか？」

伊達が突然話題を変えて、訊いた。意外だった。そんなプライベートな質問を伊達からされることは、これまでに一度もなかったのだ。

「してませんけど」

「そうですか。僕もしてないのですが、茨城の両親から、いろいろとお見合いの話を持ち込まれて困ってるんですよ」

「見合いですか。いいじゃないですか。俺も一度、やってみたいな」

「いや、見合いなんて僕みたいにもてない男がやるもんで、安中さんのようなもてる人には必要ないですよ」

安中は少し困った顔をした。自分が女性からもてることは自覚していないわけではなかったが、安中は面と向かってもてると言われることが苦手だった。だから、そう言われると、安中は何の応答もせず、黙ってしまうのが普通だった。

「実は僕、好きな人がいるんですが、なかなか言い出せなくて」

会話が思わぬ方向に流れ出した。安中は、他人の恋の告白を聞くのも苦手だった。中学生や高校生でもあるまい。そんなことは自分で処理しろと言いたくなるのだ。

しかも、それをしようとしているのが警視庁捜査一課の刑事なのである。伊達がなぜそんなことを安中に言おうとしているのか、さっぱり分からなかった。安中は、思わず、体育会系にしか見えない、一見鈍重そうな眼鏡のない伊達の顔を見つめた。

安中が、好ましくない会話の流れを断ち切る言葉を模索している最中、その必要がなくなる事態が発生した。正門から、黒い手提げカバンを手にした黒の背広姿の尾崎が出てきたのだ。

安中と伊達は無言で立ち上がり、正門前のロータリーの入り口に路上駐車させてあった黒いセダンのほうに向かった。通常なら、尾崎はバス停からバスに乗り込み、電車を乗り継いで自宅まで戻るはずだった。尾行を始めてから、既に一週間近くが経ち、安中も伊達も尾崎の行動パターンは把握していた。基本的に、家と病院との単純な往復。今のところ、特別な変化はない。

安中と伊達はセダンの中に入った。バスが到着して、尾崎が乗り込むのを待つつもりだった。バスが動き出したら、伊達が運転して、そのあとを追う。尾崎が電車に乗ったところで、安中だけが車を降りて、電車に同乗する。尾崎が自宅に戻ったところで、その日の尾行は終了となるのだ。

だが、その日は予想外なことが起こった。尾崎はバス停へは向かわず、徒歩で公道に出て、通りがかりのタクシーを拾ったのだ。伊達が慌《あわ》ててエンジンを掛け、前方のタクシーを追い始めた。

5

尾崎は、西新宿のホテル、ヒルトン東京二階にある中華料理店「王朝《おうちょう》」に入った。

伊達は、ホテル正面玄関に近い、路上に車を駐車させ、車内で待機した。安中だけが、尾崎のあとを尾《つ》け、「王朝」内に入るのを確認すると、携帯で伊達に連絡を入れた。そのあと、店の正面から二十メートルほど離れた位置にある、壁際のソファーに座って待機した。

およそ二時間で尾崎が外に出てきた。他に背広姿の中年男性二人と一緒である。尾崎の顔は青白く見えたが、他の二人は幾分、赤い顔をしている。三人は談笑しており、医者仲間の会合のようだった。「診療」や「大学病院」という言葉が断片的に聞こえた。

三人がエレベーターの方向に歩き出す。安中は近づき過ぎないようにしながら、携帯で伊達に連絡を入れた。

「すぐに出ます。車を正面玄関に回してください」

安中はエレベーターとは逆の方向にある階段のほうに向かった。絨毯《じゅうたん》が敷かれたらせん状階段を駆け下りる。先回りして、ホテルのエントランスに向かうつもりだった。安中が一階に着いたとき、タイミングよくエレベーターから降りてきた尾崎らに会った。安中は素知らぬ顔で彼らのそばを通り過ぎ、いったん、エントランスの外に出た。後方をちらりと確認した。尾崎らもエントランスから外に出ようとしていた。すぐに伊達が運転する車が目に入った。背中越しに尾崎らがタクシーの列に並ぶのを確認しながら、伊達の車に素早く飛び乗った。タクシーに並ぶ列は、尾崎らを入れてもせいぜい五、六人だから、時間の余裕がなかった。

尾崎の連れは、尾崎とは別れて、二人で先にタクシーに乗った。尾崎が一人、次のタクシーに乗る。

伊達が車を発進させた。尾崎のタクシーを再び、追い始めた。だが、タクシーは三分ほども走らなかった。同じ西新宿にある「ダイアモンドグランデホテル」のエントランスに滑り込んだのだ。

安中と伊達に緊張が走った。竜崎美保と水島ユリが殺害された場所である。尾崎がここに宿泊しようとしているのか、それとも何か別の目的を持って来ているのかは、分からなかった。

ただ、安中らの調査で、尾崎が未《いま》だに独身であるのは分かっていた。自宅マンションは、都内の下高井戸《しもたかいど》にあったが、その夜、西新宿のホテルに泊まったとしても、別段、不都合もないはずである。

安中には、今一つ、尾崎の意図が読めなかった。

「伊達さん、今日は長丁場になりそうですよ。ここは何しろ、『デジャブの森』のコンパニオンたちが殺害されたホテルですからね」

「私たちだけで、大丈夫でしょうか？　本部に連絡を入れて、誰か応援に来てもらいましょうか？」

ホテル前の路上に車を駐車させたまま、二人は車内で早口で話していた。伊達は少し不安そうな表情だった。

「法然係長が空いていたら、あの人に来てもらいましょう。こういうことは慣れている人に頼んだほうがいい」

「しかし、法然さんは、顔が割れているのでは？」

「いや、尾崎に顔を見られなければ大丈夫ですよ。ホテルにチェックインしてしまえば、今日はもう外に出てくることはないでしょう。とにかく、彼がどこかの部屋にチェックインしたのか、それともただホテル内の施設に入っただけなのか確認してきます」

言いながら、安中は既に車の外に素早く飛び出していた。尾崎がホテルのエントランスに入ってからまだ一分も経っていなかったから、うまくいけば、チェックインの手続きを取る尾崎の姿を捉《とら》えることができるかも知れない。

伊達も法然を呼ぶことに、それ以上反対しない様子だった。

6

その女が十八階の一八〇四号室の外に出てきたのは、午前零時近くだった。女が部屋に入ったのは、午後十時過ぎだったから、二時間近く部屋にいたことになる。

同じ階の廊下で見張っていた安中と伊達が女を取り囲んだ。法然は、万一、尾崎と顔を合わせるのを避けるため、一階のロビーで待機中である。

女はひどく若い印象で、二十歳《はたち》前後にしか見えなかった。安中が警察手帳を見せながら、ごく普通の口調で話し掛けた。

「少しお聞きしたいことがあるんですが」

女の顔色が変わった。やはり、札付きの売春婦に職務質問を掛けるときとは違って、女の反応には、どこか素人《しろうと》らしさが伴った。

「何でしょうか？」

女は蚊の鳴くような声で応えた。自分の行動に対する後ろめたさを十分に意識した声色《こわいろ》だった。

「このホテルにお仕事で来られたんですよね」

安中は確信を持って言った。一八〇四号室に、尾崎が宿泊しているのは分かっていた。既にフロントで調べていたのだ。しかも、意外なことに、尾崎は本名で宿泊していた。

女は、返事をする代わりに小さく頷いた。

安中と伊達は、女を連れて一階までエレベーターで降り、そこで法然と合流して、同じフロアーにあるコーヒーショップに入った。

午前一時まで開いているコーヒーショップだった。コーヒーショップと言っても、高級ホテルの付属施設だから、通常のコーヒーショップの雰囲気とは違い、照明も抑制されていて、天井のゴールドのシャンデリアが、その派手な外観とは不似合いな鈍い光彩を放っていた。全体的に、薄暗い。

女を取り囲むように、法然、安中、伊達が大きな丸い椅子《いす》に、円形に座っている。幸い店内は空《す》いていて、法然らの近くには他の客はいない。

女は着ていたスプリングコートを脱いだ。胸元がV字に開き加減の、白いドレス風の、ロングのワンピースが現れた。大人びた、落ち着いた服装である。だが、その顔には、どこか幼さが残っていた。膝《ひざ》上には、エルメスのバッグが置かれていたが、それは何故《なぜ》か場違いに見えた。

法然は、女の年齢は二十歳ギリギリだろうと判断していた。ひょっとしたら、未成年の可能性もあるが、そうだとしたら、かえってやっかいである。未成年者のデリヘル行為を見逃すわけにはいかないから、検挙する必要が生じてくるのだ。だから、法然の腹づもりとしては、年齢について訊くのは避け、質問を尾崎のことに集中させるつもりだった。

黒のロングスカートを穿《は》いた若いウェイトレスが注文を取りに来た。馬鹿《ばか》丁寧な口調だから、注文を取るのにも、いちいち時間がかかる。女はレモンティーを注文し、法然たち三人はコーヒーを注文した。

「君、何歳なの？」

ウェイトレスが去ると、いきなり伊達が質問した。法然にしてみれば、一番して欲しくない質問だ。

「二十一歳です」

女は意外にすんなりと応えた。

「ほんと？　何か証明するものはあるの。免許証とか」

明らかに疑っているような口調で、伊達が畳みかけた。

「免許証は持っていません。車、運転しませんから」

女は幾分、強い口調で言った。

「学生なの？」

伊達が訊いた。女は小さく頷《うなず》いた。

「じゃあ、学生証があるでしょ。それで年齢を確認できるよな」

伊達は執拗だった。女の顔が強張《こわば》っている。安中が何かを言うのを期待した。だが、どういうわけか、安中も沈黙している。法然は、仕方なく、法然が会話に割って入った。

「君は、『デジャブの森』のコンパニオンをしてるんだろ。だけど、我々は風俗営業の取り締まりに来たんじゃないんだ。実は、さっき君が会っていた人についてちょっと訊《き》きたいことがあってね。君が学生だとしても、君が通っている学校に通報することなんかしないから、その点は安心して欲しい」

実は、尾崎は携帯からではなく、ホテル室内の固定電話を使って、「デジャブの森」に電話していた。女が尾崎の部屋に入って、二時間出てこなかったうちに、安中がフロント係から尾崎の通話記録を訊き出していたのだ。

「本当ですか？」

女は、探るような目で法然を見た。

「ああ、本当だよ。ただ、君が何者かを確認する必要があるから、とりあえず、身分を証明するものを見せてくれないかね。君が困るようなことは絶対にしないと約束するから」

法然の物腰には、どこか若い女性を安心させるところがあるのだろう。女は、明らかに伊達に対するのとは違う反応を見せ始めた。

女は、膝元のエルメスのバッグを開くと、学生証らしきものを取り出した。女の左隣にいた安中がさり気なく受け取った。

「へえ、早稲田《わせだ》の二年生――それも政経、優秀なんだ」

安中は言いながら、女の正面に座る法然に、その学生証を差し出した。

法然は、手にとって、顔写真付きの学生証を見つめた。

篠原安須菜《しのはらあずな》。確かに、早稲田大学政治経済学部政治学科の二年生だ。年齢も、本人の言う通り、二十一歳とある。学年とは一致していない。おそらく、浪人しているのか、留年しているのだろうと法然は思った。

法然は、「ありがとう」と言いながら、学生証を安須菜に返した。

「あの――私、何かの罪に問われるんでしょうか？」

安須菜が不安そうに訊いた。普通の取り調べなら、その可能性をちらつかせながら、必要な証言を引き出すテクニックを使う所だったが、相手は学生だという意識が働いて、法然はむしろ、逆の方法を選んだ。

「いや、何の罪にも問われないよ。そもそも、デリヘルは、合法なんだ。だから、安心して、我々の捜査に協力して欲しいんだ」

法然は複雑な心境だった。世間では一流と思われている大学の女子学生ですら、これほど際どいアルバイトに手を出すとは信じられなかった。キャバクラやガールズバーに勤めるくらいなら、法然にも分からなくはない。基本的には、飲酒しながら客と話すだけだとしたら、それほど抵抗はないだろう。

しかし、デリヘルの場合、きわめて明瞭《めいりょう》な肉体的接触が前提とされているのだ。世の中は間違っているなどと、野暮なことを言うつもりはなかったが、それにしても、若い女性の意識は法然の想像とは根本的に異なっているように思えた。

「この仕事はどのくらいやってるの？」

法然は仕切り直しをするように訊いた。

「一年くらいです」

「そうか。じゃ、さっきのお客さん、もう何度か君を指名している人なの？」

「いいえ、初めての人です」

安須菜はきっぱりと応えた。その言葉に嘘《うそ》はなさそうだった。

「職業は何だって言ってた？」

「お医者さんって言っていました」

「お医者さんは多いのかな。『デジャブの森』のお客さんの中には」

「ええ、多いです。三、四人に一人は、お医者さんって感じです」

「大岩製薬の関連のお医者さんなのかな」

ここで、安中が初めて口を挟んだ。

「いいえ、違うと思います。大岩製薬の関係なら、予約の段階で、そういう話が出ていると思いますから。今日のお客さんは、個人で来た感じでした」

大岩製薬と聞いて、すぐに意味を理解するのだから、安須菜が勤めたてのコンパニオンでないのは、法然にも分かった。

「うん、そうか。それで今日のお客さんについて、何か変わった点はなかったかな。

普通の客とは違う、風変わりな点があったとか——」

訊きながら、法然は我ながらあいまいな質問だと思った。だが、意外なことに、この質問に安須菜は顕著に反応した。

「ええ、非常に変わっていました」

「どういう意味で？」

法然が先を促すように訊いた。

「とっても変な要求をされたんです」

そう言うと、安須菜は、一瞬、視線を落とした。法然は、重ねて訊くことは避けて、安須菜がさらに話し出すのを待った。

「私に、服を着たままで体を強張らせて、白目を剝《む》いて、よだれを垂らして欲しいって言うんです。体を強張らせて、白目を剝くぐらいはすぐにできたけど、さすがによだれだけは恥ずかしくて、なかなか出なかったんです。でも何度も要求されたんで、仕方なくよだれをたくさん出したら、いきなり唇を吸われて、そのまま長い間強く抱きしめられたんです。そして、時々、唇を離して、ぶつぶつと『もっと体を強張らせて』って言うんです。私が体に力を入れて、さらに強張らせると、体が折れるんじゃないかと思うくらいのすごい力で抱きしめられて、また、唇を吸われるんです。唇と唇が離れる瞬間、すごく近い距離で目と目が合うんですが、あのお客さんの目、異様に据わっている感じで怖いんです。そのくせ、目に涙が滲《にじ》んでいて、それも何だかアンバランスなんです」

法然も、安中も、伊達も、毒気に当てられたように無言だった。当然、三人の頭には、硬直性愛という言葉が浮かんでいた。

「そういう変態的な行為を要求するお客さんは、デリヘルを利用する客には他にもいるわけで、彼が特別だったというわけでもないでしょ」

安中が訊いた。ただ、それは、会話を完全に途切れさせるのを防ぐために無理に訊いた質問に聞こえた。

「それはそうですけど、あのお客さんの場合、定番から外れている要求というか——」

「定番ねえ。定番って言うと、例えばどんな？」

今度は法然が訊いた。普通に考えれば、若い女性に訊くべき質問ではない。しかし、起こっている状況自体がそもそも異常だった。それに、法然は尾崎の性癖の異常さについて、相対的評価が必要だと感じていたのだ。

「例えばですか。刑事さんの前だから言うんじゃありませんが、うちの店を利用するお客さんのほとんどが、本番行為は禁止ってことは知っていますし、また、社会的地位も知的レベルも高い人が多いですから、そういう人はむしろ、本番なんて禁止されていなくてもともと興味がないんです。だから、オナニーするところを見せてくれとか、トイレでおしっこをするところを見たいなんていう要求はよくあるんです。でも、体を強張らせて白目を剝いてよだれを出せなんていう要求、これまでに一度もされたことはなかったんです」

安須菜は、近くに座る法然たちでもときおり聞き取れないことがあるほどの小声で話していた。まわりに他の客はおらず、従業員たちも離れた位置に立っていたから、話を聞かれる心配はない。

しかし、法然は安須菜のような若い女性からそんな話を聞くことに、奇妙な背徳感を感じ、無関係な第三者が密《ひそ》かに聞き耳を立てているのではないかという強迫観念に駆られた。法然は、暗い意識の迷路に迷い込んでいるように感じた。

「あのお客さん、それ以外は、何にもしなかったんです。私から、話を聞くだけで――」

安須菜の言葉に、法然は不意に我に返った。

「それ以外は、性的サービスを一切要求しなかったということ?」

伊達が乾いた声で訊いた。安須菜の異様な話のあとでは、「性的サービス」という言葉が、奇妙に現実的に響いた。

「ええ、最初の二十分くらい、そうやって抱きしめられて唇を吸われただけで、あとはお風呂《ふろ》に入ることもお断りになり、服も着たままで、いっさい私の体にも触れませんでした。そして、ただ、ひたすら質問をするだけだったんです。体力を使わなくて済むという意味では、楽な相手でしたけど、何だか気持ちが悪くて──」

「どんな質問をしたの？」

法然が訊いた。ここからは、法然が一人で質問を引き受ける形になった。

「殺されたコンパニオンについての質問が多かったです」

「竜崎美保さんと水島ユリさんのことだね」

「ええ、お店では二人は、それぞれ前田里穂《まえだりほ》と辻本由香里《つじもとゆかり》と名乗っていましたから、あの方もそう呼んでいましたけど。それに前に勤めていた高瀬千夏さんについて、いいろいろと質問されました。だから、私、あの方、尾崎と名乗って医者だと言っていましたが、刑事じゃないかという疑いを持っていたんです。だから、さっき、十八階で皆さんに声を掛けられたとき、何となくピーンと来たんです。ただ、最初の変態行為だけは、刑事さんがあんなことするわけないと思いましたから、よけいに混乱してしまったんです」

安中が吹き出しそうな表情で法然を見た。その顔は、「刑事にだって変態はいますよね」と語りかけている。だが、さすがに安中もそれを口には出さなかった。

「彼は尾崎と名乗ったのだね」

法然が、念を押すように訊いた。あくまでも本名で通して、スジの通らないことはしていないという尾崎の主張を何となく感じたのだ。それが最初の変態行為と矛盾するのは確かだったが、尾崎が自分の性欲を満足させるためにそんな行為をしたのか、それとも他の目的があったのかは分明ではなかった。

「はい、そう名乗っていました」

「そして、彼は殺された女性のことを君に訊いた？」

法然は質問を元に戻すように言った。

「と言うより、千夏さんを中心にした人間関係を訊いている感じでした」

「だけど、千夏さんという女性は、十ヶ月ほど前に『デジャブの森』は辞めたんだろ」

「ええ、でも、お店で三人揃《そろ》っていた頃、三人はとても仲がよくて、待機室で一緒になると、よく話していました。里穂さんと千夏さん、それに由香里さんと里穂さんが元々の知り合いだったようで、その結果、千夏さんと由香里さんも親しくなったようでした」

「君はどうだったの。三人とは親しかったの」

「いいえ、そうでもありません。千夏さんとは、お店に出る曜日が同じになることが多くて、結構親しく会話していましたが、由香里さんと里穂さんは、会ったら挨拶する程度でした」

「尾崎氏は、初めから君のことを知っていて、会いに来たのかな？」

「ええ、私のことは千夏さんから聞いたと言っていました。それで千夏さんのことで訊きたいことがあるって。私、すぐに千夏さんが殺されたことを言ってるんだなと思ったんです」

「えっ、君は千夏さんが殺されたってことを知っていたの？」

「ええ、噂《うわさ》としては聞いていました。里穂さんや由香里さんが殺されてから、待機室では女の子の話はそればっかりで、いろいろな情報と憶測が飛び交っていました。自分の身にもいつ降りかかってくるか分からない話でしたから、みんな怖がっていました。あの二人のことが新聞に出たときは、もちろん、本名で出たわけですけど、ほとんどの子が里穂さんと由香里さんのことだと気づいていたと思います。千夏さんについては、それよりずっと前から、殺されたという噂が流れていたんです。お店にいた頃から、彼女が絶対に会いたくないお客さんがときおりやって来て、彼女が逃げ回っているって話もありました」

興味深い話だった。法然は、思わず身を乗り出しそうになった。

だが、性急な質問は避けて、じっくりと安須菜から話を聞き出すほうを選んだ。

徐々に動揺から解放されてくると、さすがに安須菜の話は理路整然としていて、ある種の聡明《そうめい》さを感じさせた。

安須菜のバッグの中の携帯が鳴った。安須菜が出ていいですかという風に、法然を見つめた。法然が、頷く。

「理彩《りさ》です」

相手の番号で、誰からの電話か分かっているようだった。理彩というのが、「デジャブの森」での源氏名なのだろう。だとすると、相手は店側の人間である可能性が高い。

「それが――」

安須菜が口ごもるのを見て、法然は安中に目で合図を送った。

安中が立ち上がって、安須菜から携帯を受け取った。

「ああ、山田さん。どうもお世話になっています。今、彼女から少し話を聞いているところなんです。――、ええ、そうです。――、ですから、運転手さんは帰してやってください。私たちが、責任を持って、自宅まで送り届けますから。よろしくお願いしますよ」

安中が話している最中、男性のウェイターが近づいてきた。

「お客様、申し訳ありません。お電話は、ロビーのほうでお願いできませんでしょうか」

安中は、分かったという風に左手を挙げて、小走りに外に出て行った。経営者の山田が、なかなか電話を切らず、粘っているようだった。

安須菜は、携帯電話を取られた格好で、ぽつねんと椅子に座っている。だが、落ち着きは相当に取り戻しているようで、すぐに帰りたいとも言い出さなかった。その表情からは何の感情の起伏も窺《うかが》えなかった。そのとき、注文を取ったウェイトレスが、飲み物を運んできた。

「さあ、ひとまず、紅茶でも飲んでください。もうそんなにお時間は取らせませんから」

法然は、安須菜の目を覗《のぞ》き込むようにしながら、優しく言った。その実、安須菜からは相当な長い時間を掛けて、情報を聞き出す必要を感じていた。

安須菜は無言でティーカップに手を伸ばした。

7

法然は新宿の「紀伊國屋《きのくにや》書店」で新潮文庫の『歌行燈・高野聖』を買った。「泉鏡花記念館」で、「高野聖」の音声朗読をイアホンで聞いたとき、事件との関連で何となく「高野聖」が雪江の愛読書ではなかったのかと感じたのである。法然自身、「高野聖」は、大学時代にゼミで読まされた記憶があったが、大まかなストーリーを覚えているだけで、細部はほとんど記憶にない。

通勤の行き帰り、あるいは自宅でくつろいでいるとき、「高野聖」をぱらぱらと捲《めく》る程度に読み始めた。言葉が難しく、読書のスピードは思わぬほど遅い。

鏡花の作品の中では、「高野聖」は易しいほうだとゼミの教授が言ったのを覚えているが、けっしてそんな風には感じられなかった。日本文学科出身と言っても、大学時代、ろくに勉強した記憶もなかったから、自分の読書力などせいぜいその程度だと法然は思った。

ただ、「高野聖」に関して、法然のあいまいな記憶の中で、奇妙に印象に残っているのは、僧侶《そうりょ》でも魔性の女でもなく、馬に変えられて、売り飛ばされてしまう哀れな「薬売り」だった。

「う〜ん、どうもよく分からんな」

「どうしたの？ 何が分からないの？」

五月中旬、夜の九時過ぎ。法然は、久しぶりに自宅に早く帰って、礼の作ったカレーライスを食べたあと、リビングのテーブルで、「高野聖」を読んでいた。

礼は流しで食器を洗い終えてから法然のそばに来て、その文庫本を手に取り、ぺらぺらとページを捲った。

「これ、タカノセイって読むの？ 人の名前？」

法然は思わず苦笑した。礼は、大学は理系でコンピューターサイエンスを専攻していたから、文学的関心は皆無である。だが、考えてみると、法然だって、大学に入って日本文学の講義を聞く前に、この題名が正しく読めていたかは疑問だった。

「違う。コウヤヒジリって読むんだよ」

「へえ、和尚《おしょう》さんの話なの。どんな話？」

「妖怪《ようかい》の話だよ。山の中に迷い込んだ若い僧侶が、男を馬や猿や蝙蝠《こうもり》に変えて支配している怪《あや》しの女に出会うって話だよ」

「怖い話でしょ。だったら、私、ダメ」

「だけど、昔の小説だから、言葉が違いすぎて、今の若い人が読んだら怖いかどうかも分からないだろうね」

「ふ〜ん、そうなの。ところで、さっきから何を不思議がっているの」

ここで、礼がようやく本題に入るように訊いた。五月にしてはひどく暑い日で、礼は白の半袖《はんそで》Tシャツに、ジーンズという服装だった。

「主人公の僧侶がその妖怪の女に会うことになるのは、飛驒《ひだ》の山の中なんだけど、その前の分かれ道で、地元の人の忠告に従って、いったん、正しい道を行こうとするのに、たまたま知り合いになった薬売りが間違った道に入っていったことを知って、彼にその道がよくないことを知らせるために、わざわざその間違った道に入っていったということなんだ」

「それは、和尚さんだから、正義感が強かったんじゃない。その薬売りを救わなければいけないと思ったんでしょ」

「ところがね、その僧侶は、薬売りにその道がよくないことを知らせるために後を追った理由として、薬売りが嫌な奴《やつ》だと思っていたから、と言ってる。つまり、嫌な奴だからわざと見捨てたと思われたくないみたいなことを言ってるんだね。そんなことを聞けば、じゃあ、いい奴だと思っていたら、見捨てたのかいって、突っ込みたくなるじゃないか」

「高野聖」は、旅の僧侶が若い頃経験した怪奇な話を、小説全体の語り手である「私」に語って聞かせるという構成の小説だったが、法然はそんな説明は一切、省いて喋《しゃべ》っていた。従って、礼が、法然の言っていることを正確に理解しているはずもなかった。

「きっと、理屈っぽい人なのよ。そうやって、自分の気持ちに、特別な解説を付けなければ気が済まない人っているものなのよ。そういう人はたいてい堅物で女性にもあまり興味がない人が多いんじゃない。あっそうか、その人僧侶なんだから女性になんか興味もっちゃいけないのよね」

「ところが、この僧侶はそうでもないんだよ。僧侶って言ったって若い僧侶だから性欲はちゃんとあるんじゃないか。この小説の有名な場面に、山蛭《やまひる》に全身を嚙《か》まれたこの僧侶が、川で全身裸になって、女に体を流してもらう場面があるんだ。で、気がつくと、女も裸になっている」

「へえっ、そういう色っぽい場面もあるんだ。その女性は何歳くらいなの？」

「それがね、『貴僧《あなた》には叔母さん位な年紀《とし》ですよ』と、しきりに卑下する台詞《せりふ》を言う場面はあるんだけど、具体的な年齢が書いてある箇所はないんだ」

「でも、そう言うんだから年増《としま》の女って感じね。結局、年増の女が若い男を誘惑する話でしょ。そして、その女が妖怪ってわけでしょ」

法然は思わず、黙り込んでしまった。そう言ってしまえば確かにその通りだが、礼の表現ではあまりにも文学的風味がそぎ落とされ過ぎているように思われたのだ。礼は、法然の沈黙など意に介する風でもなく、さらに付け加えた。

「男性って、そういう話が好きよね。そんな話って、昔からあるでしょ。でも、女性は男性がいい女に誘惑される話なんて、そんなに読みたがらないものよ。女性はやっぱり自分が中心じゃなければ嫌なの。仮に自分がいい女じゃないと分かっていてもね。泉鏡花って、やっぱり男性が好きな作家じゃないの」

そう言うと、礼は法然のそばを離れ、奥の部屋に引っ込んでいった。自分の意見に納得すると、相手の反応などお構いなしに話を打ち切るのが、礼の性癖である。自己完結型と言うべきか。

そのあと、パソコンでCG映像を見ながら、ベリーダンスの動きを研究するつもりらしかった。法然には、ほとんど理解不能な世界だが、それはまさに、礼が文学を理解しないのと同じだった。

礼がいなくなった部屋で、法然は「高野聖」を読み続けた。学生の頃読んだ記憶がかろうじて残滓《ざんし》となって、若干、詳細なストーリーが浮かび上がり始める。だが、不意に礼の言葉の断片がもう一度法然の脳裏を掠《かす》め、法然は手に持っていた文庫本をテーブルの上に置いた。

「泉鏡花って、やっぱり男性が好きな作家じゃないの」

法然は、尾崎のことを考え始めた。「泉鏡花記念館」のパンフレットが雪江のバッグから発見されていたため、雪江が泉鏡花の愛読者だったと考えたのは、やむを得ないところがある。金沢で「泉鏡花記念館」を訪れたときも、あくまでも雪江の足跡を追っているつもりだった。

しかし、礼の言葉は、法然の思考の経路を微妙に変更した。泉鏡花の愛読者は雪江ではなく、金沢の「水月亭」に一緒に泊まった男性のほうではなかったのか。

精神科医である尾崎が、泉鏡花の愛読者であったかどうかは分からない。しかし、少なくとも、尾崎の言うことは文学的に響いた。そして、安須菜に行った行為が変態的であることはやはり否定できなかった。

それに、医者という職業を考えた。はっと閃《ひらめ》くものがあった。日本文学の古典の授業で、ある教授が喋っていた講義内容を不意に思い出したのだ。

遠い過去において、医療と信仰はほとんど同じだった。病は、加持祈禱《かじきとう》によって、治癒《ちゆ》するものと信じられた。従って、医師とは僧侶であったのだ。

法然は、自分の考えていることが妄想に近い想念であるのは分かっていた。だが、どうしても、僧侶が薬売りを救うために飛騨の山中に入っていったというストーリーと、尾崎の姿が重なるのだ。

もちろん、雪江は女性であるから、薬売りと直接的に結びつけられるわけではない。だが、尾崎が、雪江というよりは、雪江が行っていた売春という行為を嫌悪《けんお》していたとすれば、性別の違いを超えて、雪江を薬売りになぞらえるのは不可能ではない気がした。

法然の想念は、際限なく拡大し続けた。

8

法然と安中は、六階の講堂に呼び出された。待っていたのは、例によって高鍋と近松である。最近は、大きな捜査会議の数は減っていて、高鍋と近松が、しかるべき捜査担当者と個別に会談することが多くなっているようだった。

四人は、それぞれスチール椅子を持ち出して、普段、大規模会議のために使われる講堂の床上に円形に着席していた。差し迫った議題は、もちろん、尾崎のことである。

「すると、過去において大岩製薬の接待枠を使って、敬愛薬品に勤める水島ユリを抱いた医者がいた可能性がありますね」

近松が言った。近頃は、高鍋に比べて、近松が発言する機会が多い。囮《おとり》捜査の失敗以来、高鍋が何かを積極的に提言することはなくなっていた。

「いや、水島ユリが敬愛薬品の社員だったことにあまり過剰に注目することは危険だと思います。もちろん、そういうことはあったかも知れませんが、ユリのほうから昼間の仕事を積極的に言うはずもありませんから、そういうことがあっても、相手が気づいた可能性は低いでしょう」

安中が言った。捜査本部の幹部たちを前にしても、ほとんど臆《おく》するところがなかった。

「しかし、ああいうところは、ある意味では昼間の仕事を売り物にしているんでしょ。だから、ユリが自分のステータスを上げるために、そういうことを客に仄《ほの》めかすことはあり得るんじゃないですか」

「いや、そういうことは考えにくいですね。ホームページの記述でも、『昼間は一部上場企業にお勤めされ』と書いてありますが、どこの企業か具体的には書いてありません。もちろん、知りたがる客はいると思いますが、彼女たちはその一点に関しては、非常に口が堅いと思います。

唯一《ゆいいつ》、あり得るのは、客とコンパニオンが店を離れて、個人的に付き合うようになった場合ですが、過去の出勤表を見ると、ユリは殺される前まで比較的コンスタントに出勤していますから、客とそういう関係にあるとは考えにくいんじゃないでしょうか。客との特殊な関係ができると、いわば愛人みたいな関係になるわけですから、店を通すと自分のもらいが少なくなるわけで、自《おの》ずと出勤回数が減ってくるのですが、ユリの場合、そういう兆候は見られません」

このあと、ようやく高鍋が発言した。

「しかし、尾崎医師が、篠原安須菜をわざわざホテルに呼び出し、『デジャブの森』内部の人間関係を聞きだしている意味は大きいな。彼が何かの調査、それも大友雪江に関する調査をしていたことは明らかだが、その調査の目的がはっきりしない。精神科医として、既に死亡している自分の患者のことを学問的に調査していたというのも、いまいち説得力に欠けるしな。

特に、彼が安須菜に白目を剝いて、体を硬直させ、よだれを垂れさせて抱きしめたという行為は、どう考えても、自分の性欲を満足させるためだったとしか思えんだろ。それとも、雪江から聞きだした話を元にして、真犯人でも探していたというのかね」

高鍋は、いまだに囮捜査の失敗が堪《こた》えているのか、いくつかの選択肢をあげて可能性に言及する言い方に留め、一切の断言を避けているように見えた。

高鍋の発言に対しては、法然が応じた。

「篠原安須菜の証言を、尾崎の個人的な性欲の部分をとりあえず無視して整理すれば、およそ次の二点に絞られると思います。尾崎医師は、高瀬千夏こと、大友雪江の『デジャブの森』における人間関係を調べていた。そして、彼女に付き纏《まと》っていた顧客が誰か突き止めようとしていた」

「ということは、法然係長は、やはり、彼が雪江殺しの犯人を追い求めていたとお考えなのですね」

今度は、近松が訊いた。

「いや、それが必ずしも明瞭ではないんです。安須菜の話では、千夏を指名する特定の電話があり、相手がその人物であることが分かると、千夏は極度に怯《おび》え、経営者の山田がどんなに説得しても、その予約には応じなかったようです。しかし、千夏は安須菜に対して、生前、その男はウイルスのように『デジャブの森』の内部に入り込んでいると言って、怯えていたようです」

「ウイルスのように入り込んでいる？　それはどういう意味ですか？」

再び、近松が訊いた。

「よく分かりませんが、安須菜は、その男が『デジャブの森』の他のコンパニオンに、客として接しているという意味に解釈したそうです。もちろん、本名を言う客もいるでしょうけど、ああいう世界は偽名だらけですからね。仮に、千夏を怯えさせていた客が、いろいろと違う名前を使い分け、予約を取っていたとしたら、何しろ顔を見ずとも電話だけで予約が成立する世界ですからね。その客が店の他のコンパニオンに接するのは防ぎようがないでしょう。いや、安須菜の勘では、千夏は一度くらいは、名前に騙《だま》されるような格好で、その一番会いたくない男にホテルで会ったんじゃないかと言っていました」

「どうしてそんなに会いたくないのか、理由は何だったんですか？」

「それは安須菜も尋ねたのですが、千夏は理由は言いたくないと言って、口を閉ざしたそうです」

「だったら、尾崎医師は、やはり真犯人を突き止めるために、安須菜に接触したと考えるのが、一番、普通じゃないのか」

　ずっと法然と近松のやり取りを聞いていた高鍋がようやくここで再び口を挟んだ。

「それはそうなのですが、うがった見方をすれば、千夏こと雪江を怯えさせていた男が、『デジャブの森』の中で誰と考えられているのか、探っていたようにも見えるのです。つまり、ときおり客として『デジャブの森』を利用していた硬直性愛の男が誰なのかを調査しているように見せかけながら、自分にどの程度の疑いが掛かっているのかを見極めようとしているようにも見えるのです」

「万一、その男が尾崎医師自身だったら、そのことがばれているかどうか。もっと言えば、雪江が尾崎医師のことを他のコンパニオンに喋ったかどうかを確認しようとしていたとも取れるというわけだね」

「そうです。結局、雪江はその男に対する恐怖に耐えられず辞めていったようですが、他のデリヘルに移ってからも同じ男に付き纏われていた兆候があったか、今、安中君が調査中です」

　言いながら、法然は安中を見た。安中が引き取るように話し出した。

「大友雪江は、『デジャブの森』を辞めたあと、去年の七月頃から、『ゴールデンパフューム』という店に勤め、ここのコンパニオンが浅草のホテルで八月五日に殺されたあと、『王妃城』というデリヘル店に移っています。ここの店のコンパニオンも十二月十三日に新橋のホテルで殺害されました。そのあとさらに、雪江は『ルビーコレクター』という店に移りますが、ここでの在籍期間は非常に短かったようです。年が明けた、つまり今年の一月八日、今度は渋谷のホテルでこの店のコンパニオンが殺害されました。そして、雪江自身が、二月五日、金沢市の旅館で殺害されるに至ったわけです」

「すると、雪江の視点から見た場合、雪江を中心に殺人事件が起こっているようにも見えるわけですね。竜崎美保と水島ユリの場合を除外すれば、犯人のターゲットは雪江だったが、何かの理由があってまず、他のコンパニオンを順番に殺していって、最後に雪江を仕留めたという印象があります。

もしそうだとすれば、これは大変なことですよ。事件の構造を根本的に見直さなければならなくなる。我々は捜査本部の中にいるから、雪江一人の視点で見ることができず、複合的な視点で全体を見てしまいますから、このことに、かえって気づかなかったのでしょうか」

近松がため息混じりの口調で、状況を総括した。他の三人は無言だった。本当にそうなのか、すぐには判断不能だった。

「で、『デジャブの森』以外の店では、雪江に付き纏っていた男の影は摑《つか》めたのかね?」

高鍋がぽつりと安中に訊いた。

「いや、難しいです。私の調査によれば、他の店は、『デジャブの森』のような人間関係は成立しようのない環境だったようです。つまり、コンパニオンの待機所みたいなものはなく、コンパニオンは電話一本で直接ホテルへ向かう形式です。彼女たちが互いに顔を合わせる機会があるとすれば、送迎の車の中だけですが、これも互いに『お早うございます』と言うくらいで、相手の名前さえ分からない状態だったと言いますからね。

もっとも、これがデリヘルでは普通であって、できるだけコンパニオン同士が情報を交換できないようなシステムになっているんです。その意味では、『デジャブの森』のほうが例外なんです。だから、もっと多くの情報を期待できるのは、やはりあそこですよ」

「逆に言えば、他の店は、これ以上調査しても、たいした情報は出てきそうもないということだね」

高鍋が、冷静な口調で言った。妙に否定的な言い方にも響いた。安中は無言で頷いた。

「一課長、私がもう一度、尾崎医師に会うことを許可願えないでしょうか？」

法然が、再び、改まった調子で口を開いた。法然には、これ以上の周縁的調査をしても決定的な何かが出てくるとも思えなかった。尾崎と対峙《たいじ》することによって、何かの突破口が生まれる予感がしていたのだ。

「それは構わないが、あくまでも慎重にお願いしますよ。相手は、社会的地位のある人間だから、人権問題でも持ち出されたらやっかいなことになる」

法然は、高鍋の発言を、幾分、悲しい気持ちで聞いていた。高鍋は、すっかり萎縮《いしゅく》してしまった。それが警視庁捜査一課長の重圧とも言えるのだろう。捜査一課長が新しく就任した際には、記者会見が行われ、その模様がテレビニュースにも流れるようなポジションなのだ。

だが、とにかく、法然はもう一度、尾崎に会うお墨付きを高鍋からもらったことに安堵《あんど》していた。同時に、自分が尾崎に会いたいと思うのは、捜査という以上に個人的関心のなせる業《わざ》とも感じていたのだ。

第五章　病者

1

　そのマンションは、京王線《けいおう》の下高井戸駅から徒歩五分の場所にある。周りは、住宅街というよりは、むしろ、住宅街と商店街の隣接地域のような場所で、密集する商店街の中にマンション、アパート、個人の住宅が軒を連ね、奇妙に気ぜわしい雰囲気を醸《かも》し出していた。

　法然はあらかじめ病院に電話を掛け、尾崎が非番の日に会う約束を取り付けていた。既に六月に入っている。平日の午後二時、快晴。気温はかなり上昇し、二十八度を超える夏日になっていた。法然は、紺の上下の背広だったから、この暑さは堪《こた》える。上着を左手に抱えたまま、エントランスのインターホンを押した。すぐに尾崎が応答し、オートロックが解除された。

尾崎の住居は、六階の角部屋だった。２ＬＤＫで、特に贅沢《ぜいたく》な印象も受けない。法然と尾崎は、リビングにある濃紺のソファーに対座した。

尾崎の後ろには、作り付けの書棚があり、その中には和書・洋書が混然となってずらりと並んでいる。そのコレクションだけでも、かなり膨大に見えた。奥には、寝室と書斎があるらしかったが、リビングとの間はアコーディオンカーテンに区切られていて、視界は遮られていた。

「お休みの所を誠に申し訳ありません」

法然は深々と頭を下げた。尾崎は無表情だった。特に、法然の訪問を不快に感じているという印象でもなかった。

法然は、もう一度、何気なく書棚のほうに視線を移した。まず、『冬山登山』という書名の単行本が目に飛び込んできた。それ以外にも、登山関係と思われる何冊かの書籍があった。尾崎は登山が趣味なのかも知れない。法然には少し意外な気がした。

はっとした。『高野聖・眉《まゆ》かくしの霊』と書かれた文庫本が書棚の右端に収まっていたのだ。法然が読んでいた新潮文庫ではなく、岩波文庫である。

「先生は、泉鏡花がお好きなんですか？」

はやる気持ちを抑えて、できるだけさり気なく訊《き》いた。尾崎は、すぐに法然が見つめている本に気づいたようだった。

「ああ、あの本ですか。『高野聖』を大友雪江さんに薦められて読んだのです。特に、泉鏡花が好きなわけではありません」

これは法然にとって、大きな収穫だった。少なくとも尾崎が「高野聖」を読んでいたことははっきりしたのだ。雪江に教えられて読んだという言葉が、法然には、若干言い訳がましく響いた。

しかし、法然は作品内容に細かく立ち入って質問するのは避けた。尾崎に警戒感を与える可能性があった。

「ところで、先生、篠原安須菜という大学生はご存じですか？」

ストレートに訊いた。

「篠原安須菜。いいえ、知りませんね」

「そうですか。理彩という女性はいかがですか？『デジャブの森』のコンパニオンです」

尾崎の青白い顔に、暗い険のある表情が立ち上った。その表情は、それが初めから訊きたかったのだろと言っているようにも見えた。

「やはり、ご存じでしたか。確かに、私は彼女を知っています。一度会っただけですが」

「実は、私たちも彼女から話を聞いています。先生が彼女に会った同じ日に、事情を聴取させてもらいました」

「ほう、そうでしたか。では、もう、何も隠し立てできないわけだ」

尾崎は、自分自身に言い聞かせるように、皮肉な口調で言った。

「彼女は、早稲田の学生ですが、それはご存じですか?」

法然は、おそらく、尾崎が知らないだろうと推測されることをわざと訊いた。こういう周縁的な質問は、相手の緊張感を解き、会話をスムーズに運ぶ効果があるのを法然は知っていた。

「そうなんですか。それは知りませんでした」

尾崎はあっさりと応《こた》えた。特に、驚いているようには見えなかった。人間の心の闇《やみ》を研究している尾崎にとって、誰がどんな行動を取ろうとも、絶対にあり得ないことはないと考えているのかも知れないと法然は思った。

「先生は、どうして彼女にお会いになったのでしょうか?」

「どうして? それは、デリヘル嬢としての、彼女のサービスを受けるためだったという説明ではいけないのでしょうか——」

尾崎の表情には、微《かす》かな笑みさえ浮かんでいる。法然は、尾崎の安須菜に対する異様な行動を思い浮かべた。白目。硬直。よだれ。その三語が、法然の黒い網膜の奥で点滅した。

「それなのに、先生はほとんどの性的サービスを、お断りになっている」

だが、法然は、むしろ、尾崎に助け船を出すようにその発言をあえて否定した。尾崎の性癖を追及することにさほど意味があるとは思えなかった。仮に尾崎がその行為に性的快感を求めていたとしても、である。尾崎の顔に浮かんでいた笑みは、苦笑に変わった。

「先生は、彼女に高瀬千夏こと、大友雪江のことをお聞きになっていますね。私は、先生が彼女にお会いになった本当の理由が知りたいのです」

法然は、尾崎の表情をじっと見つめた。

「私は、死んだ大友雪江のことをもっと知りたかったのです」

尾崎が、法然から視線を逸《そ》らし、ぽつんと言った。その目はぼんやりと虚空《こくう》を見つめているように見えた。

「なぜです？」

「法然さん、私は精神科医です。私の患者であった大友雪江が死んでしまったという事実の重みに対して、私が良心の呵責《かしゃく》を感じているのは否定しません。何とか、彼女を救える道があったのではないかと——そのことが犯人が誰であったかという疑問と結びつくとしたら、私は当然、犯人が誰であるかにも、関心を持つことでしょう」

複雑な言い方だった。意図的に法然を混乱させようとしているようにも聞こえた。

「では、理彩という女性から、『デジャブの森』の客として、雪江に付き纏《まと》っていた男のことはお聞き及びですよね。ひょっとしたら、先生はその男が誰なのか、見当が付いているんじゃないでしょうか？」

不意の沈黙が訪れた。尾崎の憂《うれ》いを帯びた、端整な横顔に窓のブラインドの隙間《すきま》から、初夏の日差しが差し込んでいる。

「その問いに応えるのは、難しい。ただ、私は医者ですから、根拠の希薄な推測を語ることはできないのです」

「いや、私はその推測が聞きたいのです。何とかお話し願えませんか」

だが、尾崎はただ首を横に振っただけだった。それから、考え込むような表情で、言葉を繋《つな》いだ。

「推測を話すことはできないが、あなたがある記録から、その男のことを推測することには協力しますよ」

「ある記録？」

「ええ、それは正式なカルテのようなものではありませんが、私は何人かの、比較的長期に亘《わた》って通院している患者については、『面談記録』を個人的に書いているんです。大友雪江も、その一人でした。私は、その『面談記録』を、今、あなたにお貸ししてもいいと考え始めているのです。そして、あなたの推測と私の推測が一致すれば、その男が大友雪江を殺した犯人である可能性は高まるでしょうね」

韜晦《とうかい》的な言い方だった。あるいは、その「面談記録」を見せることによって、法然を誤った方向に誘導しようという陥穽《かんせい》を仕掛けているとも取れた。

だが、ここは強引に尾崎の推測を語らせるより、尾崎の提言に従ったほうがいい。法然は、咄嗟《とっさ》にそう判断した。

「ぜひ、その『面談記録』をお貸し願えないでしょうか。言うまでもありませんが、それはあくまでも捜査の参考資料とするだけで、それが表に出ることはありません」

「分かりました。今、お持ちします」

尾崎が立ち上がった。いったん決めたことは、即座に実行するのが尾崎の流儀に見えた。

尾崎がアコーディオンカーテンを開けて、奥の部屋に消えると、法然は深い吐息をもらした。

2

法然は、生活安全課のデスクに向かっていた。隣席の安中は聞き込みに出かけており、課長席に座る奥泉以外は、ほとんどの課員が席を立っている。

法然は、その日は一度も六階の講堂には顔を出していない。午前中から登庁し、自分の座席で尾崎から借り出した「面談記録」を読み続けているのである。既に正午を過ぎていたが、法然は昼食も摂《と》る気にはなれなかった。

「面談記録」は大学ノート一冊分の分量だ。尾崎が患者としての雪江と初めて出会った、二〇一三年二月二十五日から始まり、二〇一四年一月六日まで続いている。雪江の許可の下に、ICレコーダーに録音されたものを文章に起こしたものだと言う。

法然は、雪江が死亡する前に起こった、三件のデリヘル嬢殺人の日付を意識しながら、その記録を読み続けた。そして、そのとき、「ゴールデンパフューム」のコンパニオンが、浅草のホテルで殺害された最初の事件から二日後の面談記録に差し掛かっていた。

二〇一三年八月七日(水) 午前十時三十分〜十一時二十分

雪江、顔色がよくない。体調を尋ねると、寝不足で気分が悪いと言う。だが、本当の原因は、二日前に都内のホテルで起こったデリヘル嬢殺人にあった。雪江は、その殺人は自分に対する警告であり、代償殺人だと主張。これが本当なのか、妄想なのか、相変わらず判断が付かない。客観的な記録として、雪江との間で行われた、以下のような会話を書き記しておく。

尾崎 あなたに付き纏っている例の「彼」が、その殺人を犯したと考えているんですか?

雪江 ええ、私、殺された〇〇さん(雪江は、被害者の本名を言った)の源氏名を「彼」に喋《しゃべ》ってしまったんです。

尾崎 でも、だとしたら、その殺された女性がターゲットとなる特別な理由がなければ、やっぱりおかしいでしょ。

雪江 そんな理由はなかったと思います。きっと、誰でもよかったんです。ただ、

○○さんの源氏名は、「ゴールデンパフューム」のコンパニオンの中で、私が彼に教えた唯一《ゆいいつ》の名前だったんです。
尾崎　すると、被害者はあなたに対する、いわば見せしめとして、殺されたというわけですね。ただ、どうも根拠が希薄だね。
雪江　私の妄想とおっしゃりたいんですか？
尾崎　いや、そんなことは言っていない。ただ、正直な所、あなたが繰り返し言及しているその人物が何者か教えてくれないので、私としては判断できないんですよ。今でも、やはり、その人物が誰か私に教えてくれる気持ちはないんでしょ。それが誰のことか分かれば、私としても正当な判断ができるのですが——
雪江　残念ながら、それはできません。私が「彼」のことを先生に話せば、「彼」は警察に逮捕されますわ。「彼」が私のことを愛しているように、私もまだ「彼」を愛していますから。
尾崎　前に聞いたことを蒸し返すようで悪いけど、あなたは「彼」の思いを断ち切るために、デリヘルに勤める決心をしたわけでしょ。私はこんなに堕落した女だって、「彼」に示せば、「彼」も引いてくれると思って——
雪江　ええ、でも、それは逆効果だったみたいです。「彼」は私が苦しみながら体を売っているると想像するだけで、性的な興奮を覚えているのかも知れません。
尾崎 逆効果なら、デリヘルに勤めることなんか、やめるべきじゃないですか。もともと、「彼」を諦《あきら》めさせるために始めたことなんですから。
雪江 そうかも知れません。でも、情けないことに、私、体が人から蹂躙《じゅうりん》され、犯されることに馴染《なじ》んじゃって、やめることができないんです。ちょうど人間がお酒や、タバコをやめられないように。
（ここで、雪江、啜《すす》り泣く。）
尾崎 いや、落ち着いてください。私は、あなたを責めているのではありませんよ。ともかく、それが、現実を忘れるための一種の依存症のようなものであるなら、医学的な治療の道もあるんです。
雪江 先生は、結局、私が異常で病気だとおっしゃりたいんでしょ。そうかも知れません。でも、正常ってどういうことなんでしょう？ 本当にすべてが正常な人なんているんでしょうか。特に性的な性向という点では、誰だって異常な部分を隠しもっているかも知れません。先生だって、きっとどこか異常ですよ。
尾崎 それはあなたのおっしゃる通りかも知れない。完璧《かんぺき》に正常な人間なんかいるはずがないでしょ。私だって、当然、妙な性癖を持っていますよ。

雪江　例えば、どんな？　教えてください。

尾崎　しかし、今はあなたのカウンセリングですから。私のことを分析してもしょうがないでしょ。

雪江　先生、ずるい！

尾崎　どうして？

雪江　だってそうでしょ。私のことばかり訊きだして、私は女として最も恥ずかしいことまで全部喋っちゃってるんですよ。売春のことも、デリヘルの勤務のことも。それなのに、先生はご自分のことは何一つお話にならない。こんなカウンセリングは不公平です。

尾崎　分かりました。話しますよ。それで、何が聞きたいんです？

雪江　そんな怒ったようないい方しなくたって。先生の性癖ですよ。女性の何に対して一番欲情するとか。私の予想では、先生は女性を普通に裸にして、セックスするタイプの常識人じゃないと思うんです。

尾崎　それはそうですね。そんなセックスはつまらんですね。

雪江　じゃあ、どういうのがお好きなんですか？

尾崎　まあ、これはセックスと言えるかどうかも分かりませんが、私は女性の分《ぶん》泌物《ぴつぶつ》に惹《ひ》かれますね。汗とか唾液《だえき》とか――女性のそういうものを感じるとき、性的に興奮することはありますよ。

雪江　やっぱりそうでしょ。私の「彼」も先生と同じなんですよ。私、見知らぬ男に抱かれているとき、いつも「彼」のことを想像しているんです。すると、とっても気持ちがよくなるんです。

　実は、私、昔から、引きつけを頻繁に起こしていたんです。今でも年二回くらいは起こっています。自分では分からないけど、それが起こると白目を剥《む》いて、口からはよだれを垂らすらしいんです。セルシンとか、フェノバルビタールという薬で発作が起こるのをとめることができるんですが、そんな薬飲みたくありませんから。起こる頻度も少ないですし、それが起こるとき、だいたい十分くらい前に分かるんです。気持ちが何かもやっとして、記憶が消えるような瞬間を感じるんです。そう自分で感じると、自分の家にいるときは、ベッドに横になってそれに備えます。会社にいるときは、トイレに入って、発作が起こるのをやり過ごします。発作が起こっているときの記憶はまったくありませんが、それが終わったかどうかはすぐに分かります。終わったあとは、何だか気分がとてもすっきりしているんです。ただ、発作が起こっている最中に「彼」に抱きしめてもらったことが何度かありました。不思議なことに、そのときの記憶は何となく残っているんです。私を抱いてくれた「彼」も、骨張った硬直した感触が何とも言えず、官能的だったと言っていました。
尾崎　骨張った硬直した感触。それを聞いて、あなたは不愉快には感じなかった？
雪江　いいえ、むしろ、嬉《うれ》しかったんです。そんな醜い私でさえ抱きしめてくれる「彼」が、いとおしかった。私は覚えていないけど、彼は私のよだれさえ口でなめてくれて、私の口の周りをきれいにしてくれたそうです。「彼」も先生と同じで私の分泌物に感じていたんだと思います。ですから、今度の事件で、犯人がかなり長い時間、ホテルの部屋に残って、死体と一緒にいたということが新聞に書かれているのを読んだとき、私はやっぱり「彼」が私に対して、メッセージを送っていると感じたのです。ほら、お前もあの感触を覚えているだろうって――それはただ、私の硬直した体のことを言っているのではなく、そのとき私が体から吐き出した分泌物の感触のことをも仄《ほの》めかしていると思ったんです。
（一分ほど、沈黙が続く。）
尾崎　昔は、薬を使ってコントロールしていたんだけど、今は薬をやめているんですね。

雪江　ええ、母や兄は未《いま》だに薬を飲めと言うのですが、私はあの人たちの言うことは一切聞きませんから。いえ、むしろ、あの人たちの言うことの真逆をやりたくなるんです。
尾崎　やはり、お母さんやお兄さんに対する憎しみは今でも消えていないんですか？
雪江　ええ、可哀想《かわいそう》な父をあんな風に追い込んだのは、あの二人なんですから。私はけっして彼らを許すことはできません。
尾崎　お父さんのことに対するトラウマのために、あなたがお母さんに対する憎しみを克服できないというのは、分からなくもないのですが、お兄さんはお父さんが生きておられた頃は、まだ成人していなかったわけですから、追い込んだという表現は当たらないと思うのですが――
雪江　そうでしょうか。父が亡《な》くなったとき、兄は十九歳だったわけですから、未成年とは言え、もう十分に大人でしたわ。それどころか、中学や高校の頃でさえ、あの人は母と結託して、生前の父を追い込んでいたんです。いえ、今だって同じですわ。あの人は相変わらず、死んだ父まで追い込み続けているんです。結婚して子供を作り、世間に溶け込んだ常識をわきまえた人間の振りをしながら、それでいてあの人はプライドの塊みたいな人間で、狡猾《こうかつ》なんです。ある意味では、母より質《たち》が悪いと言っていいかも知れません。とにかく、二人とも異常な人たちです。私に対しては、ほとんど同じ意見しか言わず、私のすべてを否定するんです。あの人たちは、私にとって母や兄というより、得体の知れない魔物と呼んでいい人々なのです。それに、私、あの人たちの決定的な秘密も知っているんです。

（ここで、雪江、不意に言葉を止め、しばらく沈黙する。目が異様に据わっているため、引きつけの発作の兆候かと警戒。だが、それは起こらず、雪江は再び話し始める。）

雪江　私がまだ、五歳くらいの頃だと思いますが、私、自宅の納屋《なや》で変なものを見たんです。

尾崎　変なもの？

雪江　黒ずんで焼け焦《こ》げたようなかさかさしたもの。それが納屋の中のゴザの上に、無造作に置かれていたんです。ちょっと触れてみると、見た目のかさかさした感じとは違って、ぐにゃっとした、柔らかみを感じたんです。何だかひどく気味の悪い感触でした。そのときは何だか分かりませんでしたが、今から思うと、私、それ、焼き殺された子供の死体だったような気がするんです。私、どんな経緯《いきさつ》で自分が庭の納屋に入ったかまったく覚えていないのですが、納屋の外に出たときは、母と兄がいて、もの凄《すご》い形相で私を睨《にら》んでいたことだけは、はっきりと覚えています。兄は、その頃、もう小学六年生でしたから、母の片腕として十分に働くことはできたはずです。

尾崎　しかし、その頃、お父さんはまだ生きておられたんですよね。

雪江　でも、その頃から体が悪く、入退院を繰り返していたという記憶がありますから、家にいないことも多かったんです。

尾崎　そうですか。それにしても、その死体の話は、少し突飛と言うか、あまりにも現実離れしていますよね。

雪江　また、私の妄想とおっしゃるんですか？

尾崎　いいえ、そうではなく、遠い昔のことですから、そういう記憶に夢が交ざっていたこともあり得るでしょ。いや、その黒く焦げたものを見たのは、本当だったとしても、あなたが子供だったため、単に怖くて死体だと思ったということもあるんじゃないですか。

雪江　いいえ。あれはたぶん、本物の死体だったと思います。小学生の高学年くらいの大きさだったと思いますが。私、その死体が誰のものだったのか、何となく分かっているんです。

（ここで、診察室の扉がノックされ、看護師から、面談時間の終了を告げられる。）
尾崎　そろそろ時間みたいなんですが、最後にその死体が誰のものだったとお考えなのか、教えてもらえませんかね。
雪江　いいえ、今日はやめておきます。時間を掛けてゆっくり話したいですから。
（実際はまだ話したそうで、看護師にノックで面談時間の終了を告げられたことに不満そう。ただ、放っておけば、雪江は際限なく診察室に居続けるので、私は他の患者のことも考え、看護師に五十分経《た》ったら、診察室の扉をノックするように頼んであったのだ。）
尾崎　分かりました。それでは、そのことについては、次回の面談のときに、お伺いしましょう。今日は、安定剤のほうはどうしましょう。イソクリン、少し出しておきましょうか？
雪江　お願いします。

雪江、意外にあっさりと話を切り上げ、出ていく。「彼」のことも、「黒焦げの死体」のことも真偽不明。妄想だとしたら、妄想体系が深化したと考えるべきなのか。しかし、統合失調症のような意識の混濁も理性の崩壊も、感じられない。

3

「係長、お茶をどうぞ」

法然が顔を上げると、美羽が銀色のトレイを持って立っていた。

「ああ、ありがとう」

法然は、伸びをしながら応じた。

「今日は、珍しくデスクワークなんですね」

美羽が、緑茶の入った湯飲み茶碗《ぢゃわん》を法然のデスクに置きながら言った。室内には、何人かの課員が戻っていたが、それでも依然として出払っている者のほうが遥《はる》かに多く、がらんとした印象は変わっていない。既に午後一時を過ぎていた。

「ああ、慣れない仕事は疲れるね」

「でも、係長、本を読むのは得意じゃないのですか。大学は日本文学科ご出身ですよね」

「いや、日本文学科出身と言ったって、たまたま入っただけだし、大学時代ろくに勉強もしなかったから、活字に特に強いわけじゃない。むしろ、こういう記録みたいなものを読むのは慣れていないんだよ」

美羽は、法然が読んでいるのは何か尋ねることはなかった。さすがに、捜査内容に関連する事柄は、みだりに訊くべきでないことは分かっているようだった。特に、法然の場合、特別捜査本部の人員だったから、重要事件の捜査に従事していることは、生活安全課の刑事たちもみんな分かっているのだ。

美羽との会話はそれだけで終わった。美羽の持つトレイにはまだいくつかの湯飲みが残っていたから、他のデスクにも運ぶつもりなのだろう。保守的な警察機構の中では、お茶くみは新入り警察官の仕事となっているのだ。

「お茶をどうぞ」

他のデスクで、美羽がお茶を渡す声が聞こえていた。美羽に話し掛けるものもいて、その会話の声が、殺風景な部屋に幾分明るい雰囲気を紡《つむ》ぎ出しているようだった。美羽が生活安全課内で人気者になりつつあるのは、明らかに思えた。

法然は昼食を摂るために外に出ようか迷ったが、結局、部屋に残って、記録の先を読み続けた。気になってならなかったのだ。特に、雪江が幼い頃見たという子供の遺体の話が本当なのか、そしてもし本当だとしたら、それが誰の遺体なのか、法然は何としても知りたかった。

法然は、再び、デスク上の大学ノートに目を落とした。

二〇一三年八月八日(木)　午前九時半～十時

大友雪江、再び、受診。前日にも受診しているから、異例の頻度である。ただし、今日は、遅くとも午前十時半までには会社に出勤する必要があると言って、かなり急いでいる様子。私も、余計な前振りはやめて、ずばり、本題から入った。

尾崎　昨日の話の続きなんですけど、あなたが小屋の中で見たという死体みたいなもの、あなたはそれが誰のものか知っているとおっしゃいましたね。

雪江　ええ。

尾崎　今日はそれが誰の死体なのか、お聞きすることになっていましたね。それはあなたのお話の信憑性《しんぴょうせい》とも深く関わることですので、是非教えていただきたいのですが。

雪江　私が、その死体を見る一週間くらい前から、私の家の中で、小学生くらいの男の子の姿を見かけていたんです。直接、話すことはありませんでしたが、その子がいつも怯えるようにしていたことは覚えています。母と兄が苛めていたような記憶があるんです。ですから考えてみると、それは私の叔父と叔母の子供だったような気がするんです。
尾崎　えっ、ということは、大友一樹さんのお子さん？
雪江　ええ、年齢的にも合うと思うんです。叔父の大友一樹が葉山事件で逮捕されたとき、一人息子がいて、その子が七歳だったと聞いています。当時、私は生まれたばかりでしたから、もちろん、当時の記憶はありませんが、私が五歳くらいのとき、納屋の死体を見たのは確かですから、そうだとしたら、その子は十二歳くらいで、小学校六年生くらいだから、私が見た死体の大きさともあまり矛盾しません。
尾崎　ちょっと待ってください。あなたは一樹さん夫婦にお子さんがいたという事実を誰に聞いたのですか？
雪江　もちろん、母と兄からですわ。ずっとあとになって、私が成人してから聞いたのですが。
尾崎　その子の名前は？
雪江　知りません。母も兄も何故《なぜ》か、教えてくれなかったんです。

尾崎　すると、こういうことでしょうか？　葉山事件のあと、世間のバッシングがひどくなった時期に、一樹さんの子どもをあなたのお父さんが預かっていた？

雪江　ええ、そうだと思います。最初から預かっていたのではないと思いますが、少なくとも事件から一、二年してから、父が預かることを決意したんだと思います。罪滅ぼしのつもりだったのじゃないでしょうか。父は自分が弟の一樹を追い込んで、破滅させたことにひどく苦しんでいましたから。もちろん、子どもの私にはそんなことは一切口にしませんでしたけど、傍で見ているだけでそれはよく分かりました。ただ、父が預かることは、最高のカモフラージュになっていたと思います。世間的には、父と叔父はひどく不仲ということになっていて、週刊誌でもひどいことを書き立てられていましたから、その父が殺人者である弟の息子を預かるなんて、誰にも想像できなかったと思います。

尾崎　しかし、それがあなたのお母さんやお兄さんには不満だった？

雪江　そうです。だから、父の入院中にその子を殺害した。もちろん、兄にも手伝わせて。父が病院から退院して戻って来たときは、勝手に家を出て行ったと言い繕ったのかも知れません。実際、父は死ぬ、七、八年前頃から本当に衰えていて、それを確かめる体力も気力もなく、入退院を繰り返すばかりでしたから、それで通ってしまったんだと思います。たぶん、私が見た死体は、どこかへ運んで廃棄する前の状態だったんでしょうね。私は今でも、私に見られたことを知ったときの、母と兄の恐ろしい形相を忘れることができません。

尾崎　しかし、あなたは次第に大きくなっていくにつれて、お母さんやお兄さんにそのことを確かめる質問はしなかったのですか？

雪江　もちろん、しました。でもさすがに、「その子を殺したの？」などと直接訊くわけにはいきませんでしたから、「叔父さんの子どもを預かったことがあるんじゃないの」と、私が高校生になった頃から、私はしきりに母に訊き始めたんです。ですけど、母はそんなことは一度もないの一点張りで、私がそれ以上しつこく訊くと、興奮して私を異常者呼ばわりしたんです。兄にも同じことを訊いたことがありましたが、兄も似たような反応で、顔を強張《こわば》らせて、私の正気を疑っているような発言を繰り返すばかりでした。彼らが私のことを統合失調症のように世間に言いふらしているのは、このことを隠蔽《いんぺい》するためでもあるんです。頭のおかしくなった女が何を言おうと、世間は信用しないという前提を作りたいんだと思います。

私は事の真偽を未だに判断できなかったから、さらに質問を続けようとしたが、雪江は不意に時計を見て、会社に出勤しなければならないと言い出す。まだ、三十分程度しか話していなかったが、雪江の意思を尊重し、面談は終了となった。

4

「一課長、もう一度、私を金沢へ行かせていただけないでしょうか?」

地下鉄桜田門駅から徒歩一分の警視庁本部庁舎。捜査一課は六階にある。その大部屋の一隅《いちぐう》にある一課長室の鉛丹色《えんたんいろ》の応接セットで、法然は高鍋と向き合っていた。午後一時過ぎである。

「うん、問題は、大友一樹の息子を一也が預かっていたというのは、本当だったかどうかということだな」

高鍋は、法然の問いにはすぐに応えず、自らに言い聞かせるように言った。

「はい、それが本当かどうかは、言うまでもなく、大変重要なことです。もし本当だとしたら、子供の死体らしき物を見たという雪江の発言も、にわかに信憑性を帯びてくるわけです」

「そうだな。ただ、それが連続デリヘル嬢殺人とどう関係があるかは微妙ですね。それに、仮に本当だとしても、三十年も前の話だから、公訴時効がまだある頃の話で、とっくに時効が成立している」

「ええ、私もそれが直接、現在の事件に関係しているかどうかは分かりません。ですが、その『面談記録』の中で、雪江が犯人と考えている『彼』が何者であるかを考えるヒントにはなると思います」

「いずれにせよ、現在、大友一樹の子供がどうしているのか、生存しているのかどうかも含めて、調べる必要があるな。その結果、生存していることが分かれば、やはり、それは雪江の妄想に過ぎなかったという結論になるわけだが」

高鍋は、法然から視線を外し、遠くを見つめた。高鍋もこの情報に捜査の進展を期待しているのは間違いなかった。

「それはそうですが、その場合、また、別の疑惑が生じてくるように思われるのですが――」

「どういう意味だね？」

高鍋は視線を戻して訊いた。

「納屋に置かれた大友一樹の息子の遺体は、雪江の妄想によるでっちあげだとしても、その子供が今、現在生きているとすれば、雪江殺しやその他のデリヘル嬢殺しの真犯人である可能性も排除できないでしょう」

「今まで捜査線上に上がっていない盲点の人物ということかね？」

「そういうことです」

「すると、『面談記録』の『彼』はどういうことになるのかね。雪江は『彼』が真犯人という前提で話しているんでしょ。だとすると、その生き残っているかも知れない一樹の息子が真犯人ということになれば、一樹の息子は雪江から見れば、従兄弟《いとこ》なわけだから、従兄弟が雪江の恋人ということになってしまう。それも少し変じゃないか」

「そうですね。しかし、いずれにせよ、一樹の子供の生存が確認されれば、いろいろと周縁的な事情が分かってきて、雪江の話のどの部分が妄想で、どの部分が現実かも分かってくるかも知れない。ですから、それを確認するためにぜひとも私を金沢にもう一度出張させていただきたいのです」

「もちろん、それはいいが、金沢に行く前に、大友梓に雪江の話をぶつけて、裏を取る必要はないのかね？」

高鍋は、根拠の薄い推測を語り過ぎている法然との会話に歯止めを掛けるように訊いた。

「はい、私も今日、とりあえず、もう一度彼に会ってみようと思っています。ただ、雪江の話では、梓や母親は、雪江のことをほとんど病人、雪江の言葉を借りれば、統合失調症とみなしているわけですから、梓が雪江の話を肯定するとは思えませんが。

何しろ、それは自分や母親の犯罪に関係することですからね。しかるべき社会的地位にある彼としたら、仮に本当だとしてもすぐには肯定するわけにはいかないでしょう。

いずれにせよ、今朝、電話で石川県警の田所警部に、『面談記録』のことを説明し、一樹の子供のことをもう少し詳しく調査するように依頼しておきましたから、近日中に何か分かるかも知れません」

「分かりました。金沢行きのタイミングは、法然さんのほうで、適当に判断してください。梓の話から、明らかに行く価値がないと思われる事実が出てこない限り、やはり行くべきだろうね」

「ありがとうございます」

法然は、言いながら立ち上がった。法然は、そのあとすぐに梓の会社に行く予定だった。

「ところで、法然さん――」

高鍋が、法然を引き留めるように言った。法然は、立ち上がったまま、高鍋に視線を向けた。

「私は、秋の人事異動で、捜査一課長を退くことになりそうですよ。それまでに、この事件の解決の目処《めど》が付けばいいのだが」

高鍋の気持ちは分かった。単に、自分の次の地位を気にしているだけではなさそうだった。やはり、警視庁捜査一課長の責任感から、何としても事件を解決したいのだろう。

高鍋の気持ちを考えると、法然は重い気持ちになった。法然にとって、相変わらず捜査の先行きは見えなかったのだ。

5

神保町にある「丸一食品」本社の一階社員食堂で、法然は大友梓と会った。午後三時という時間帯だったから、食堂は空《す》いている。セルフサービスで自ら持ってきたコーヒーを飲みながら、法然と梓はさして周囲を気にすることなく、長いテーブルを二人だけで占領して話すことができた。

梓は、相変わらず落ち着いた態度で、法然の再訪を特に警戒しているようにも見えなかった。

法然は、まず、梓にとっては叔父に当たる一樹の子供について質問した。雪江が見たという小学生くらいの遺体の話はひとまず伏せた。

「確かに、叔父夫婦には、私と同じ年齢の子供がいたようです。しかし、私の父と叔父が不仲だったせいか、私はその従兄弟に当たる子供とはほとんど会った記憶がありません。もちろん、私もまだ幼かったので、一度か二度くらいは会ったかも知れませんが、記憶としては残っていません。そのうちに、例の葉山事件でしょ。うちと叔父の家の関係はほぼ断ち切られた感じになりましたから、その従兄弟のことは、遠い親《しん》戚《せき》に預けられたということを後に父や母から聞いただけで、まったく情報がないんです」

「そのお子さんのお名前は？」

「いや、名前すら、知らないんです。もちろん、父や母は知っていたのでしょうが、私や雪江には教えてくれなかったのだと思います。特に、母親は叔父のしたことに対する嫌悪《けんお》感が強かったですから、叔父の家族のことを口にするだけで汚《けが》らわしいという態度でしたので」

このあたりは、「面談記録」における雪江の発言とぴたりと符合している。

法然は、金沢で田所と一緒に会った梓と雪江の母、大友遼子のことを思い浮かべた。自分の娘を殺した犯人の捜査にも、きわめて非協力的で、取り付く島もない態度だった。

もっとも、あのとき、法然も田所も一樹の息子については一言も質問しなかったので、その点についての遼子の反応を窺《うかが》い知ることはできなかった。あの時点では、法然の頭の中には、一樹の子供のことなどほとんどなかったのだ。だが、仮に訊いたとしても、満足のいく回答は得られなかったことだろう。

梓の自然な喋り方から、一樹の子供のことをあまり知らないのは本当かも知れないと、法然は思い始めていた。だが、問題は納屋の中にあったという子供の遺体だった。法然は、やはり、そのことを訊かないわけにはいかなかった。

法然は、尾崎の「面談記録」に言及して、雪江の発言を話した。梓の表情の変化に注目した。

何の変化もなかった。梓はきわめて冷静に頷《うなず》きながら、法然の話を聞き終わるとすぐに言った。

「その話なら、私にとっても、母にとっても、耳にたこができるくらいに聞いた話なんです。雪江が高校生になった頃から言い始め、大人になって私とも母とも疎遠《そえん》になってからも、たまに会うと必ず言う話でした。ですが、まったく根拠がないんです。だから、その雪江の話を私たちは、統合失調症から来る妄想と考えているんです。実際、本人が言っていたことですが、雪江は学生時代に東大病院で『統合失調症』という診断を受けています」

梓の説明に不自然さはなかった。その端整な顔に浮かぶのは、明らかに当惑の苦笑であって、不安には見えなかった。法然は、もう一度金沢に行く価値があるのか疑い始めた。死者の妄想に振り回されているのを感じたのだ。そういう意味では、尾崎も同じだったのか。

「そうですか。やはりそれは雪江さんの妄想だったのでしょうか」

法然は、ため息混じりに、思わず本音を吐露した。

「ええ、そうなんです。私も母も殺人犯にされたくはありませんから、これだけははっきりと言わざるを得ません」

そう言うと、梓は乾いた声で笑った。一瞬の間があった。法然は、一樹の子供がまだ生きていると思うか梓に訊くべきかどうか迷った。訊いたとしても「分からない」という返事が返ってくるのは自明に思えた。

だが、それでも訊くべきだと判断した。

「だとすれば、その子供はまだ生きている可能性が高いわけですね」

「さあ、それは私には何とも——」

梓は予想通り、曖昧《あいまい》に語尾を濁した。それから、ふっとため息を吐《つ》くと、半ば諦め気味の表情で言った。

「雪江はそのことを精神科医以外の人間にも話していたらしく、私も本当に困っているんです。三日前にも草薙さんという雪江の友人の方からも電話があり、雪江のことをいろいろ訊《き》かれたんですが——」

「草薙さんって、雪江さんの東大時代の同級生ですよね」

法然は、一瞬、口を挟んだ。意外だった。草薙瑠衣も、雪江の死に責任を感じていて、今になって、その真相を突き止めようとしているのか。

「ええ、そうです。大変控えめな方で、露骨なことは一切言いませんでしたが、生前の雪江が彼女にいろいろと相談していたみたいなんです。その相談の中で、自分がかつて見た子供の死体のことも喋ったようで。もちろん、草薙さんも、必ずしもその話を信じていたわけではないのでしょうが、そんな異様な話を聞かされて、さすがに混乱していたのでしょうね。基本的には、雪江の死について、お悔やみを言うために電話をくださったようなのですが、やはり、友人として雪江の死の真相を知りたいという気持ちもあったようですね」

瑠衣は、法然には、雪江が子供の死体について語ったことなど話さなかった。聡明《そうめい》な瑠衣は、警察官である法然と雪江の身内である梓に語るべきことを、理性的に区別したのだろう。そんな根拠の定かでない話を事件の捜査員に話して、雪江の身内にとんでもない嫌疑が掛けられるのを避けたのは、当然に思えた。

「草薙さんとは、他にはどんな話をされたのでしょうか？」

「いや、電話での会話ですからね、そんなに深い話ができたわけじゃない。ただ、とてもまっすぐ質問される方で私も戸惑いました。主として、今、お話ししたような雪江の妄想のような話をどの程度本気で受け止めるべきかという話でしたね。他には、その尾崎さんという精神科医の先生に雪江が淡い恋心を抱いていたという話もしていましたね。あの雪江がそんな恋をしていたのは、私には少し意外でしたが」

情報の重複だった。その部分は、瑠衣も法然に話していた。法然の脳裏に、再び、雪江の売春のことが過《よ》ぎる。

法然は雪江の売春行為については、未だに梓には話していなかった。しかし、梓のそのときの口調から、法然はひょっとしたら、梓は既にそのことも知っているのではないかと思った。『あの雪江がそんな恋をしていた』という言い方が、どことなくそんな印象を法然に与えたのだ。

三十代の独身女性が恋をするのは、むしろ、当然だろう。だが、当然とは感じない情報を梓は雪江について、持っていたのではないか。

だが、法然はその点について確認することを今回も避けた。身内に一層の心痛を与え、死者をむち打つことを、改めて話すことの意味を見出《みいだ》せなかったのだ。

「雪江さんは、泉鏡花の愛読者だったのですか？　あなたと違って経済学部の出身ですが、文学的関心も高かったのでしょうね」

法然は、話題を変えるようにさり気なく訊いた。尾崎が雪江に勧められて「高野聖」を読んだと証言していることが頭にあった。だが、同時に文学部出身という梓が鏡花をどう感じているのだろうという漠然とした関心もあったのだ。

「そうみたいですね。私に対する対抗心もあって、文学的関心をことさら強調するところもあったんです。文学部出身のあなたより、経済学部出身の私のほうが文学というものをずっと分かっていると言いたいみたいな。でも、私に言わせれば、彼女の鏡花理解は、やはりどこか歪《ゆが》んでいますよ」

梓は、珍しく感情の起伏を覗《のぞ》かせるような口調になった。

「あなたも鏡花がお好きなんですか?」

法然の質問に、梓は即座に首を横に振った。

「いや、私はああいう退廃的な文学は好きではありません」

その言い方は、法然には、梓が鏡花というよりは、雪江自身を否定しているように聞こえた。

6

新宿にある焼き鳥のチェーン店に、法然、安中、美羽が集まっていた。チェーン店とは言え、個室を売り物にしている店だったから、ゆったりとした雰囲気で話ができる。もっとも、三人は仕事の打ち合わせで集まったのではない。美羽が取った公休に合わせて、法然と安中が仕事を一時中断して、夜の七時からこの食事会に参加しているに過ぎないのだ。

掘炬燵《ほりごたつ》式の個室で、法然と美羽が横並びに座り、安中が二人の正面に座っている。法然と安中が先に到着して向き合って座ったから、あとから到着した美羽がどちらの横に座るか、決める形になった。法然は、意地悪な気持ちが働いて、あえて何も言わず、美羽がどうするか観察した。予想通り、美羽は幾分緊張した表情を浮かべて、法然の横に座った。

美羽が安中を意識しているのは明らかだった。法然の横に座ったのは、その過剰な意識の逆作用に過ぎないように、法然には思われたのである。

美羽がそれなりにおしゃれをしているのも分かった。水玉模様のワンピースという初夏らしい服装だった。裾《すそ》は短めで、ベージュのストッキングで覆《おお》われた膝《ひざ》が微《かす》かに覗き、顔には薄化粧が施されていた。化粧の技術も、囮《おとり》捜査のときに比べれば、若干、向上しているように見える。

「今日の午後は、伊達君も一緒だったんだろ」

法然は何気なく、安中に訊いた。

「ええ、また、『デジャブの森』に一緒に聞き込みに行ったもんですからね。彼をまくのが大変でしたよ」

安中は夕方の六時過ぎに、生活安全課に戻り、そこで法然と合流してから、一緒に新宿のその店まで来たのだ。

「彼も誘えばよかったじゃないか」

「冗談じゃありませんよ。本庁の刑事にこんな所にいられたんじゃ、肩が凝っていけませんよ。それにあの人、全然、話が面白くないし——」

ここで美羽がクスッと笑った。安中の発言には、美羽はいちいち好意的に反応した。ただ、自分のほうから安中に話し掛けるときは、どことなくぎこちない印象だった。

「そうかな。晦君も、伊達君の話は、面白くないかね」

法然は、芋焼酎《いもじょうちゅう》の水割りを口に運びながら言った。

「私、あの方とそんなに喋ったことはありませんから。でも、確かにあまり面白くなさそうですね」

言いながら、美羽は朗らかに笑った。法然も釣り込まれたように笑う。美羽の顔は、ピーチとラムのカクテルを少し飲んだだけなのに、ほんのりと赤くなっている。あまりアルコールに強そうには見えなかった。

「じゃあ、安中君のほうが面白いか」

「ええ」

美羽が法然の発言に、相の手を入れるように言った。二人は、もう一度同時に笑った。

法然は、笑いながら、ふと安中の顔を見つめた。安中は、まるで二人の会話が聞こえないように、平然と二杯目の生ビールのジョッキを傾けている。それから、目の前の焼き鳥を一本口にすると、さりげない口調で言った。

「そう言えば、彼、この前、親に結婚するように急《せ》かされて困っているようなことを言ってましたよ。見合いもさせられてるみたいですね」

「ほおっ、じゃあ結婚相手を探しているということか」

「そうらしいですよ。でも、持ってこられる相手が気に入らないんじゃないですか。晦さんなんかどう？　付き合ってみると、案外、いい人かも知れないよ」

法然は、どきっとした。安中の発言は美羽をひどく傷つけるように思われたのだ。

「ムリです。それだったら、私、安中さんのほうがいいです！」

法然は、美羽の反応に仰天した。冗談めかしてはいたが、美羽の思いが思わず吐露されたような怒気が感じられたのだ。実際、そう言ったあと、美羽は顔を真っ赤にして俯《うつむ》いてしまったため、一層、妙なリアリティーが醸《かも》し出された。

「だそうだよ、安中君」

法然は、思わず言ってしまった。

「ダメですよ、俺なんか。俺は一生、誰とも結婚する気なんかないですから」

安中は軽く受け流した。それは普段から安中が言っていることだったので、法然にとってはとりたてて驚く事柄でもなかった。しかし、そんな発言を初めて聞く美羽にしてみれば、安中が逃げを打っているようにも聞こえることを法然は恐れた。

だが、美羽は冷静な口調に戻って意外なことを言った。

「私も同じなんです。きっと一生、結婚しないと思います」

「どうして？」

法然が訊いた。

「私、お寺の一人娘ですから、父は私に養子を取ることしか認めないんです。でも、今時、婿《むこ》養子になってくれる奇特な人なんか、めったにいなくて。私に特に魅力があれば別でしょうけど、この通り何の取り得もない人間だし。私も何度か無理にお見合いをさせられて、婿養子になってもいいという人に会ったことはあるんですけど、やっぱり、婿養子でいいって言う人なんか、変な人ばっかりなんですよ。だから、そのまま実家にいると、そういう人たちの誰かと結婚させられちゃうと思って、警視庁の採用試験を受けるって言って、東京に出てきたんです。父の兄が警視庁の警備部長をしているものですから、伯父の家に寄宿するという条件で何とか東京に住むことを父に許してもらったんです」

法然は驚いていた。初めて聞く話だった。警視庁の警備部長と言えば、当然、エリート中のエリートのキャリア警察官僚である。刑事部ではないから、直接の上級管轄《かんかつ》者には当たらないが、それでもそんな警視庁の大幹部の姪《めい》をあんな囮捜査で使ったと思うと、今更ながら、法然は背筋が凍った。

「へえ、じゃあ、俺もその変な人たちの仲間かな」

安中が、美羽の伯父が警視庁の幹部であったことに対する驚きなどみじんも見せずに言った。実際、安中のような男は、そういうことに動じることもないし、関心もないことは法然にも分かっていた。

「どういう意味ですか？」

美羽がにこやかな笑みを取り戻して訊いた。そろそろ、会話の雰囲気に馴染《なじ》んできたようだった。それにいつの間にか、カクテルは飲み終えていたから、酔いも回ってリラックスしてきたのかも知れない。

「俺は婿養子は嫌じゃないよ。特に、相手先がお寺の場合はね」

「どうしてですか？」

「だって、暇で楽そうじゃないですか。朝起きたら、経《きょう》を五分くらいは上げてもいいよ。そのあと、ゴロゴロしたら、昼飯はそばに日本酒かな。まあ、ビールでもいいけど。それから昼寝して、夕方は散歩して、また五分くらい経をあげる。そのあとは、もう夕食ですよ。今度は本格的に飲み食いして、夜の九時頃、就寝。翌朝は、六時にはさわやかに目覚める。この繰り返しなら、天国でしょ」

美羽はケラケラと明るい声で笑った。

「そんな楽をしてやっていけるのは、京都にあるような名刹《めいさつ》だけですよ。うちは、そんな名刹じゃありませんから、少しは働いてもらいますけど。それでもよければ、是非来てください。安中さんなら、私、大歓迎ですよ」

今度は、美羽の口調から、切羽詰まった調子は消えていた。しかし、法然には、その言葉には依然として美羽の本音が見え隠れしているようにも感じられた。

「考えとくよ」

安中は余裕の態度で応《こた》えた。安中にとって、それは純粋に軽口に過ぎないのだろう。

そのとき、法然の携帯が鳴った。法然は立ち上がりながら、受信ボタンを押した。

「はい、法然です」

相手は石川県警の田所だった。

「本当ですか？　間違いないんですね——」

絶句した。しばらくの間、法然は言葉を挟まず、受話器の向こうの田所の声を聞き続けた。

「そんな馬鹿《ばか》な！　ともかく、大友一樹の子供は——。そして、その事実を本人も知らないということは考えられない――」

再び、絶句した。いつの間にか、安中と美羽も緊張した面持ちで、法然の表情を見上げている。やがて、法然が言った。

「分かりました。近いうちにそちらにまいりますので、よろしくお願いいたします」

法然は、携帯を切った。

「どうかしたんですか？」

安中が訊いた。しかし、法然には安中の声は街の雑踏の騒音にしか聞こえなかった。法然は、再び座り直すこともせず、沈黙したままだった。

7

草薙瑠衣はぐずぐずと居残る西陽の影を踏みながら、住宅街に向かって歩いた。商店街のど真ん中を通り過ぎ、それが切れると住宅街が現れ始めた。ようやく、陽も落ち、周囲の風景が闇《やみ》の深淵《しんえん》に吸い込まれるようにその不分明な輪郭を消していく。

瑠衣は、歩きながら、雪江と過ごした大学時代を思い出していた。雪江とは語学のクラスも、クラブ活動も同じだった。女子学生の場合、第二外国語はフランス語が多い中、瑠衣も雪江もドイツ語だった。クラブは合唱部である。二人とも、日本の古い唱歌が好きなことでも共通していた。

瑠衣は、大学時代から雪江の異常性には気づいていた。それは、雪江が持つ掛け値なしの純粋さと表裏《ひょうり》の関係にあることも理解していた。その息苦しいような生真面目《きまじめ》さは既に病的な状態に達していた。それが周囲の人間を遠ざけ、不可視の壁を作っていたのだ。教室でも、クラブ活動でも雪江と本気で付き合っているのは、瑠衣だけだったのである。

「私、東大病院で診察を受けたら、統合失調症だって診断されちゃった」

あるとき、瑠衣は雪江から打ち明けられた。奇妙な笑顔で雪江はそう告げたのだ。瑠衣は、今でもその笑顔を不思議な気持ちで思い出すことがある。

雪江の狂気の特性は、その内面に深く入り込まない限り、それを見抜くことが困難なことだった。しとやかで慎み深い容姿の奥に隠された、根深い狂気が日常生活において顕在化することはそれほどなかった。だからこそ、普通の就職ができ、昇進の早いゲームメーカーとは言え、ともかくも一部上場企業の課長にまでなることができたのだ。

瑠衣は、大学卒業後、雪江が社会人として順調に成長する姿を見て安心もし、喜んでもいた。しかし、今となってみれば、学生時代のように常に一緒に居たわけではなく、ときおり電話で話し、年に一度か二度会うだけだったから、瑠衣は雪江の症状の重篤化《じゅうとくか》を見逃していたのかも知れない。

　実際、瑠衣が最後に雪江に会ったとき、もはや手遅れと言わざるを得ない悲惨な状態だったと言うべきだろう。狂気の水位が上昇し、青白い顔に一種病的な色彩が映り、それは人外《じんがい》の者の気配を滲《にじ》ませていた。

　身なりは地味で普段と変わらなかったが、髪は艶《つや》を失い、その姿は淡い日ざしに照らされて立ち枯れた植物のように色褪《いろあ》せて見えた。

「私には自分が転落していく闇の深淵が見えているの。でも、どうすることもできない。好きな人と一緒になれる可能性なんて何もないのに、私はただその人を愛し続けるしかないの。不毛な愛だということくらい分かってる。でも、だからこそ、私には純粋って感じられる。瑠衣、この気持ち、分かってくれる？」

　瑠衣は、呟《つぶや》きのように語る雪江の悲しげな表情を空《むな》しく見つめた。瑠衣がこのとき雪江の気持ちを理解できたと言ったら、嘘《うそ》になるだろう。ただ、自分の親友が荒涼とした原野に一人佇《たたず》む孤独な姿を、皮膚感覚で感じ取っていただけである。その研ぎ澄まされた純粋さだけが、折れたナイフの切っ先のように、瑠衣の心に突き刺さっていたのだ。

しかし、瑠衣は聞き込みに来た法然に嘘を吐いたとは思っていない。瑠衣が確信していることだけを話したつもりだった。

というのも、そのとき雪江の妄想体系はあまりにも拡散していて、虚実の判断は、親友であるはずの瑠衣にもほとんど不可能となっていたのだ。子供の頃、家の納屋《なや》で見た子供の死体のことを聞かされたのもこの時期だった。

しかし、雪江が死んだことを知らされたとき、生前の雪江の言葉は、謎《なぞ》めいた暗号のように瑠衣の脳裏に立ち返り、特異な意味を帯び始めたのだった。

雪江は体を売っていることも告白していた。その一方では、尾崎医師に対する恋情を切々と訴えていたのである。

瑠衣は雪江が本当に売春行為をしていたのかは、今でも分からなかった。真実を聞くのが怖くて、踏み込んだ質問を一切しなかったということもある。だが、雪江は都内の高級ホテルで風俗嬢が殺された事件について、異常な言葉をうわごとのように言い続けていたのだ。

瑠衣は、無意識のうちにそれを関係妄想の類《たぐ》いと判断していたのかも知れない。世の中で起こるあらゆる事象を自分と結びつける傾向は、ほとんどの精神疾患に共通してみられる症状だということを何かの本で読んだ記憶があった。そういう疾患を抱える患者にとって、新聞やテレビを賑《にぎ》わす事件報道は、すべて自分と関わりがあるのだ。

「瑠衣、私、犯人が誰か分かっているの。私が愛している人。そして、私とイニシャルが同じ人」

雪江のマンションの一室であの言葉を聞いたとき、瑠衣はそれが誰のことかすぐに分かった。何しろ、雪江は好きな人のために、イニシャル入りのマフラーを編みながら話していたのだ。しかも、その直前の話題は尾崎医師のことだったのである。

だが、雪江は突然、話題を変えるようにして、風俗嬢殺人の話をし始めた。その脈絡のなさは、どう考えても雪江の妄想障害の重篤性の証《あかし》にしか見えなかった。だから、雪江が風俗嬢殺しの犯人が尾崎だと言っているにしても、信憑性に乏しく、それほどの衝撃も瑠衣には伝わってこなかったのだ。

「尾崎先生のこと？」

瑠衣も、仕方なく妄想に付き合うように訊き返した。そのとき、雪江は慌《あわ》てたように首を横に振った。

瑠衣は雪江の反応を、自分の思いを受け入れない尾崎に対する苛立《いらだ》ちから風俗嬢殺しの犯人に尾崎を仕立てるという妄想で表現し、そのはしたなさに不意に気づいて否定したのだと解釈した。法然が瑠衣に会いに来たときも、基本的にはそういう風に解釈していたから、雪江の妄想を法然に話す気にはなれなかったのだ。

瑠衣が鬱蒼《うっそう》と茂る林の中を抜けると、再び、ひと気のない別の住宅街が視界に入り始めた。

8

六月二十六日（木）。法然は、小松空港から小松空港線のバス「スーパー特急」を利用して、午前十一時半過ぎに金沢駅に到着した。そのまま、タクシーで石川県警の本庁舎まで行き、刑事部捜査第一課で田所と面会した。

田所は、室内の焦《こ》げ茶の応接セットで、法然を迎えた。法然がキャリーバッグを置いて座るのを待つのももどかしそうに、せかせかと話し始めた。

「いや、驚きましたよ。大友梓が、大友一樹の息子だったとは――もっと早く調べておくべきでした。戸籍調査自体は、難しくも何ともないものでしたからね。葉山事件が起こったのが一九七九年ですが、その二年後に大友一也は梓を養子として自分の籍に入れています。戸籍名は、大友幸秀《ゆきひで》です」

田所は、一瞬、間を置いた。それは法然に言葉を挟む時間を故意に与えているようにも取れた。

「梓ではなかったのですか？」

法然は、田所の期待に沿おうとするかのように質問した。

「そこなんですよ。彼は一樹の子供であった頃は、幸秀という本名で呼ばれていたのですが、一也の養子になったときから、梓という通称で呼ばれ始めたんです。ただし、養子としての正式名は元の幸秀のまま届けられている。おそらく、養子になったとき、幸秀という元の名ではすぐに身元が分かると恐れた一也が、家族や周りの人間に『梓』と呼ばせるようにして、その後も梓は通称で生きてきたんでしょうね。今でも、戸籍抄本など正式な書類を必要としない場合は、梓という名前で通しているんじゃないでしょうか」

「そうでしたか。ただ、梓は親が代わったという認識は、当然、あったんでしょうね」

「ええ、葉山事件が起きたとき梓は七歳で、一也の籍に入ったときは九歳でした。従って、その法的意味はともかく、自分の父親や母親が代わったという認識は間違いなくあったでしょうね。ただ、雪江はこの時期、まだ幼児だったわけで、その後周りの

者が話さなければ、その事実を知らず、本当の兄妹と信じていた可能性はありますが
――」

「実際には、従兄妹《いとこ》同士だったわけですね」

法然が考え込むような口調で、ぽつりと言った。それは田所の興奮気味の解説を一時的に冷却させる効果をもたらした。

「田所さん、そうすると、大友一也は、罪の意識から一樹の息子である梓を自分の養子として育てたということになりますね。

梓を養子とする時点では、一也の妻の遼子も一応、同意していた。それは一樹の妻、忍の証言とも矛盾しない。忍も、事件当初は遼子も特に彼らに冷たかったわけではないと話していましたからね。だから、夫の家系に対する遼子の嫌悪感は、梓を育てる上で、次第に醸成されていったと考えることもできますね」

「それにしても、解《げ》せないのは、尾崎医師に語った雪江の発言です。一樹の子供を養子として一也と遼子が引き取っていたというのは、客観的に正しい事実と考えざるを得ないのですが、雪江は、遼子と梓がその子供を苛《いじ》め、さらに殺害したのではないかと言ってるわけですよね。そうすると、いかにも妙なことになる。その子供が梓だとすれば、彼は自分で自分を苛め、自分の殺害に手を貸したことになる」

田所は、妙にややこしい言い方をした。それは法然も金沢を再訪する道中で、ずっと考え続けていたことである。

「まさか、尾崎医師の『面談記録』自体がデタラメで、法然さんたちの捜査をミスリードするために、故意に提出されたということはないでしょうね」

田所の言葉に、法然は、ギクリとした。一時的に消えていた尾崎への疑念が復活したように感じた。しかし、やはりそれはないと法然は頭の中で否定した。明確な根拠があるというよりは、むしろ、「面談記録」が持つリアリティーの問題だった。あの記録には、どう考えても作り物とは思われないような臨場感が備わっていたのだ。

「いや、それはないでしょう。大友雪江がそういう発言をしたことは、間違いないと思います。ただ、分からないことは、今、田所さんがおっしゃったことに加えて、雪江が連続デリヘル嬢殺人の犯人と考えている『彼』と呼ばれている男と梓の関係なんです」

「どういうことでしょう。どうも私の頭は混乱しているようです。梓が、実は一樹の子供だったという事実は、戸籍上動かしがたい事実と思うのですが、その先が見えてこないんです」

混乱しているという意味では、法然も田所とそれほど変わらないのかも知れない。

だが、法然は自分が漠然と考えていることを口に出してみることにした。そうすることによって、問題点が整理され、新たな道筋に光明が射《さ》すこともあり得るのだ。

「『彼』と梓は、対極の関係にあるように見えますね。雪江は、『彼』を連続デリヘル嬢殺人の犯人と認めながら、それが誰なのか言おうとしない。愛情の対象でもあるからで、その『彼』を庇《かば》ってもいるわけです。

　それに対して、梓は明らかに雪江にとって憎しみの対象ですね。母親と一緒になって、彼女の父親である一也を苦しめた人間として徹底的に憎んでいる。この二項対立をどうやって、矛盾することなく共存させるかという問題ですよね」

　法然は、一瞬、言葉を止めた。田所も、困惑の表情で黙り込んでいる。法然の話が、いささか哲学じみてきたと思い始めているのかも知れない。しかし、法然は、はっきりしないものの、僅《わず》かに何かの核心に繋《つな》がる真実の影のようなものが見えてきたのを感じていた。

「私には、やはり、尾崎医師が鍵《かぎ》となる人物に思えるんです」

「彼がまだ何かを隠しているということでしょうか？」

　田所の言い方は、あくまでも即物的だった。法然の考えていることは、伝わっていない。そういうことではないのだ。だが、法然にもその微妙な感覚を伝える的確な言葉が思いつかなかった。

「そうかも知れないが、私の考えていることはそういうことではないのです。言うまでもなく、尾崎氏は精神科医ですから、雪江の深層心理の中にも深く入り込んでいたはずで、普通の人は気づかないことも気づいてしまう可能性があります。それを恐れた雪江は、納屋の中に放置された子供の死体という目くらましを使ったのではないでしょうか。それによって、『彼』と梓の対立項も、一層、先鋭化された。従って、これはいわば、雪江と尾崎氏の心理的駆け引きの問題だったように思うんです」

相変わらず、田所の反応は鈍かった。その表情は、ますます分からないと言っているように見える。

「すみません。どうも呑《の》み込みが悪くて。未《いま》だにおっしゃることがよく分からないのですが」

田所が正直に言った。その鋭い目つきも、幾分、曇りがちだ。

「いや、変な言い方で申し訳ありません。自分でも整理できていないことを喋《しゃべ》っているんですから、他人が理解できないのも当然なんです。このことは自分でもう少し考えてみて、確信を持てるようになってから、改めて田所さんにお話ししたいと思います」

法然は打ち切るように言った。田所もそれ以上、その話に深入りしようとはしなかった。二人の間には、まだまだ話し合うべき他の問題が残されているように思われたのだ。

田所が、気を取り直したように、話し出した。

「これもよく分からないのですが、大友梓は、法然さんと話しているとき、自分が一樹の本当の子供だとは言わなかったわけですよね。しかし、そんなこと、警察が調べればすぐに分かってしまうことでしょ。だから、それを言わないのが不思議というか――」

それは法然も考えていたことだった。ここに来て、法然は、再び田所との会話の歯車がかみ合い始めたのを感じた。

法然が田所からの報告を初めて受けたとき、あれほど動揺したのは、梓の話し方がとうてい嘘とは思えない自然さに満ちていたということもあったのだ。だが、あれは今になって思えば、明らかな嘘だった。

「田所さん、大友梓は非常に頭のいい男です。彼は、当然、警察が調べれば、自分が一樹の息子であることはすぐに分かると思っていたでしょうね。それに、物心がある程度付いた頃の話ですから、確かに、自分は知らなかったという話も通用しないことも分かっていたでしょう。それにも拘《かか》わらず、彼があんな明瞭《めいりょう》な嘘を堂々と吐いたのが、私にもいかにも不思議だったんです。ただ、よくよく考えてみると、ばれることを前提に吐いていた嘘と言えるのではないでしょうか」

「ばれることを前提に吐いていた嘘？」

「ええ、自分が一樹の子供でないように私に喋ったのは、明らかに嘘を吐いたわけですが、その嘘には別の真実を強調する効果があったわけです。つまり、大友一樹の子、大友梓は現にこうして生きているわけですから、一樹の子供の死体を納屋で見たという雪江の話は明らかな嘘だということになります。それはとりもなおさず、雪江の発言すべての信憑性をも揺るがし、彼女が統合失調症による妄想を喋っていたという梓と遼子の主張を裏付けることにもなるわけです」

「すると、法然さんは、梓は何もやましいことはないから、そういう風に堂々と嘘を吐いたとお考えなのでしょうか？」

「さあ、それは私にも分かりません」

　そう言ったとき、法然は不思議な気持ちに駆られていた。分からないと言ったのは、むしろ、はやる気持ちを抑えようとする自意識が働いたからで、法然にはぼんやりとではあるが、事件の全容が見えてきたように思われていたのだ。ただ、それを田所に披瀝《ひれき》するのは、まだ早いと感じていたに過ぎない。

9

「それでは、大友梓さんは、あなたのお産みになったお子さんであるのは、お認めになるのですね」

田所の言葉に、大友忍は深々と頭を下げた。ベージュのズボンに、グレーの半袖《はんそで》シャツ。相変わらず、地味で暗い服装だ。

「実は、昨晩、梓から電話がございましてな。警察の方がお見えになったら、正直に梓が私の実の子供であることを申し上げるように言われましたもんで。梓は私らの立場も考えて、これまでは黙っててくれたほうやけど、これ以上嘘を吐いて、警察の方を惑わしてはいかんと――」

法然は先手を打たれたような気分になった。梓はあらかじめ忍に連絡して、自分の嘘が発覚する瞬間に備えていたのだ。まるで自分が嘘を吐いた理由を法然たちに説明しているかのような、手回しの良さだった。

ばれることを前提に吐いていた嘘。再び、その言葉が法然の脳裏で点滅した。

「ということは、梓さんは、当然、自分があなたのお子さんであることは、昔からご存じだったのですね」

「ええ、事件から二年後、梓が一也さんの家に預けられた頃から、もうそういうことは十分に分かっていたと思います。中学や高校に入ってからも、こっそりと私の所にやってきて、私のことを『お母さん』と呼んでおりましたからな」

「雪江さんはどうだったのでしょうか？　やはり、梓さんが本当の兄ではなく、従兄妹だということは分かっていたのでしょうか？」

ここでようやく法然が初めて口を挟んだ。

「それは分かりません。あちらさんのことは、あちらさんに訊いていただかないと――でも、これは推測ですが、少なくとも遼子さんはそんなこと教えていなかったんやないですか」

「やはり、その頃、世間のバッシングがひどくて、遼子さんにしてみれば、一樹さんの子供を引き取ったなどということを世間に知られたくなかったからですか？」

法然は、念を押すように訊いた。

「ええ、そうです。特に、一也さんが病気がちになると、うちと遼子さんの家はほとんど絶縁状態になっておりましたんで、梓も私を訪ねてくるときは、遼子さんにも雪江さんにも内緒だったんと違いますか」

「するとこういうことになりますね」

法然は、改めて話を整理するような口調になった。

「梓さんが、本当はあなたと一樹さんの子供であることを知らなかったのは、二つの家族の中では、雪江さんだけだということになりますね」

「そうかも知れませんな。私たちが梓を一也さんと遼子さんに預けたという話は、親戚にもどんなに親しい知人にも言っておりませんので、その事実を知っている人はほんまに限られていましたのや」

「要するに、一也夫妻とあなたがたご夫妻、それに梓さんご本人だけが知っていた——」

しかし、一也も一樹も既に死んでいるのだから、今現在、それを知っているのは、遼子と忍と梓だけということになる。

結局、忍からはそれ以上の話を聞き出すことはできなかった。

法然と田所は、一時間程度で忍の家を辞した。そのあと、遼子に面会する予定だった。三日前に田所が遼子に連絡を入れて、面会の約束を取り付けていたのである。

しかし、不測の事態が起こった。

忍の家を出た直後、田所の携帯に県警から連絡が入り、遼子が今朝、脳卒中で倒れ、市内の病院に運び込まれ、現在、ほとんど危篤状態だと知らされたのだ。とても事情を訊けるような状態ではないと言う。仮に奇跡的に回復することがあっても、言語障害や半身の麻痺《まひ》も予想されるため、事実上、遼子から事情を訊くことはきわめて困難になったと言わざるを得なかった。

法然は、何者かが病気を装《よそお》って遼子を消そうとした可能性も考えた。だが、田所に連絡してきた刑事の話では、その可能性はほとんどないようだった。遼子は、朝方、隣に住む主婦と家の前の路上で立ち話をしているとき、不意に気分が悪くなり、救急車を呼んでもらったらしいのだ。

搬送中、症状は悪化し、救急車内で昏睡《こんすい》状態に陥っていた。ただ、救急隊員の話では、救急車が遼子の家に到着したときはまだ意識があり、問診が可能な状態で、手足のしびれや、物が二重に見えることを訴えていた。これは、脳卒中が起こる前の典型的な症状である。

それでも、法然と田所は、念のため、タクシーを利用して金沢市郊外にある遼子の家まで行き、隣家の五十代くらいの主婦からも話を訊いた。しかし、その証言からも遼子の脳卒中に不審を抱かせるようなものは何も出てこなかった。

やはり、遼子は、雪江の死後、ひどく落ち込んでいたらしい。隣の主婦の話では、近所への買い物以外は自宅を出ることもなく、ほとんど訪問者もいなかった。

法然は、雪江を失った遼子がもはや生きる望みを失っていたのではないかと、ふと思った。雪江に対する怒りと絶望。それは愛情の裏返しの表現と言えなくはない。そのストレスが脳の機能障害を誘発しても少しもおかしくはないだろう。

結局、遼子の隣に住む主婦から事情を聴き終えたとき、午後五時近くになっていた。昼飯は法然も田所も摂《と》っていない。

法然は、その日、日帰りの予定だった。夜の八時過ぎの飛行機で東京に戻らなければならない。搭乗手続きの締め切りまでは、少し時間があるから、市内の割烹《かっぽう》料理店で少し早めの夕食を摂ろうということになった。

法然の提案である。田所にはすっかり世話になった。だから、感謝の気持ちを示すため、少しだけごちそうをしたかったのだ。もちろん、田所の方に東京からやってきた刑事を接待する予算などないことくらい分かっている。それは石川県警であろうが、警視庁であろうが、同じことだろう。どこの警察組織も、ギリギリの予算でやっているのだ。特に裏金の捻出《ねんしゅつ》について、一時、マスコミから徹底的に叩《たた》かれて以来、警察組織の予算状況は目に見えて厳しくなっている。

二人が入った割烹料理店で、簡単な加賀料理を注文した。加賀料理のフルコースとは違い値段も半分程度だから、法然が二人分支払ってもそれほど高額にはならない。食事と一緒に、中ジョッキで生ビール一杯だけを注文した。

「いや、今回も本当にお世話になりました」

法然は、田所と軽くジョッキを合わせた。乾杯とはおよそかけ離れた心境だったが、ジョッキを持つときのふだんの習慣で思わずそうしてしまったのだ。

「飛行機は八時過ぎでしたよね。小松空港まで県警の車でお送りいたしますから」

田所は、ビールを一口飲んだところで言った。金沢市内から小松空港まで空港バスの「スーパー特急」で行くつもりだったが、車で送ってもらえるなら、バスの時間を気にする必要もないから助かった。

「それはどうも申し訳ない。日帰りなどと言うと、かえってこちらにご迷惑を掛ける結果になってしまいますね」

「いや、それくらいさせていただかないと――」

そのあと、法然と田所は事件とは無関係な日常会話を交わしながら、一杯の生ビールを時間を掛けて飲んだ。着物を着たテーブル担当の女性が比較的頻繁に料理を運んできたということもある。

お造りのあと、加賀料理の定番、治部煮《じぶに》が出た。肉は合鴨《あいがも》を使っているようだった。

「加賀料理と言えば、治部煮ですか？」

法然が訊《き》いた。

「そうですね、みなさん、そうおっしゃいますね。でもね、鴨なんて贅沢《ぜいたく》な物を使った治部煮なんて、地元の人間はあまり食べないですよ。たいがい、家庭で治部煮を作るときは鴨の代わりに、鶏肉《とりにく》を使うんじゃないですか。我々は殿様じゃありませんからね」

そう応えながら、田所は、小さく笑った。しかし、その口調はどこか上の空で、本当は郷土料理のことなんかにあまり関心がないことが透けて見えていた。

「ところで、法然さん」

田所が不意に声を落とした。その鋭い目つきが復活した。

田所が事件の話をし始めるのは、法然も予想していた。田所にとって、法然との話し合いはいわば不完全燃焼で、まだまだ議論が尽くされていないと感じているはずである。

「尾崎医師に対する疑惑は、法然さんの頭の中では、もう完全に解消されたのでしょうか。特に、例のマフラーのイニシャルですが、あれは要するにどういうことになるのでしょうか?」

「Y・Oですか。まあ、草薙瑠衣の発言から、雪江が誰かのためにそのマフラーを編んでいて、それが雪江の絞殺に使われたという事実は否定できませんよね。雪江までが、Y・Oというイニシャルだから、ややこしいのですが、彼女が自分のためにそのマフラーを編んでいたという解釈は、やはり苦しいでしょ。

そうなると、彼女がそれを尾崎医師のために編んでいた可能性は高まると思いますが、仮にそうだとしても彼女が何かの事情でそれを彼に渡さず、自分で使っていたとも考えられ、それが凶器として現場に残っていたとしても必ずしも尾崎医師への疑いが決定的に深まるものではないでしょ。それにね、田所さん、私も今気づいたんですが、梓の本名が大友幸秀だとすれば、彼のイニシャルだって、Y・Oじゃありませんか」

法然はそう言うとじっと田所の顔を見つめた。田所の顔に、不意を衝《つ》かれたような、驚きの色が立ち上がった。

「あっ、そう言えばそうですね。気づきませんでした。でも、そのイニシャル入りのマフラーは彼女が自分の好きな人にあげようとして編んでいた物だったわけですよね。そうすると、兄であった梓は除外対象——」

そこまで言って、田所はふと言葉を切った。梓が雪江の兄であるという前提が崩れていることに、不意に気づいたかのようだった。

「そうか。兄と言っても、戸籍上の兄であって、実際には、従兄妹だったわけですか。しかし、そうだとしてもいくらなんでも恋愛の対象にはならないでしょ。それに、雪江が梓の本名が幸秀であることを知っていたかどうかも分からんでしょ」

法然はすぐには返事をしなかった。別に自分の意見を故意に抑えたわけではない。ただ、確信が持てなかっただけである。特に、雪江が梓の本名を知っていたかどうかは、尾崎の「面談記録」を読んでも明確には判断できなかった。

「しかし、尾崎医師の『面談記録』の中に出てくる『彼』と梓が妙に鮮明な対立項となっていることが、やはり気になるんですよ。また、さっきの話の続きになってしまいますが、『彼』は本当に梓と対立する立場の人間として存在するのでしょうか。雪江が尾崎医師に嘘を吐いたと言えば、そうかも知れませんが、私には嘘を吐いたという表現が適切かどうかも分かりませんね。問題は彼女が嘘を吐いたかどうかではなく、その架空の話をでっち上げた狙《ねら》いなんです」

「ということは、法然さん、雪江は『彼』を庇うためにその架空の話をでっちあげたと考えているわけですよね。しかし、私には、それがどうして『彼』を庇うことになるのか、よく分からないのですが――」

「要するに、納屋の子供の遺体のエピソードは、一種の目くらましで、雪江が梓や遼子と対立していたことの象徴であるだけでなく、梓が『彼』とは別人であるという尾崎医師の認識を強化する方向にも働いたと思うのです。彼女は、それほど尾崎医師が真相を見抜くことを恐れていたような気がするんです」

「すると、法然さんは、梓と『彼』は同一人物であるとおっしゃるんですか？　つまり、雪江の庇っている恋人は梓だと――」

田所は絶句するように言い、そのあと不意に黙り込んだ。ようやく法然の考えていることを理解し始めているようだった。

「いや、正直に申し上げて、そう確信しているわけではありません。それに雪江の嘘は梓と『彼』が同一人物であることを尾崎医師に悟らせないための、いわば無意識の操作みたいなものだった気がするんです。しかし、状況は徐々に、私の推測がそれほど突飛な想像とは思われない方向に向かっているようには感じています。

梓と雪江は、戸籍上は兄妹ですが、実は従兄妹であったという事実が分かったことにより、二人の恋愛は不可能ではないことになります。それに加えて、もう一つ注目すべきことがあります。

『面談記録』によれば、雪江の硬直症にも似た引きつけは、大人になってからは年に二回程度しか起きておらず、それが頻発していたのは昔のことだと記されています。そして、引きつけが起き、白目を剝《む》き、よだれを垂らし、体を強張《こわば》らせる雪江を『彼』が抱きしめてくれたことが語られています。となると、『彼』というのは、雪江が子供の頃も彼女の身近にいた人としか考えられないんじゃないでしょうか。こういうことを総合的に考えると、私の推測は必ずしも妄想とは言えないのかも知れない」

「そうですか。やはり梓と『彼』は同一人物だとおっしゃるんですね」

田所は、必死に興奮を抑えるように押し殺した声でもう一度言った。それから、呟くように付け加えた。

「だとすると、連続デリヘル嬢殺人の犯人は梓ということになる。そして、金沢市の旅館で起こった雪江殺しも――」

「いや、待ってください。そう結論づけるのはまだ早いかも知れません。証拠はほとんどないに等しいのですから」

法然が制した。緊張した空気の中、沈黙の冷気が流れたように感じた。法然も田所も治部煮には一口も箸《はし》を付けていなかった。

10

七月四日（金）。久しぶりに大きな緊急の捜査会議が浅草署の六階講堂で開かれた。刑事部長以下、捜査幹部やほとんどの捜査員が参加したが、法然だけは高鍋に話して、尾崎との面会を優先させた。

金沢から戻ってから、法然はすぐに尾崎に連絡を取った。だが、医師である尾崎も忙しく、日程調整に手間どり、ようやくその日の午後一時から、再び尾崎の自宅で面会する約束を取り付けていた。

それが捜査会議の開始時刻とどんぴしゃりのタイミングで重なったのである。特別捜査本部の捜査会議は午後八時から開かれるのが慣例だったので、午後一時なら大丈夫だろうと思ってしまったのだ。

法然は、自分の持つ情報はすべて高鍋と近松に報告し、その情報に対する自分の見解も話していた。また、他の捜査員たちによって収集され、捜査本部に上がってきた新たな重要情報も、あらかじめ近松によって法然に伝えられていた。従って、法然自身がその捜査会議に出る意味はさほど大きくはなかったのかも知れない。

しかし、捜査会議自体は久しぶりに、緊張感と活気に満ちていた。何しろ、これまでにはなかった有力な容疑者が浮上し、逮捕も含めた白黒の判断を付けようというのが、その日の捜査会議の主たる目的だったのだ。

会議は、竜崎美保と水島ユリの殺害に関する捜査状況の検討に入っていた。最初に美保について分かった新事実を新宿署の刑事が報告した。

「竜崎美保は、大学時代、雪江の勤めるゲーム会社でアルバイトをしていたとき、雪江と知り合いました。その後、二人の交流は断続的に続き、デリヘルのアルバイトを雪江に紹介したのも美保でした」

その結果、雪江は初めて「デジャブの森」で働くことになったという。それが「夢床」での強制奉仕の直後であるのは、近松の口から補足的に他の捜査員に伝えられた。美保の場合、その合理的で軽薄な性格故《ゆえ》に、高額な報酬がアルバイトの選択における絶対的な要件であったのは明らかである。しかし、雪江が美保のようなタイプの女性に勧められて、そういうアルバイトを受け入れたのは、「夢床」での屈辱的体験のせいであったのか。それとも、先天的な心の病のなせる業だったのか。そんな囁《ささや》きが会議に出席した捜査員の間で、一瞬、取り交わされた。

「すると、もし大友梓が犯人だとすれば、雪江をそんなアルバイトに引きずり込んだ美保に対する憎しみが動機だと言うことも考えられますね」

警視庁捜査一課第二係の係長である仁科が発言した。囮《おとり》捜査の失敗で高鍋が苦境に立って以来、高鍋の腹心である仁科も発言力が低下し、捜査会議での発言も多くはなかったが、ここに来て、幾分、復権しているように見えた。

「しかし、それはどうだろ。動機としては少し弱いんじゃないか」

高鍋が、慎重な言い回しで発言した。それに応じたのは、近松である。

「確かに、普通に考えると、弱いと思います。しかし、法然係長の調査で梓は東大の国文科出身で、卒論は泉鏡花の『高野聖』であったことが判明しています。法然係長の見解では、『高野聖』は、魔性の女の恐ろしさと罪深さを扱った作品ですから、梓は作中の僧侶に自分を重ね合わせ、雪江をその魔性の女に見立てていたのではないかということです。

雪江は殺される前に梓と共に泉鏡花記念館を訪問したと推定されますから、その訪問が梓の情念を刺激して、その仮構に一層の現実味を帯びさせたとも考えられます。梓自身が尋常の精神状態でなかったとしたら、そんなことが雪江に対する愛憎を掻《か》き立てたとしても、それほどおかしくはないと私も思いますけど――」

「だとしたら、梓は雪江をそんなアルバイトに誘い込んだのが、美保であることを知っていたということになりますね」

仁科が近松のいささか文学臭の強い表現を現実に戻すように言った。

「雪江自身が、そのことを梓に喋ったのかも知れません」

再び近松が発言した。

「まあ、それは推測の域を出ない話だから、とにかく次の水島ユリに関する報告に行きましょう」

高鍋が促した。実際に司会をしていたのは管理官の近松だったが、高鍋は各関係者の内面に入り込む議論を意図的に避けているように見えた。

「では、次は伊達さん、水島ユリの報告をお願いします」

近松が高鍋の指示に従って、会議を先に進めた。

伊達が立ち上がった。

「水島ユリについては、大変重要な事実が判明いたしました。殺害される六ヶ月ほど前から、ユリは大友梓の愛人になっていたのです」

捜査員の間に、異様などよめきが起こった。ユリが殺害されたのは、三ヶ月以上前の三月十六日だったが、殺害当初の地取り班の捜査では、そんな事実はまったく挙がってこなかった。

「ですから、竜崎美保と水島ユリが高校の同級生で親しかったことを考えると、ユリが梓のことを美保に喋った、あるいは喋ったと梓が思い込んだ可能性もあり、さきほど議論に出た美保殺しの動機は、美保が雪江をデリヘルに誘い込んだからだけではなく、やはり口封じという意味もあったように思うんです」

思わぬ形で、幾分、薄弱に見えた美保殺しの動機が補完された格好になった。伊達が得点を稼いだ数少ない場面の一つに見えた。何人かの捜査員が、納得したように伊達の発言に大きく頷《うなず》いた。伊達は、さらに言葉を続けた。

「実は、大岩製薬の営業担当者から聞きだしたのですが――」

その事実が発覚するプロセスはいささか複雑だった。

安中と伊達は、「大岩製薬」の営業担当者に対して、徹底的に圧力を掛けた。最初に、営業用に高級デリヘルを利用していたことを認めさせ、次にユリが勤めていた「敬愛薬品」との関係を追及した。ライバル会社とは言え、同じ製薬会社であるのだから、「デジャブの森」に関する情報を共有していても、それほどおかしくもないように思われたのである。

しかし、その担当者はユリが「敬愛薬品」の社員であることすら知らなかった。ただ、他の会社の営業担当者に「デジャブの森」について話したことはないかと問い質《ただ》され、ある食品会社の営業担当者で、大学時代の同級生に話したことを認めた。その食品会社の名前を聞いて、安中と伊達は驚愕《きょうがく》した。「丸一食品」だったのだ。

「その『丸一食品』の営業担当者に面会して話を訊いたところ、『丸一食品』でも、大きなスーパーの個人経営者や大口のバイヤーに対する接待用に、『デジャブの森』を利用していることが判明しました。そんな高額な接待は、当然、一社員の一存でできるはずもなく、営業課長の許可を取っていることをその営業担当者も認めています。つまり、営業課長である大友梓は、『デジャブの森』の存在を知っていたのです」

雪江を殺害した犯人が、何故《なぜ》、雪江がどこのデリヘルで働いていたかを知り得たかについては謎だった。しかし、梓が犯人であると考えると、少なくとも「デジャブの森」については、ユリから高瀬千夏こと雪江の話を聞いていたのかも知れない。

それでも梓が雪江と高瀬千夏が同一人物であることをどうして知ったかという疑問は残るが、それについては雪江自身がその源氏名を梓に話した可能性も否定できなかった。雪江と尾崎の面談記録から判断すると、雪江は自分の好きな相手に対しては、告白と隠蔽《いんぺい》を交互に繰り返し、相手を試そうとする傾向があるように思われた。雪江が同じような対応を梓にも見せたとしてもおかしくないのだ。

さらに追及されて、「丸一食品」のその社員は課長である梓が、「大岩製薬」の接待枠を使って、三度ほど「デジャブの森」を利用したことがあることを認めた。彼が「大岩製薬」営業担当の同級生に話を付けていたのだ。自社の接待枠ではなく、他社の接待枠を利用する理由について、梓は特に説明しなかったが、営業課長は自社の枠で私的に遊んでいると解釈されるのを避けたのだろうとその社員は判断した。

「このあと安中さんが、『デジャブの森』の経営者や何人かのコンパニオンに当たって、水島ユリを三度指名している水上卓《みずかみすぐる》と称する客が、『丸一食品』から紹介されて『大岩製薬』の接待枠を使っていた男であることが分かったのです。そして、先ほどの『丸一食品』の社員の話から、それが大友梓であることが明らかになりました」

ユリが「水上」の愛人になっていたことは、ユリ自身が何人かのコンパニオンに話していたという。ただ、ユリは「水上」の指示で、その事実が店側に発覚しないように、比較的コンスタントに店に出勤していた。そのことを調べ上げたのは、安中である。従って、報告自体は伊達が行っていたものの、その報告の重要部分の調査はやはり安中主導で行われたらしい。

「すると、梓はたった三回、デリヘルのサービスを受けただけで、すぐに水島ユリを愛人にしてしまったということか」

高鍋が、安中のほうを見ながら訊いた。伊達に花を持たせているつもりだった安中も、直接応《こた》えざるを得なくなった。

「いや、そのあと何回かは店を通さずに会ったのでしょうが、ユリを愛人にするのに、それほど時間は掛からなかったと思います。梓は、もちろん、本当の職業は名乗らず、コンピューター関係の起業家と称していました。四十代とは言え、見た目もよく、金払いもよかったようですから、梓はユリから見れば、格好の愛人だったのかも知れません。梓には妻と中学生の一人息子がいますが、近所でも評判の円満な家庭だったそうです。ただ、一流企業とは言え、食品会社の課長が愛人を持てるほどの経済力があったのかという疑問は残りますが、営業課長という立場を考えれば、会社の接待費などをかなり自由に使うことができたと考えられますから、それほど不自然ではないと思います」

「もし梓がユリ殺しの犯人だとすれば、その動機はやはり口封じだろうか？」

高鍋が重ねて質問した。

「分かりません。ただ、ユリが一連の絞殺事件の犯人は梓であると気づいたこと、あるいは気づかれたと梓が思い込んだことが動機だった可能性は否定できませんね。水島ユリ殺しは、一連の絞殺事件の流れの中で、一番後の事件ですから、犯人から見ればば、ユリは最後の不安要因だったのかも知れません」

安中が応えた。

「そうすると、竜崎美保は雪江をデリヘルに誘い込んだ懲罰と口封じのために殺され、ユリは口封じで殺されたということになりますね」

安中の発言に続いて、近松が総括するように言った。

「どうだね、高鍋君、これで令状は取れるかね？」

本部長の島中が不意に発言した。緊張感が走った。

「いや、すぐに殺人で令状を取るのは難しいと思います。もう少し客観的な証拠が欲しい。捜査を継続して、具体的で決定的な事実が出てきてから、大友梓の逮捕に踏み切るべきかも知れません。いずれにせよ、そういう証拠が揃《そろ》ったら、竜崎美保か水島ユリの事件で令状を取るのが、最初の突破口としては現実的でしょう。最初に起こった三件のデリヘル嬢殺しや雪江の事件は、最後の二つの事件を固めてから取り組んだほうがいいと思います。状況証拠的には、大友梓に対する疑惑は、真っ黒に近いと考えています。血筋という意味では、梓は雪江の兄ではなく、従兄妹だった。それから、マフラーに関してはY・Oというイニシャルの一致と草薙瑠衣の証言。尾崎医師によって記録された『面談記録』での雪江の発言。それらはすべて梓が一連の絞殺事件に深く関わっていることを示唆《しさ》しているように思われます――」

島中の前でも、高鍋は堂々としていた。既に腹を括《くく》って、捜査一課長としての最後の仕事に無心で取り組んでいるように見えた。高鍋の話はさらに続いた。島中を始め、他の捜査員たちも緊張した面持ちで、高鍋の話に聞き入っていた。

11

法然は、以前と同じように、リビングの濃紺のソファーで尾崎と対座した。尾崎は、落ち着いた表情で法然を迎え入れた。

尾崎はグレーの縦縞《たてじま》の入った半袖のワイシャツに、白いズボン姿だった。一方、法然はノーネクタイながら、暑苦しい印象のチェックの背広を着ている。ただ、室内の冷房はよく利《き》いており、ひんやりとした空気が流れていたから、法然の服装でもそれほどの暑さは感じなかった。

「先生、私は『面談記録』の謎《なぞ》が解けたような気がしています。今日は、先生に私の解釈が正しいのか、ご意見を伺いたいと思いまして——」

法然は、余分な前置きは意識的に切り捨て、真っ向勝負で挑んだ。

「そうですか。お聞きしましょう」

尾崎は法然を凝視した。

「大友梓は、雪江が語る『彼』と同一人物ではないのでしょうか」

ずばり、結論から言った。尾崎が小さく頷くのを感じた。法然は、さらに石川県警によって行われた戸籍調査の結果と自分の推理の根拠を話した。ただこの時点では、梓という名前が通称であり、戸籍上の本名とは異なることは伝えなかった。聞き終わると、尾崎は、今度は大きく頷きながら言った。

「やはりそうでしたか。法然さん、それは私の推理とほとんど同じです。私も、実はそのように考えていたんです」

「ただ、まだよく分からない点もあります。今日は、そういう点についても先生のご意見を伺いたいと思っているんです」

「例えば、どんな？」

「雪江のほうは、梓が戸籍上の兄であって、実際は従兄妹《いとこ》であることを知っていたのでしょうか？」

「それはどうかな」

法然の質問に一言応えたあと、尾崎は視線を床に落とした。考え込むような仕草にも見えた。それから、ゆっくりと話し始めた。

「梓はもちろん、自分たちが本当の兄妹ではないということを知っていましたよ。だが、あえてそのことを雪江には教えなかった」

ここで尾崎は再び言葉を句切った。その一瞬、遠くを見る目つきをした。それは法然の質問を誘っているようにも見えた。法然は、その誘いに乗るように質問した。

「どうして教えなかったんでしょうか？」

「そのほうが性的刺激を感じたんじゃないでしょうか」

そう言うと、尾崎は奇妙な微笑を浮かべた。法然は、その微笑に得も言われぬ違和感を感じた。

「雪江も梓のことを私に対してもあくまでも兄として話していました。だが、雪江自身も、兄である梓が女としての自分を求めてくることに痛烈な苦しみを感じると共に、ある種の性的な刺激を感じていたんじゃないかな。雪江はそのことを私に隠す振りを装いながら、暗示的に伝えていたようなところがありましたね。しかし、雪江は現実には強く梓を拒否した。その一方では、幼い頃から一緒に暮らし、引きつけの発作が起こったときに強く抱きしめてくれた梓に肉体的には惹《ひ》かれていたのでしょう」

「ところが、梓の戸籍上の本名は梓ではなく、幸秀だったんです。これがどういう意味を持つか、先生、お分かりでしょうか」

今度は逆に、法然が尾崎の質問を誘うようにここで言葉を止めた。尾崎の顔色が変わった。だが、言葉は挟まなかった。法然は、再び、話し出した。

「草薙瑠衣さんの証言では、雪江はY・Oというイニシャル入りのマフラーを編んでおり、草薙さんに対してそれを好きな人にあげようとしていたことを認めたそうです。そのマフラーは雪江が殺害された現場で発見されました。そして、それが絞殺のために使われたことも判明しています。

可能性は二つしかないでしょう。一つは、雪江が大友梓は兄ではなく、従兄妹の幸秀であることを知っていた場合です。だから、わざわざY・Oというイニシャルを入れて、梓にそれをプレゼントした。もう一つの可能性は言いにくいのですが、先生ご自身に関わることです。先生のイニシャルもY・Oですから、それはあなたにプレゼントするつもりだったのかも知れない。しかし、内気な彼女は結局、それを渡して思いを告白することはできず、そのまま自分で持っていて殺されてしまった」

法然は、もう一度言葉を止め、尾崎を見つめた。尾崎が暗然たる表情で話し出した。

「その質問に対して私にどう応えろと言うのです。精神科医であっても、自分のことになると、客観的な評価は難しい。分からないとしか言いようがないのです」

尾崎は語尾を絞り出すように言った。その顔は青ざめ、若干、引きつっているようにさえ見えた。尾崎がこんな風に自分の感情の襞《ひだ》を露わにするのを、法然は初めて見たような気がした。

「いや、私は別に先生に応えを求めているのではありません。雪江が死んでしまった以上、その問いに明確な応えを出せる人間は犯人以外にはいないのかも知れません。ただ、二人が兄妹だと思うことによって性的快感を感じていたというのは、一つの解釈ではあるでしょう」

法然は、もう一度元の話題に戻すように言った。法然にも妹がいたが、現実に妹がいる人間としては、兄妹間の性愛などほとんど想像できなかったのである。

「彼女の売春行為は自己懲罰であると同時に梓に対する防御反応、いや、それでも梓に惹かれ続ける自分に対する防御反応でもあったのかも知れない。梓は雪江の持つ病的な純粋さに惹かれていたはずですから、雪江は必死になって自分の堕落した姿を梓に見せようとしていたんじゃないかな。それはまさしく、どんな男にも抱かれる売春婦としての姿を梓に見せることだったのではないかと思うんです」

尾崎の口調は、冷静さを取り戻しているように見えた。しかし、法然にはまだ、納得できない点があった。この際、その部分でも、尾崎の見解を確認しておきたかった。

「しかし、雪江は同時にデリヘルの現場に梓が入って来ることを極度に恐れていた痕《こん》跡《せき》があります。そのことは、先生が今、おっしゃった防御反応説と矛盾しないでしょうか？　つまり、自分の堕落ぶりを梓に見せつけるのが目的だったとしたら、むしろ、その姿を直接に梓に見せるという対応もあり得るんじゃないでしょうか？」

「そこが、二律背反《にりつはいはん》だったのでしょうね。私の印象では、最初は雪江のほうから自分がデリヘルでアルバイトをしていることを梓に話した節がある。しかし、それに腹を立てた梓が、実際にデリヘルに乗り込んでこようとしたのを経験して以来、梓に対する恐怖も広がっていったのでしょうね。長い付き合いから、雪江は梓がどんな病的な人間か知っていた。実際、雪江は売春行為をやめなければ、必ず殺すと『彼』から警告されていたことを私に話しています」

「そして、実際に雪江は金沢で梓に殺されてしまった。先生は、そうお考えなのですね」

法然の問いに、尾崎は一層暗い表情で窓の外に視線を逸《そ》らした。夏の日差しが、半分下ろされた窓のブラインドの隙間《すきま》から、まだら模様の光の五月雨《さみだれ》となって差し込んでいる。尾崎の横顔は翳《かげ》りの中に沈んでいた。

「事実としてはそうでしょう。雪江は梓に殺されたのは、確かだと思います。ただ、その殺害動機は、あなたが考えているのとは、少し違うのかも知れません」

「つまり、雪江があくまでも拒否を貫いたから、殺されたのではないと——」

法然自身、そう考えているわけでもなかった。雪江と共に、「水月亭」に現れた男が梓だとすれば、旅館に二人で宿泊するということは、既に肉体関係が成立していることを窺《うかが》わせるのだ。

「ええ、実は、そのとき二人はもう結ばれていたのです」

断定的な言い方だった。法然は、尾崎が何か具体的な根拠を持っているのを感じた。

「そうお考えになる根拠を、先生はお持ちなんですね」

「雪江自身が私にそう言っていたのです」

「しかし、お借りした『面談記録』には、そういう記述はなかったと思うのですが」

ここで、法然は黒の手提げカバンの中から、尾崎から借りていた「面談記録」の大学ノートを取り出した。今日返すつもりで持参していたのだ。法然は、その大学ノートをペラペラと捲《めく》ってみた。

「はい、それには書かれていません。しかし、雪江は金沢で殺される一ヶ月ほど前の一月十二日に不意にこのマンションに私を訪ねてきたのです。私はそのとき、二時間近く話し、その会話内容を彼女の許可の下に録音したICレコーダーがあるのです」

法然は、尾崎がよくこの部屋で雪江に会うことに同意したものだと思った。雪江が尾崎に想《おも》いを寄せていたのが本当なら、なおさらだろう。あるいは、強引に押しかけられて、中に入れざるを得なかったのか。

「録音したのは、やはり雪江の発言を正確に残したいという意図があったからでしょうか?」

含みのある質問だった。あるいは、尾崎はいざというときに自分自身を守るためにも、二人の会話を録音したようにも思ったからだ。

「それもありますが、やはり、この頃、雪江は尋常な精神状態ではなかったと思いますから、彼女をこんな私的な空間に入れて、あとで面倒なことになるのを恐れたということもあります。会話を録音しておけば、私があくまで彼女の主治医として振る舞ったことを証明できると思ったのです」

正直な告白だった。

「お聞きになりますか? 相当な覚悟が要る内容ですが。もちろん、私にとってもそうです」

法然は意表を衝かれた。尾崎が生の告白を法然に聞かせようとしているのが、何か不気味にさえ思えたのだ。

「その部分を文章に起こした面談記録は存在しないのですか?」

法然はあえて訊いた。

「残念ながらありません」

「そうですか。やはり、そういうものが存在するとしたら、私としてはぜひ聞いてみたいのですが――」

尾崎は特に法然の言葉に反応することもなく、無言で立ち上がった。アコーディオンカーテンを開けて奥に消え、携帯型のＩＣレコーダーを持って、再び、戻って来た。

尾崎は、それをリビングの応接セットの半透明のガラス製テーブルの上に置いた。初めから法然に聞かせるつもりで用意していたということか。

尾崎が再生ボタンを押した。鈍い低周波の雑音に交じって、女の咳払《せきばら》いが聞こえた。

「こんなプライベートな空間でも録音しなければいけないんですか？」

雪江と思われる声が聞こえた。思ったより高い声である。

「ええ、そうさせてください。正確な記録を残す必要がありますから」

尾崎の声だ。やはり、普段の声に比べると、若干、緊張気味に感じられた。このあと、二人の会話が比較的よどみなく続いた。

12

雪江　先生、私、昨日の晩、大変なことをしてしまいました。

尾崎　大変なこと？

雪江　ええ、大変なことです。「彼」と関係してしまったんです。たぶん、私、引きつけの発作を起こしたんだと思います。しばらくの間、意識を失っていました。でも、よだれを垂らしていたのだけは覚えているんです。そのとき「彼」の舌先が私の唇の周縁を舐《な》めていたのを感じていました。意識を取り戻すと、私は上野のラブホテルの一室で、素っ裸にされてベッドの上に仰向けに寝ていて、その上からやはり全裸になった「彼」の体がのしかかっていたのです。

尾崎　大変なことというのは、あなたの言う「彼」が連続殺人犯であるのが分かっているのに、その「彼」と関係してしまったという意味ですか？

雪江　それだけではありません。私と「彼」とは肉体関係を持つことができないはずなのです。

尾崎　また堂々巡りの議論ですね。あなたはいつもそうおっしゃるが、私がいくら訊いてもその理由を教えてくださらない。
雪江　これまでとは状況が違います。私は、本当に「彼」と関係してしまったのです。でも、こうなった原因は先生にもあるんです。いえ、はっきりと言います。先生がいけないんです。
尾崎　どうして私がいけないんですか？
雪江　先生、私が好きなこと分かってるくせに、私の気持ちを弄《もてあそ》ぶだけで何もしてくれなかったじゃありませんか。私、それが寂しくて、つい「彼」と一緒にラブホテルに入ってしまったんです。そして、緊張のあまり、めったに起きない引きつけの発作が起きてしまったんです。そこを「彼」につけ込まれて——

雪江の啜《すす》り泣きが聞こえ始めた。法然はいたたまれないような気持ちで、尾崎から視線を逸らした。尾崎がこの会話を文字に起こさなかった気持ちが分かるような気がしたのだ。

「弄ぶ」という言葉が異様に響いた。尾崎が雪江を弄んだはずがない。いや、それが精神的な意味でなら、あり得ないわけではない。法然はそう思い直した。

啜り泣きと雑音がしばらく続いた。法然は再び、尾崎に視線を注いだ。痩《や》せた頬骨の陰影が、差し込んでくる陽光の中で、微妙な色域を映し出している。やがて、幾分、うわずった尾崎の声が聞こえ始めた。

尾崎　私は、弄んだつもりはないが、あなたがそう感じたとしたら、確かにそれは私にも問題があったのかも知れない。あなたを傷つけたとしたら、謝りますよ。だから、そんなに泣かないでください。

雪江　いいえ、そんな——謝ってくれなくてもいいんです。その代わり、お願いがあるんです。

尾崎　何でしょうか？

雪江　一度でいいですから、私を抱きしめてキスしてくれませんか。そうすれば、私、先生のことを忘れられるように思うんです。そのあと先生に付き纏《まと》ったりすることも絶対にしません。カウンセリングも今日で終わりにしますから。

不意に会話が途絶えた。録音はここまでしか、なされていないようだった。それにしても、こんな際《きわ》どい会話を法然に聞かせた尾崎の意図が見えなかった。事件の捜査にとって絶対に重要な情報なら、意味は分かる。しかし、この会話はむしろ尾崎と雪江の微妙な心理関係を映し出しているに過ぎないように思われた。

法然は改めて、尾崎の表情を見つめた。険しい表情だった。

「このあと、先生と雪江の間に何が起こったか、お訊きしてよろしいのでしょうか?」

法然のほうから、思い切って訊いた。

「ええ、私は彼女を強く抱きしめキスをしました。そのあと、二人はさらに激しく抱き合いました。雪江は、私にセックスまで求めましたが、私はかろうじて踏みとどまりました。私の拒否の態度に雪江は不満だったでしょうが、私は彼女を抱きしめるという約束は果たしたのですから、彼女はある程度は満足したのか、最後は笑顔で帰って行きました」

そう言った尾崎の顔には、暗い寂寥感《せきりょうかん》が映っているように見えた。

「その後、先生は雪江に会うことはなかったのですか?」

「ええ、それが私が雪江を見た最後でした。ただ、電話では一度だけ話しています」

「電話で?」

「彼女が殺される一週間前くらいだったでしょうか。私が彼女に教えておいた携帯番号に電話が掛かったのです。生理が長い間止まっていると言ってきたのです。だから、妊娠だろうと――。もう諦《あきら》めて『彼』と一緒になって、『彼』の子供を産むことにしたとも言っていました。関係してから一ヶ月も経っていないのだから『彼』の子供はありえない、彼女のこれまでの荒《すさ》みきった生活を考えると、他の男の子供を妊娠したのではないかという気持ちもありましたが、彼女を傷つけることは言いたくありませんでした。とにかく、雪江はそのとき、『彼』もこれ以上殺人を続けることはないから、先生も私から聞いた『彼』の話は、一切、忘れて欲しいとも言っていました」

「そして、先生は雪江の要求通り、警察にも『彼』のことを話さなかったということですか」

法然は、別に、尾崎を非難するつもりでそう言ったわけではない。むしろ、その時点で尾崎がどの程度雪江の発言を信じていたか確認したかったのだ。

「いいえ、必ずしもそういうことではありません。私としては、雪江がおそらく統合失調症によると思われる妄想にとらわれているのは分かっていましたから、彼女が言っていることがどこまで本当か見極めが付かなかったということもあるのです。ただ、妊娠したのは本当だろうと思っていました」

「ところがですね、雪江は妊娠していなかったのです。殺害現場で彼女は下着を真っ赤に染めた状態で発見されましたが、その血は生理の血だったのです」

これは法然が田所から既に教えられていた情報だった。この新たな情報提供に尾崎は愕然としているように見えた。

「そうだったんですか。だとすると、生理のストップは心理的なものだったんですね。妊娠したかも知れないと思うことで、生理が止まることはよくあることですからね」

「そうすると、雪江は、動機という意味では、間違って殺されたことにはなりませんか。妊娠が殺害動機だとすれば。雪江を殺したあと、下半身を真っ赤に染めている血が生理による出血だったと知った梓は呆然《ぼうぜん》としたのではないでしょうか」

実際、そうだとすれば、それはあまりにも皮肉な状況だった。尾崎は複雑な表情を浮かべ、それから、暗いため息混じりの声で言った。

「それはそうかも知れない。しかし、私には、雪江はいずれにせよ誰かに殺される運命にあったのだと思われるんです。あのまっすぐな純粋さを理解する者は、それに息苦しくなり、耐えられなくなる。梓が殺さなかったら、彼女を殺したのは私だったのかも知れない。何故かそんな気がするんです」

法然はぎょっとして、尾崎の顔を見つめた。そこに精神科医の顔はなかった。憔悴《しょうすい》し、絶望と諦念《ていねん》の間で苦しむ人間の顔があるだけだった。法然は無言だった。

尾崎がさらに一言付け加えた。

「ただ、私が恐れているのは、梓の憎しみが今や、無差別的になり、あらゆる女性に向けられ始めたのかも知れないということなんです」

法然は尾崎の言葉に得も言われぬ不吉な予感を抱いた。法然の頭の中では、雪江殺害後に起こった竜崎美保や水島ユリの殺害には、それなりに合理的な理由があると考えていたのだ。しかし、尾崎の話では、それは無差別的な殺人に拡散していく可能性があるのかも知れない。

「梓は、今後も殺人を繰り返す可能性があるのでしょうか？」

法然が訊《き》いた。

「それは私には何とも言えませんね。ただ、可能性ということなら、あるのかも知れない」

だとしたら、そんなことが起こる前に、梓を検挙する必要があるだろう。

だが、法然はその時点では、その日に行われた捜査会議の結論を、まだ知らなかった。

13

七月十日、梓の母、大友遼子が病院で息を引き取った。享年《きょうねん》、六十三である。今の時代、早死にと言えば、早死にだった。

梓が葬儀のために金沢に行ったのが確認された。捜査本部は、既に梓に対して行動確認を掛けていたのである。石川県警とも連携して、金沢市における梓の行動も、監視下に置かれた。

しかし、梓は、身内のみで行われた通夜《つや》と初七日を兼ねた葬儀に参列して、金沢に三日滞在しただけですぐに東京に戻って来た。梓が金沢にいる間、法然は調布市にある梓の自宅を訪問し、梓の妻と話した。梓の妻は、葬儀には参列していなかった。やはり、雪江の異常な死に配慮して、遠慮したということか。

梓の家は、古めかしいたたずまいの二階建ての木造家屋だった。鬱蒼《うっそう》とした樹木が生い茂る、かなり広い庭が法然の印象に残った。法然は、玄関の三和土《たたき》に立って、ほんの十分ほど梓の妻と話したに過ぎない。

法然は、浅草署の刑事であることは伝えた。だが、梓の妹、雪江の殺害事件に関して聞き込みをしているふりを装《よそお》ったため、相手もそれほど不審を抱いているようには見えなかった。

梓の妻は三十代後半に見える美しい女性だった。だが、終始、沈鬱な表情だった。もちろん、殺人事件に関する聞き込みを受けているのだから、明るい表情などできるはずもないだろう。

平日の午前中だったため、中学生の息子は学校に行っていて、留守のようだった。法然は、自分の夫、あるいは父親が異常犯罪者と分かったときのこの家族の悲痛を思い、いたたまれない気持ちになった。

「主人が帰りましたら、連絡させましょうか？」

「いや、それには及びません。また、新たにその必要が生じましたら、こちらのほうから連絡を取らせていただきますから」

法然は言いながら、その言葉がそのまま梓に伝わることを願っていた。あいまいな言葉に聞こえながら、梓の心理を不安にさせる言葉を故意に発したつもりだったのだ。

しかし、梓が東京に戻ってから、事態は動かなくなった。梓が行動確認に気づいているかどうかは不明である。

梓の生活は平穏そのものに見えた。もちろん、梓は大手食品会社の営業課長だから、夜遅くまで掛かる接待や会合は頻繁にある。だが、そういう場合は、当然、複数の人間と一緒に居て、梓が新たな殺人に手を染めるチャンスはないはずだった。

法然は、尾崎の言ったことを反芻《はんすう》していた。「可能性ということなら、あるのかも知れない」――梓が再び、殺人を犯す可能性について、「何とも言えない」と言いながらも、尾崎は否定しなかったのだ。

地取り捜査が強化された。だが、新たな情報は上がってこなかった。別件逮捕も検討されたが、一部上場企業のエリート課長に、身柄を拘束できる別件容疑を見つけることは一層困難だった。

法然は、例によって、高鍋と近松に浅草署の六階講堂の衝立《ついたて》前に呼び出され、意見を求められた。三人とも、このままいたずらに時間が流れるのを食い止めたいと思っているという意味では、同じ意識を共有していたと言っていい。だから、法然が珍しく大胆な提案をしたとき、高鍋も近松も一概には否定しなかったのだ。

「こちらから梓を動かすのはどうでしょう。彼にとっての不安要因は、殺されたユリが梓の正体を見抜いていたかどうかということでしょう。それは、我々にも分からないのですが、ユリが殺されたという事実から推測すれば、少なくとも梓自身は気づかれたと思っていて、それが殺害動機になった可能性はある」

「しかしですね――」

ここで、近松が言葉を挟んだ。

「異常な殺人鬼である梓は、単に自分の快楽のために、ユリを殺害した可能性もあるわけでしょ」

「それは可能性としては排除できませんが、私はその可能性は低いと考えています」

「その理由は？」

今度は、高鍋が訊いた。

「梓とユリは距離が近すぎますよ。殺してしまって、愛人関係がばれれば、捜査はすぐに梓に行き着きます。だから、梓としては、できることなら殺したくない相手だったのでしょう。しかし、殺してしまったということは、そんなことは言っていられない事態に立ちいたったのかも知れません。つまり、ユリに自分が殺人鬼であることを気づかれてしまったと梓が判断した可能性が高いと思うのです。従って、我々としてはその可能性を利用することに賭《か》けるしかない」

「具体的にはどういうことでしょうか？」

近松がさらに訊いた。

「梓にとって最大の不安要因は、決定的な証人となり得るユリを消したけれど、ユリが殺される前にデリヘルに勤めている他の誰かに梓に対する疑惑を喋《しゃべ》ったのではないかということでしょう。確かに、高校時代の同級生で親しかった竜崎美保は、ユリが喋る可能性が高い人間でしたが、既に死んでいます。しかし、それ以外の人間にユリが喋らなかったとは、梓は確信できないはずです。その心理的不安を衝いて、こちらから仕掛けることは可能だと思うのです」

「どういう方法を考えているんですか？」

近松が感情をまじえぬ口調で訊いた。

「女性警察官が『デジャブの森』のコンパニオンを装って電話を掛け、彼を誘い出す手はあると思います。『水島ユリさんのことでお話ししたい』と言うだけで十分でしょう。『デジャブの森』の経営者に協力を求めて、実際に前から在籍するコンパニオンの名前を使わせてもらう必要はありません。デリヘルにアルバイトで勤める女性のほとんどが金銭目的であることは、梓も分かっているわけですから、そのコンパニオンが警察に届けず、金銭目的で梓に対して接触してきたと考える可能性は高いはずです」

「女性警察官にそういう電話を掛けさせるところまでは分かります。そのあとは、どういう風になるのでしょう？」

近松がもう一度訊いた。口調が、やや警戒気味に変わった。法然は、およそ四ヶ月前の、囮《おとり》捜査騒動の再現映像を見ているように感じた。近松が囮捜査を強行しようとする高鍋や仁科に対して、ほぼ同じ趣旨の質問をしたことを、法然は覚えていた。だから、それは、法然にとっても、当然に予想していた質問でもあったのだ。

「今回は前回と違って、梓とそのコンパニオンは極秘の交渉を行うという前提ですから、コンパニオンを演じる女性警察官は、普通の服装でホテルを訪問し、梓と話し合えばいいと考えています。その際、ユリを殺したのは梓であるという前提で話し、その他のデリヘル殺人についても暗示的なことを仄《ほの》めかせば、梓が犯人の場合は、間違いなく女性警察官に襲いかかってくると思うのです」

「それでしたら、やはり囮捜査の一種でしょ」

近松がため息を吐《つ》くように言った。

「そうかも知れません。だが、これ以外に捜査を進展させる方法はないと思うのです。それに、そういう電話を梓に掛けること自体にも意味があります。仮に彼が犯人でなければ、そんな脅迫電話があったことを我々に届け出てくるはずでしょ。それをしないで、コンパニオンに会うことを選べば、彼に対する疑惑は決定的に深まることになる」

「じゃあ、こうしたらどうだろうか」

高鍋が会話のリズムを変えるような口調で切り出した。

「とにかく、梓にそういう電話を掛けるところまではやる。梓が我々に届け出るかどうかはともかくとして、その誘いに応じなければ、それで終わりということになるから、あとのことは考えようがない。問題は、彼がその誘いに応じてきた場合だが、その場合は、私が島中刑事部長に最終的な判断を仰ぐことにする。あの方は、囮捜査に全面的に反対の立場ではないから、私が全力で説得すれば、ゴーサインを出してくれるかも知れない。どうだろ？　近松管理官、これではやはり納得できないかね？」

高鍋は、近松の目を覗《のぞ》き込むようにして訊いた。法然は近松の反対を予想した。だが、近松の応えは意外だった。

「一課長がそうおっしゃるなら、私も必ずしも反対しません。前回の囮捜査騒動でつくづく感じたことは、要は、事後の説明の仕方だということなんです。特に、今回の事件は、相手が人の命を何とも思っていないような連続殺人犯なのですから、こちらも法とすれすれのところで勝負する必要は感じております。コンパニオンの役割をする女性警察官の能力にもよると思うのですが、その女性警察官が相手との話し合いの途中で、嫌疑濃厚と見れば、身分を明かして職務質問に切り替えることも可能でしょう。そうなれば、事後の説明で女性警察官を使って、職務質問を掛けたとも言えるのです。ただ、問題は、そういう有能な女性警察官を現実に確保できるかですが」

「そのへんはどうですか、法然さん。前回囮となってくれたのは晦君でしたが、彼女をもう一度使うことは可能だろうか？」

高鍋が訊いた。法然は、一瞬、沈黙した。美羽にもう一度あんな役割をさせることは、気が進まなかった。美羽の伯父が、警視庁の警備部長であることが、法然の頭をふっと掠《かす》めた。その事実を高鍋や近松が知っているのかどうかは分からない。法然のほうから言うつもりはなかった。

ただ、他に代わりがいるかと言えば、そう簡単な話ではないだろう。やはり、美羽が一度、同じような状況を体験していることは大きかった。

「それは私には何とも。ただ、訊いてみることはできます。前回のことがあるので、彼女が断る可能性もあると思いますが」

「もちろん、そうです。こういうことは本人の意思を絶対に尊重すべきことだからね。しかし、前回の晦君は、本人がどう感じているかは別にしても、初めての体験としてはとてもよくやったと思う。あれが失敗だったとしても、それは彼女のせいではなく、指揮を執っていた捜査本部、特に私のミスによるもので、彼女の能力とはまったく関係がないことなのです」

高鍋のこの発言に対しては、法然も近松も無言だった。ただ、二人が発言しない意味は違った。法然の場合は、ひたすら美羽をもう一度、危険な捜査に巻き込むのが嫌だったということに尽きるのだ。

近松は、美羽の能力自体が不安だったのかも知れない。しかし、ではその代わりを誰にするかという代替案を提案できず、ただ、沈黙する道を選んだような印象だった。

この三者会談から三日後、事態は大きく動いた。

まず、美羽は即答で法然の依頼を了承した。法然は、むしろ、断ってもいいということを強調したにも拘《かか》わらず、である。美羽は、前回の失敗をあくまでも自分の未熟さが原因と考えているようで、汚名返上を考えて、もう一度その役割を引き受けたようだった。

ただ、事後の展開は、捜査本部の書いた筋書きとは少し違うように進行した。美羽からの接触に対して梓が指定してきた面会場所は、ホテルではなく自宅だったのである。それによって、警備上の問題が生じた。

ホテルならホテル側の協力を得て、前回と同様、本来スイートルームとして繋《つな》がっている部屋を二部屋に区切ってあるような部屋を確保して、警備態勢を組むことが可能だった。しかし、自宅となると、圧倒的に警備する側が不利だった。

しかも、梓には妻と中学生の息子がいるわけだから、自宅を指定してきた梓の意図も不明だった。その意図が分かるまでは、この案件を刑事部長に上げて、最終判断を仰ぐことも難しかった。

梓の妻と子供に関しては、近所に聞き込んだもののたいした情報はなかった。ただ、以前はよく親子三人で出かけるのを目撃されており、近所づきあいもあって、評判もよかったのだが、最近ではそういう姿をまったく見かけなくなったという。

法然らは美羽にもう一度電話を掛けさせ、いったん、面会期日を一週間、引き延ばした。そのコンパニオンの昼間の仕事の都合を口実にした。

実際は、もう少し、梓の身辺を調べたかったのである。同時に、そういう引き延ばしで、梓を心理的に揺さぶる効果を期待していた。電話はわざと梓の会社に掛けた。他の社員に不審を抱かれる可能性によって、梓を不安にさせる効果も狙《ねら》っていたのである。

梓は、コンパニオンに会う日にちを一週間延ばすことに同意した。美羽が電話を掛けた際の梓の対応は、いたって冷静であった。ただ、梓が美羽からの脅迫電話を警察に届け出ることはなかったため、捜査本部の梓に対する心証は、一層、黒に傾いていた。

だが、相変わらず分からないのは、自宅に交渉相手のデリヘル嬢を呼び込もうとする梓の意図である。捜査本部の刑事たちの間には、不吉な観測さえ流れ始めた。妻と子供は既に殺されているのではないか。

そこに思わぬ外部情報がもたらされた。警視庁の捜査一課に、女の声で奇妙な密告電話が掛かったのである。大友梓の近所に住む者だと言い、「樹木の生い茂る大友家の庭から強い異臭がする」と伝えてきたのだ。密告者は氏名も名乗らず、それだけ言うと、すぐに電話は切れた。コインが落ちる音が聞こえたから、どこかの公衆電話から掛けたようだった。

この電話を受けた捜査員の話では、とてもいたずらだとは思えない、非常に沈んだ暗い声だったという。

この密告電話によって、捜査本部が活気づいたのは言うまでもない。しかし、同時に、囮捜査ではなく、直接、家宅捜索を掛けるべきだという意見が捜査本部内部から出始めた。今の段階では捜索令状を裁判所から取るのが難しいなら、まず、任意の家宅捜索を申し出て梓の反応を見るべきだと主張する捜査員もいた。法然は、内心、その意見に賛成だった。

それが正しい判断かどうかより、そうなれば美羽の出番はなくなり、彼女を危険に晒《さら》す必要がなくなるからだ。だが、高鍋は最終的に当初の計画を実行する決断を下し、島中もその決断を支持したのである。

14

七月二十七日(日)。夜の九時が、梓の指定した時間だった。もちろん、梓の行動確認は継続していたから、仁科、伊達、法然、安中、それに新宿署の刑事二名が午前中から密《ひそ》かに梓の自宅を取り囲み、梓は厳しい監視下に置かれていた。

以前の囮捜査と同様、現場の指揮官は、仁科である。仁科は、高鍋からあくまでも人命を尊重し、美羽が少しでも危険な状態に置かれていると判断したら、すぐに踏み込めと指示されていた。

法然自身、安中と共に美羽とリハーサルを繰り返す中、囮捜査という意識は捨てさせ、早い段階で警察官としての職務質問に切り替えるよう指導していた。デリヘル嬢と思われるのと、警察官と思われるのでは、危険度は異なるはずだ。

特に、頭のいい梓は、警察官であることが分かれば単独で美羽が捜査していると考えるはずはなく、当然、紐《ひも》付き捜査であることを見抜き、無謀な行動は控えるだろう。ただ、法然が唯一《ゆいいつ》心配していたのは、梓が自暴自棄になって美羽に襲いかかってくることだった。それを防ぐためにも、美羽ができるだけ早く、他の捜査員を室内に呼び込むことが大切なのだ。だが、美羽がそのきっかけをうまく摑《つか》むためには、まさに臨機応変な対応が求められるのである。

法然にとって、長い一日となった。午前・午後と続いた張り込みで、体はくたくたに疲れた。悪いことに、その日は殊更《ことさら》暑い日だった。普通に立っているだけで汗が滲《にじ》んでくる。コンビニで買った茶を飲んで、何とか熱中症になるのを防いでいる始末だった。

路上駐車している覆面車両の中に、美羽が近松と共に待機していた。美羽は梓に電話した際、携帯番号を知らせていたから、梓が不意に電話してきて、面会時間を早めてくる可能性も想定していた。その場合、捜査陣の準備も考えて、美羽がそれより一時間遅らせて会う提案を再度行うことがあらかじめ決められていた。

だが、結局、そういう電話も掛からず、約束の時間がようやくやってきた。日の入りの遅い夏とは言え、さすがに夜の九時となると、辺りは完全に夜の帳《とばり》を降ろしていた。生ぬるい夜風が微《かす》かにそよぐ中、漆黒の闇《やみ》が迫り、庭の樹木の不気味な影との色域を不分明にしていた。

玄関の明かりがぼんやりと灯《とも》り、室内には一箇所だけ、明かりが点《つ》いている部屋があるだけだ。恐ろしく静かだった。

美羽が緊張した面持ちで、砂利道のアプローチと外道路の境目に立つ。紺のパンツスーツ姿で、スーツの中は、銀白色のブラウスを着ている。夜になってもひどく蒸し暑く、上着は不要に思えた。だが、美羽が隠し持っているものをカモフラージュするためには必要なのだ。

上着の胸ポケットには、ボールペンに偽装した集音マイクが入っている。上着の内側には小型警棒と催涙スプレーが装塡《そうてん》されていた。だが、法然は、小型警棒や催涙スプレーを使う事態が最悪であることを、執拗に美羽に伝えていた。

薄く化粧が施された美羽の顔が、緊張を超えて引きつっているのが、門灯の微かな明かりで見える。

玄関の正面を担当する法然と仁科は、美羽がアプローチを進み始めると、まずは大きく後退して、木造家屋を取り囲む、緑の生け垣の陰に身を潜めた。

美羽が玄関のチャイムを鳴らすのが見えた。その音が、夜の静寂《しじま》を切り裂くように響き渡った。しかし、法然は、無声映画の中にいるようにも感じていた。美羽の姿がまるで吸い込まれるように、音もなく室内に消えたように見えたのだ。

だが、すぐに法然は我に返った。仁科と共に小走りに玄関のガラス戸付近に走り、イアホンを付けたまま、体をかがめ、中の様子を窺《うかが》った。ホテルと違い、木造家屋だから、集音マイクからの音は拾いやすいはずである。

玄関の三和土に入ると、黒ズボンに、紺の縞《しま》模様の半袖《はんそで》ワイシャツを着た長身の男が、美羽を見下ろすように玄関の上がり口の廊下に立っていた。「どうぞお上がりになってください」男はごく自然な口調で言い、特別な緊張感は、伝わって来なかった。

美羽は玄関を上がって、左手にある八畳くらいの応接室に案内された。フローリングの床で、部屋の中央には紫紺の応接セット。庭に面した奥の窓からは、点在する庭石が白く見え、その他の樹木は黒い不気味な影を投げているだけだ。

安中、伊達、新宿署の刑事二名が庭のどこかにばらばらに潜んでいるはずだが、美羽にもその位置は分からなかった。正面玄関は、施錠《せじょう》されていないはずである。梓は、美羽を迎え入れたとき、旧式のネジ締まり錠を回すことはなく、そのまま、美羽を応接室まで案内したのだ。

美羽はソファーに対座して、改めて梓の表情を見つめた。整った彫りの深い顔立ちだった。髪は短く、きれいに七・三に分けられ、それが幾分、レトロな雰囲気を漂わせている。目は澄み、異常な光を湛《たた》えていることもない。ごく普通の表情だった。

美羽の右手には書棚があり、その中には夏目漱石などいくつかの文学全集が入っている。書棚には大きな鷹《たか》の剝製《はくせい》が置かれ、その横に小さな透明の容器があるが、剝製の羽に視界を遮られ、無色の水溶液以外は、美羽の位置からはそれが何なのか視認できなかった。

梓が静かに尋ねた。

「佐野敦子《さのあつこ》さんとおっしゃいましたね」

法然たちが「デジャブの森」の経営者の許可を得て選んだ、美羽と似た雰囲気のコンパニオンの氏名である。

「はい、そうです。今日は、少し水島ユリさんのことでお伝えしたいことがありましたので」

美羽は声が震えるのを必死で堪《こら》えて、大きな声で言った。予定通りの発言だった。だが、声の加減は難しかった。もちろん、大きな明瞭《めいりょう》な声で喋り、外の捜査員たちに会話内容を知らせるのが前提だったが、あまり露骨にやると、梓に気づかれる可能性がある。声の大きさと同時に、自然な口調が要求されるのだ。

「そうですか。それはわざわざどうも。今日はあいにく家内がおりませんので、お茶も差し上げられないのですが」

梓は落ち着き払っていた。まったく普通の訪問客を迎える態度である。

「それで?」

梓が促した。

「あの、私、実は亡《な》くなったユリさんから、あなたのことを色々と聞いておりまして」

「ほおっ。色々とですか。例えば、どんな?」

梓の声色が若干、変化したように思えた。美羽は言葉に詰まった。暗黙の威圧感を感じた。ほの暗いシャンデリアの光が、梓の痩せた横顔を映し出した。

法然の顔が浮かぶ。できるだけ早めに警察官の身分を明かし、外の捜査員を迎え入れろ。それが法然の指示だった。しかし、いくら何でも今の段階でそうするのは、無意味に思えた。この男の犯罪を証明する、何の新しい証拠も出ていないのだ。

しばらく、沈黙が続いた。

「あなた、本当に佐野敦子さん?」

梓が不意に探るように訊いた。美羽は心臓が締め付けられるように感じた。

美羽の網膜に無機質な笑みを浮かべた髑髏《どくろ》が蜃気楼《しんきろう》のように揺曳《ようえい》した。もう一度目の前に座る男の顔を見つめた。一瞬、美羽が想像していたのとは違う、別の人間がそこに座っているように感じたのだ。梓の不気味な視線が、突き刺さった。

美羽は「あなたこそいったい誰なの?」と叫びたい衝動に駆られた。だが、再び、冷静さを取り戻して、とりあえず会話を繋ごうと試みた。

「ですから、私は水島ユリさんの友人で――」

「まあいい、あなたが誰だっていいんだ」

嘲笑《あざわら》うような口調で梓が遮った。豹変《ひょうへん》だった。

「君、口は災いの元という格言を知ってるかな。いや、舌は災いの元、と言うべきか。余計なことは考えず黙ることだ」

言いながら、梓が立ち上がった。その目は何かに取り憑《つ》かれたように据わり、濁った光を発していた。

美羽は思わず腰を浮かせ、右手で上着の内ポケット近辺に装塡されている小型警棒を探った。だが、梓は美羽のほうに直進することはなく、落ち着いた足取りで書棚に置かれた剝製の前まで歩いた。

「これちょっと見てくださいよ」

梓は普通の口調に戻って言った。それから、剝製の横に置かれた水溶液入りの容器を手に取り、さり気ない動作でそれを美羽の目の前のソファーテーブルの上に置いた。

美羽は浮かせた腰をいったん落ち着かせた。だが、すぐにその容器の中の物体に吸い寄せられるように、体を前傾させた。無色透明の液体の中に浸《つ》かる、一部が紫色に変色した赤い肉片。若干反り返って覗く裏側の断面には、イソギンチャクの棘《とげ》のような細かな突起物と粒子が一面に広がっている。ひどく生々しい生き物に見えた。

美羽は吐き気を感じた。胃液が吹き上げた。呆然として、声を失った。

「余計なことを喋ろうとする人間の舌は、こんな風にホルマリン漬けにしてしまうのが一番なんだな」

その言葉で我に返った。言葉にならない、裏返った美羽の悲鳴が響き渡った。同時に、突然明かりが消えた。

美羽の心臓が壊れた洗濯機のような不規則な鼓動を刻んでいる。美羽は必死で立ち上がり、もう一度上着の内側から小型警棒を取り出そうとした。だが、その手を強く押さえつけられた。頬に冷たい金属の感触があった。ナイフのような鋭利な刃物が暗闇の中で微かに光った。

「おとなしくするんだ」

身動きできず、棒立ちになる美羽の顔近くで、男の激しい息遣いが聞こえた。美羽は徐々に意識が遠ざかっていくのを感じた。

集音マイクが拾う微かな悲鳴が聞こえ、ほぼ同時に応接室の明かりが消えた途端、現場責任者の仁科が、無線機に向かって「突入」と叫んだ。

法然と仁科は、施錠されていなかった正面玄関のガラス戸を開け放ち、土足のまま一気に応接室の扉の前まで来た。そこでいったん足を止め、中の気配を窺《うかが》った。

庭の方向から窓ガラスが割れる音が聞こえた。庭から安中たちが突入したのだ。法然らもすぐに扉を押し開け、中になだれ込んだ。

法然は闇の深淵《しんえん》に放り出されたように感じた。だが、庭から突入した新宿署の刑事が照らす懐中電灯の光のおかげで、すぐに状況は把握できた。庭とは反対側にある道路側の窓に張り付くように、美羽の背後から頬にナイフを当てる梓の姿を視認できたのだ。梓の目は吊《つ》り上がり、病者の光を湛えている。法然には、以前に会った理性的な梓とは別人としか思えなかった。

「大友、女性を放しなさい」

仁科が呼びかけた。美羽は顔面蒼白で、唇と喉《のど》のあたりの筋肉が軽く痙攣《けいれん》しているように見えた。梓は、呼吸を計るように突入した刑事たちを見回しながら、美羽を放そうとはしない。

仁科と法然が横並びに立ち、庭から突入したチームのうち、伊達が身をかがめるようにして一番左側からにじり寄り、その隣に安中と懐中電灯を照らす新宿署の刑事、そして、さらにその横にもう一人の新宿署の刑事が身構えていた。

誰も警棒など持っていなかった。美羽が身に付けるべき装備品に気を取られ、警備陣の装備に思いが至らなかったということもある。

体がそのまま凶器となり得る安中以外は、梓のナイフに対抗しうる得物を所持していない捜査員たちが、戸惑いと不安を感じているのは確かだった。

「やっぱり、予想通りだったな。どうせ俺は初めから死ぬつもりだったんだ。この女を道連れに死んでやるよ。金のために体を売る女なんか、殺されて当然だからな」

梓が喘《あえ》ぐような声で言った。右手に握られたナイフの切っ先は、美羽の頬から喉に微妙に移動している。首筋に浮かぶ汗がぬめるような光を放っているように見えた。

「違う。その女は警視庁の捜査員だ。デリヘルのコンパニオンではないぞ」

法然が思わず叫んだ。

「そんなことは分かっているよ、法然さん。だが、誰だっていいのさ。こいつはデリヘル嬢として振る舞ったんだから、デリヘル嬢として死んでもらうだけさ」

美羽の首に巻き付いていた梓の左手に一層の力が入り、美羽の体は空中に伸び上がるように浮き上がった。梓は本気だと、法然は思った。だが、体が動かなかった。

不意に「ウオーッ」という大声と共に、地響きのような振動が湧き起こった。

梓の左から、伊達が胴体に飛びついたのだ。梓の手から、美羽の体がするりと逃れ出た。法然は咄嗟《とっさ》に足を前に踏み出し、自分の背中の後ろに美羽の体を押し込んだ。その一瞬、梓のナイフが伊達の腹部を捉《とら》え、伊達が片膝《かたひざ》を着くのが、法然の目に映じた。

梓がもう一度、ナイフを振りかざした。それは伊達の首筋に振り下ろされようとしていた。伊達は絶体絶命に見えた。法然は、息を呑《の》んだ。

次の瞬間、ナイフを構える梓の体が後方に吹き飛んだ。安中の強烈な正拳《せいけん》突《づ》きが梓の顎《あご》の先端を正確に捉えたのだ。複数の怒声が聞こえ、安中とともに二名の新宿署の刑事も、仰向けに昏倒《こんとう》する梓の上からのし掛かった。暗闇の中で、懐中電灯の光の航跡が子供のいたずらのように乱舞した。

法然は壁際のスイッチを押した。再び、明かりが灯り、室内のすべてがあからさまに映し出された。

取り押さえられた梓は仰向けに倒れ、目を閉じている。実際に意識を失っているのか、それとも無駄な抵抗はやめて、意識を失った振りをしているのかは分からなかった。梓の上半身に馬乗りになる安中の右手には、奪い取ったナイフが握られている。奪い取るとき負傷したのか、掌《てのひら》から血の滴《しずく》がしたたり落ちていた。だが、たいした傷ではない。新宿署の刑事二人が、両足を押さえつけていたが、梓は足をばたつかせることもなかった。

仁科が、腹部から出血して片膝を着く伊達を抱きかかえようとしていた。出血の量から考えて、こちらは軽傷ではない。美羽と法然もすぐに介抱に加わった。仁科が無線機で本部に連絡する間、法然と美羽で伊達の巨体を支えた。美羽はポケットから取り出した白いハンカチを伊達の腹部に当てた。

「至急、至急。大友梓を現行犯逮捕。だが、伊達君が負傷しました。救急車と応援をお願いします」

法然の耳元で、伊達の荒い息遣いが聞こえている。その息遣いに被《かぶ》る仁科の声を聞きながら、法然はふと視線を応接セットのテーブルに向けた。透明な容器が視界に入った。ホルマリン漬けにされた人間の舌。法然がイアホンで聞いた言葉の断片が、もう一度耳奥で響いた。イソギンチャクの棘のような突起と粒子が、法然の生理の限界を試すように、けばけばしく視界に迫った。

沛然《はいぜん》と降りしきる雨の中、銀白色の雨滴が闇の中で微かなきらめきを見せていた。急激な天候の変化である。突入前は、星空さえ見えていたのに、いきなり雨が降り始め、それは一気に本降りになったのだ。

庭に洋灯《カンテラ》の光が灯り、活動服の上から、黒の雨合羽《あまがっぱ》を着込んだ五人の警察官がスコップで土を掘り起こしている。静寂を切り裂くように、スコップが土に食い込む金属音だけが周辺に響き渡った。

既に梓は連行されていたが、安中の空手の一撃を受けたため、念のため病院に搬送された。伊達もその同じ病院に担《かつ》ぎ込まれていたが、梓と違って伊達の容態は予断を許さないらしい。

法然はビニール傘を差して、近松と仁科と共に捜索活動を見つめていた。安中と美羽は一先《ひとま》ず浅草署に引き返し、捜査本部に詰めている高鍋に事の顚末《てんまつ》を報告しているはずだ。

路上には、赤色灯を点灯させた複数の警察車両や社旗を翻《ひるがえ》したマスコミの車が到着し、一時は騒然とした雰囲気だったが、その喧噪《けんそう》を遠くに置き忘れてきたように、法然たちの間には重い沈黙が浸潤していた。

「梓の妻と子供の無事が確認されました。二人とも、神戸の実家に帰っていたようです。意外なことに、庭の異臭のことを電話で密告してきたのは梓の妻でした」

この重要な情報を今不意に思い出したように、近松がようやく口を開いた。

「ということは、ここに埋まっている遺体はいったい誰なんですか？」

仁科が訊いた。近松は無言で首を横に振った。実際、近松には想像が付かなかったのだろう。それは仁科も同じだった。

だが、法然は考えたくなかった。自分の知っている人間の死体であるなどとは、決して考えたくなかった。

「頭部が見えました。女のようです」

法然のすぐ前でスコップを振るっていた若い警察官が叫んだ。その声は、若干、上ずっている。

法然と近松、それに仁科が一斉に体を前傾させ、既に相当に深く掘られた土穴《つちあな》を覗《のぞ》き込んだ。洋灯の明かりだけでは十分でないため、仁科が小型の懐中電灯を翳《かざ》した。

激しい雨が黒い髪の毛を奔流のように洗い流していた。しかし、仰向けに埋まっている顔のほうは、鼻の一部が見えているだけで、大部分がまだ土の中にあった。

「顔の周辺を手で掘るんだ。スコップを使うんじゃないぞ。顔を傷つけるな」

仁科が押し殺した声で言った。若い警察官は、スコップを投げ出し、白い手袋を嵌《は》めた手で遺体の顔周辺の土をかき分け始めた。

やがて紫色に変色した人間の顔が露《あら》わになった。三十代前半くらいの女だ。しかし、口をすぼめるようにしていたため、それは老婆《ろうば》の顔のようにも見えた。懐中電灯の光が口の中の空洞を照らし出した。

複数のうめき声が聞こえた。舌が切り取られていたのだ。口腔《こうくう》の奥に、根元の切断面が微かに視認でき、赤い肉塊がイボのように隆起していた。

「草薙瑠衣――」

法然が呟《つぶや》いた。しかし、その声は折から一層高まった雨音にかき消され、近松にも仁科にも届いているようには思われなかった。

エピローグ

「すると、恋を賭《か》けた決死のタックルだったわけだ」

浅草署四階生活安全課。自席から、法然と安中の席の前にやってきた奥泉がはしゃぐように言った。安中は、何を脳天気なことを言っているのだと言わんばかりに、露骨に不快な顔を示した。

しかし、事件解決から既に三ヶ月が経過し、暗い事件の派生物として、唯一《ゆいいつ》明るい慶事の情報が飛び込んできたのだから、法然は奥泉がはしゃぐのも無理はないと思った。

伊達は重傷ではあったが、命は取り留め、三週間程度の入院で退院した。その後、美羽と共に警視総監賞を受賞している。本当は梓を一撃の下に倒したのは安中だったが、最初に勇気を振り絞ってタックルを試みた伊達の行為が高い評価を受けたのだ。

いや、というより、安中自身がそう発言したから、伊達の勇敢な行動が一層際《きわ》だったと言うべきだろう。実際、現場にいた法然も、あのとき、伊達のタックルがなければ、最悪の結末もあり得たと感じていた。死を決意していた梓が、誰でもいいから道連れを求めていたのは、確かと思われたのである。

美羽が女性警察官として活躍したのは間違いなかった。もちろん、梓の異常としか言いようのない言動に動揺し、計画通りの行動を取れなかった一面はあった。だが、それは誰が囮《おとり》を演じても同じことだっただろう。

法然は、伊達が入院中、一度病院に見舞いに行った。そのとき先に来ていた安中と美羽と鉢合わせになった。安中と美羽は見舞いを終えて帰る所だったので、法然を病室に残して先に出た。法然も三十分程度伊達と話したあと、病室の外に出ると、美羽だけが法然を待っていた。

美羽は元気がなかった。法然と一緒に浅草署に電車で戻る途中、美羽はぽつりと告白した。「私、振られちゃいました」その目には、うっすらと涙が浮かんでいた。法然は、相手は安中だろうと直感したが、口に出しては言わなかった。

退院から二ヶ月後、美羽と伊達が婚約したというニュースが飛び込んできたのだ。退院後、元々美羽を好きだった伊達は果敢にアタックし、何度かのデートを重ねて婚約までこぎ着けたらしい。結婚後は、養子として滋賀県の寺の住職を継ぐという。

「それにしても、警視総監賞を取ったというのに、二人とも辞めちまうとはね」

奥泉が言った。だが、その言い方は別に非難しているという風でもなかった。

「いえ、来年の三月までは、二人とも勤務を続けるそうですよ」

「それはそうだろ。それくらい続けてもらわんと、警視庁も格好がつかんだろう」

法然と奥泉の会話の間、安中は一言も口を利《き》かなかった。安中が奥泉嫌いということもあるが、法然は何となく、安中が美羽を傷つけたことを気にしていて、奥泉の前ではこの話題に加わりたくないのだろうと感じていた。

実際、美羽は事件解決後、浅草署の生活安全課から警視庁の警備部に異動していた。美羽の伯父に当たる警備部長が嫁入り前の姪《めい》をより危険の少ない部署に配置させたのだろうという噂《うわさ》が流れたが、法然はそれだけではなく、美羽も安中と顔を合わせるのがつらいのだろうと思った。

伊達は警視庁捜査一課に籍を置き続けていたが、高鍋は秋の人事異動で、上野警察署長に栄転していた。理事官だった木暮は、第一機動隊長となり、杉並警察署長であった人物が、高鍋の代わりに捜査一課長に就任した。将来の捜査一課長候補である理事官も、そのまま一課長となることはなく、いったん捜査一課の外に出るのが慣例だったから、これはごく普通の人事である。

ただ、法然も安中も事件解決後、元の生活安全課に復帰していたので、警視庁の捜査一課長が誰になろうが、たいして関心もなかった。

法然や安中にとって、再び、浅草警察署生活安全課の風俗営業取り締まり担当者としての日常が始まっていたのだ。

その日、法然と安中は千束三丁目から四丁目に掛けてのソープ街を連れ立って歩いた。いつもの中華料理店で、昼食を摂《と》るつもりだった。

既に十一月に入っている。四季折々でこのソープ街の風景も違って見えるから不思議である。店の外に立つ黒服たちも、かなりの数が入れ替わっているようだった。もちろん、法然たちを見て深々と頭を下げる、昔からの知り合いもいるが、まったく初めて見る顔もいる。「夢床」の前も通ったが、渋谷の姿はなく他の黒服が店頭に立っていた。店長といっても、所詮《しょせん》、雇われだから、すぐに辞めてしまうものも少なくない。ただ、あれ以来、極山会の飯田が、「夢床」にしつこく付き纏《まと》ったという話も聞こえてこなかった。

「伊達君と晦君、よかったね」

法然が自然な口調でぽつりと言った。

「そうですね。あれで、二人、なかなか気が合うんじゃないですか」

安中が奇妙に明るい声で応じた。奥泉がいたときとはまるで違う反応である。

「結婚したら、どっちが生活の主導権を握るのかね」

「美羽ちゃんに決まってるじゃないですか。伊達はただひたすら、尻《しり》に敷かれるしかないな」

法然は安中が「美羽ちゃん」という言葉を遣うのを初めて聞いた。伊達のことも呼び捨てだ。安中がどことなく解放感を感じているのを法然は感じた。法然は少し意地悪な気持ちになった。

「君としてはまったく未練はないのかね」

「何がです？」

安中が訊《き》き返した。

「養子になってお寺を継ぐ話だよ。君の言う通り、天国のような暮らしができたかも知れないぜ」

「そうですね。少し未練はありますね。でも、伊達の奴《やつ》に譲ってやったんです。あの必死のタックルで分かったでしょ。あの必死さを見たら、譲らないわけにはいかないでしょ」

安中はそう言うと小さく笑った。

「そうか。君も意外と人情家なんだな。でも、うちの女房は、晦君の結婚相手が君じゃないと分かって、妙にはしゃいでいるよ。やっぱり、君に結婚されたくないみたいなんだな」

「どうしてですか？」

「よく分からんが、君のことが好きなんじゃないか」

法然はいつもの刺激が感じたくてこう言ったのかも知れない。しかし、その言葉はあまりにもスムーズに出たため、思ったほどの刺激もなかった。

「僕も奥さんが好きですよ。今度また、お宅にお邪魔しますからね」

法然は無言だった。安中の際どい軽口に、別に動揺したわけではない。むしろ、安中との間にこんな奇妙な信頼関係が生まれていることに、感慨深いものを感じていたと言っていい。

法然と安中は、ソープ街の行き止まりに来ると、いつものように左折した。

「それにしても、大友梓は、許せないですよ。あいつに病院のベッドなんかで死んでもらいたくないな。確実に縛り首にしなきゃ」

安中が言った。不意に舞台が暗転したように、法然の心に暗い影が差した。

実は、梓は逮捕後の健康診断で末期がんであることが判明していたのだ。原発部位は大腸で、それが肝臓に転移し、もはや手術不能な状態だった。何度も吐血していて、病識があるのは当然だろうと思われた。

警視庁としては、いったん取り調べを中止し、梓を病院に入院させる他はなかった。たとえどんな凶悪犯であろうが、そのまま取り調べを強行すれば、人権侵害という非難は免れないだろう。

梓が治癒《ちゆ》する見込みはゼロに近かったから、結局、病院のベッドで病死することになりそうだった。実際、一部のタカ派のマスコミは、取り調べを優先すべきだと主張し、凶悪犯に対する警視庁の人権に配慮した措置を手ぬるいと非難していたのだ。

だが、大多数のマスコミは、主人公の凶悪犯が病室の奥に隠遁《いんとん》してしまうと、次から次へと被害者たちの個人情報を暴露し、一般大衆の下世話な好奇心を刺激し始めた。

当然のことながら、最大のターゲットとなったのは、大友雪江である。東大卒のエリート社員。売春。ソープでの無報酬の強制奉仕。特に雪江のようなエリートが飯田に尻を叩《たた》かれて大声で泣いたという話は世間を喜ばせた。さらには、デリヘル嬢。近親相姦《そうかん》。統合失調症。話題には事欠かなかった。

新聞はもちろんのこと、硬軟両方の週刊誌、あるいはテレビのワイドショーが、雪江に関する転落の物語を執拗《しつよう》に伝えていた。

しかし、もっと気の毒なのは草薙瑠衣だった。瑠衣に非難されるべきことは、何もないはずだった。だが、ペンチで舌を抜かれて失血死という殺害方法があまりにも残虐《ざんぎゃく》だったためか、瑠衣の話題も雪江に引けを取らないほど、扇情《センセーショナル》的に取り扱われた。特に、低俗な週刊誌は、瑠衣の清楚《せいそ》な表情の顔写真を掲載した上で、「舌は災いの元」という格言に引っかけた記事を書き、その売り上げ部数を伸ばそうとした。

法然は、一度、瑠衣と話しただけだったが、さわやかで控えめな女性という印象だった。その瑠衣が、何故《なぜ》、梓に会いに行き、その毒牙《どくが》に掛ったかは、梓の入院で捜査が中断しているため、判然としなかった。

ただ、梓の妻の証言から推測できることは、殺害現場は調布にある梓の自宅だったということである。そのとき、日曜日で、妻と息子は千葉市にある親戚《しんせき》の家に遊びに出かけていた。夜の八時過ぎに帰宅してみると、応接室のテーブルの上に、血痕《けっこん》らしき物を見たと、梓の妻は証言した。それから、数日後、庭に出ると、動物の死骸《しがい》のような臭《にお》いを感じ始めたと言う。だが、事実を知るのが怖くて、夫に直接に尋ねることはできなかったらしい。

「しかし、あの男も雪江も病者だったと言うしかないからね。だから、俺にとっては許す、許さないという問題でもないんだな」

法然は、安中の憤怒《ふんぬ》に正直に応《こた》えたつもりだった。

「いや、雪江も、殺された他のデリヘル嬢も、それは幾分かの責任はあるでしょう。だが、草薙瑠衣はどうなるんです？　彼女はまったく何の非難されるべき点もないのに、殺されたというだけで、雪江と並ぶようなひどい中傷の対象になってるじゃないですか」

法然は、一瞬、黙った。安中の気持ちは分かる。誰が考えても、不当な中傷を受けているのは、確かに瑠衣だった。

しかし、梓は瑠衣の何を恐れて、殺害に及んだのだろうか。例の納屋《なや》の遺体の話を持ち出されたとしても、法然に対して言ったのと同じ説明をすれば済んだことではないのか。

「それにしても、梓は何故、瑠衣まで殺したんでしょうかね？　梓は何か言っていませんでしたか？」

安中が、法然の気持ちを見透かしたように訊いた。実は、法然は逮捕後の梓が入院する直前、一度だけ取調室で彼に会っていた。高鍋も、近松も事件解決の最大の功労者は法然であることを認めていたから、生活安全課の仕事に戻ることになっていた法然に花を持たせる気持ちもあって、そういう取り計らいをしたのだろう。しかし、法然は、内心、気が進まなかった。

梓と対峙《たいじ》した法然は、まず自分が取り調べ担当ではないことを告げた。

「じゃあ、何故あなたはここにいるんですか？」

梓は怒気を含んだ声で問い質《ただ》した。白髪が増え、痩《や》せこけてやつれた表情は、逮捕時の頃と比べても別人だった。まったく知らない人物と話しているような錯覚が起きそうだった。

法然はしばらく無言だった。やがて、ぽつりと訊いた。

「雪江さんを殺したのは、彼女が妊娠したと思ったからかね？」

梓は今更、そんなことを訊いてどうすると言いたげな冷笑的な笑みを浮かべた。それでも、法然の質問を無視することはせず、淡々と喋《しゃべ》り始めた。

「そうじゃないな。雪江が俺に贈ったマフラーが決定的だった。金沢の旅館であのマフラーを俺に渡したとき、彼女は言ったんだ。好きな人にあげるつもりだったが、あなたとこうなったから、その人に贈るのは断念して、あなたにあげることにした。でも、イニシャルはあなたの本当のイニシャルと同じだから、いいでしょって。とにかく、雪江には俺以外に好きな奴がいたんだ。俺は急に酔いが覚めたような気分だった。せっかく金沢まで行ったのに。所詮、雪江も売女《ばいた》だ。純真な女と思っていたのに。体を売っているうちに、心まで堕《お》ちていったんだな。だから、俺はあいつの好きな奴を殺すような気持ちで、あのイニシャル入りのマフラーで雪江を絞め殺してやったんだ」

梓の口調は変わらなかった。その淡々とした口調と語られている内容の異常さがいかにも不調和だった。

梓の説明を額面通りに受け止めるなら、雪江殺害の動機は嫉妬《しっと》だということになる。しかし、梓の本心は分からなかった。

法然は梓の顔をじっと見つめた。その目は何も語らず、曖昧《あいまい》な沈黙が支配した。

「もう一つ訊いていいかい？」

法然は、引き揚げ時を意識しながら、最後の質問を切り出した。

「草薙瑠衣さんまで、何故殺したんだ？　彼女が決定的な証拠を摑《つか》んでいたとは思えんのだが――」

梓は微《かす》かに微笑《ほほえ》んだように見えた。それから、平板な口調で言った。

「殺人に動機は要りませんよ。ただ、息苦しかったから殺したんだ」

梓が取調室で発した最後の言葉だった。そして、法然が梓から聞いた最後の肉声でもあった。

「息苦しかったから殺した――ふざけるんじゃないですよ」

法然の説明を聞いた安中が、裏返った声で叫んだ。

「いや、それは梓一流の見栄《みえ》で、やはり本当の動機は瑠衣にすべてを知られているのではないかという強迫観念だったかも知れないよ。それにこうとも言えるんじゃないか。梓は、瑠衣の中に、雪江を見ていた。だから、その姿は、彼を息苦しくさせ、精神の錯乱を招いた。舌を抜き取ったのは、もう何も言わないでくれという、梓の心の叫びだったのかも――」

今度は、安中が黙る番だった。実際、安中にとって、法然の発言は、肯定しても否定しても大差のないことのように思えたのだろう。

気がつくと二人は、いつもの中華料理店の前に立っていた。

「今日は俺がもやしそばにしようかな」

安中が気を取り直すように言った。

「それじゃあ、俺はレバニラ炒《いた》めか」

法然は、言いながら、微かに微笑んだ。

それから、およそ一ヶ月後の十二月五日、大友梓は都内の病院で息を引き取った。急性肺炎だった。前日が誕生日だったから、享年《きょうねん》四十三である。

梓の死によって、一時、下火になっていたマスコミの騒乱が再燃した。しかし、法然も安中もほとんど興味を示さず、生活安全課の日常業務を淡々とこなした。

やがて、年が明け、法然は一月四日に完全休養を取った。午前中、着物を着た礼と一緒に近くの神社まで参拝に出かけ、自宅に戻ってから、屠蘇《とそ》を飲み、礼の母親が届けてくれたおせち料理を食べた。夕方から、やはり休みを取っている安中が遊びに来ることになっている。

「はい、今日の朝刊」

年賀状を外の郵便受けに取りに行った礼が戻って来て、新聞を差し出した。朝、神社に出かけるとき、新聞が目に留まったが、法然も礼も取り出すことをしなかった。帰ってきたときも、また取り忘れ、いったん部屋に入ってから、礼がもう一度取りに行ったのである。礼は、日頃からあまり新聞を読まず、年賀状のほうを楽しみにしていた。

礼は、法然に新聞を渡すと、目の前の椅子《いす》に座り、年賀状の束を仕分け始めた。法然に来た分と自分に来た分を分けるのである。

法然は新聞を開いた。ふと冬山の遭難記事が目に入った。

槍《やり》ヶ岳《たけ》で、五人のパーティーが遭難　三遺体を収容

相も変わらぬ冬山の悲劇だった。不意に何かが法然の胸を締め付けた。三人の遺体の身元氏名が記されており、そのうちの一人に関する情報が法然の目に飛び込んできたのだ。

杉並区在住の医師（清涼会病院勤務）尾崎悠人さんの遺体と判明

法然は呆然《ぼうぜん》とした。あれ以来、法然は尾崎には会っていなかった。もちろん、参考人としての証言を得るため、捜査本部の刑事が何度も尾崎を訪ねているはずだが、梓逮捕後、法然はすぐに捜査本部を外れ生活安全課に戻っていた。元々、遊軍的な捜査応援だったのだから、犯人逮捕後、真っ先に元の部署に復帰するのは当然である。

法然は、尾崎のマンションの書棚に冬山登山の本があったのを思い出した。あのときは、泉鏡花の本があったことに気を取られ、そんな本が目に留まったとしても、たいして気にならなかった。

だが、法然には、尾崎の冬山での死は、遭難に名を借りた自殺のようにも感じられ

た。雪江を救うことができなかった罪の意識を、永遠に引きずって生きることを尾崎は峻拒《しゅんきょ》したのではないか。何故かそんな気がした。

雪江と深く関わった人間はみな死んだ。梓も尾崎も。

法然は何故か渋谷のことも考えた。彼が死ななかったのは、ブラックホールの入り口を前にして、ぎりぎりの所で踏みとどまったからなのか。

法然の目は、新聞の活字から離れなかった。礼が怪訝《けげん》な表情で法然の顔を覗きこんだ。

「どうかしたの？　あらあら、また、冬山で遭難。お正月でおめでたいのにね」

礼の声を聞きながら、法然は年末に、石川県警の田所に簡単な礼状と共に送り返した大友雪江の写真を思い浮かべた。その雪江の儚《はかな》げな表情が、法然の網膜の奥で微妙な点滅を繰り返した。

この作品はフィクションであり、現存するいかなる
組織・団体・個人とも関係がありません。

解説

細谷正充

人間の味覚は、五種類に分けられるそうだ。甘味・塩味・苦味・酸味・旨味《うま》である。辛味や渋味などもあるが、基本は五つ。これにより人は、食べ物や飲み物を味わっているのだ。だが、舌でなく脳ならば、もっと多彩な味を楽しむことができるのではないか。たとえば〝えぐ味〟だ。苦味や渋味を中心とした、不快感を感じる、人に好まれない味のことである。タケノコや山菜にえぐ味を覚え、しかめっ面《つら》になったことのある人も、少なからずいるだろう。できれば遭遇したくない味である。

ところがエンターテインメント・ノベルとなれば話が別だ。恐怖を題材にしたホラー小説を好む人がいるように、えぐい物語を楽しむこともできるのである。嘘《うそ》だと思うなら、前川裕のミステリーを読んでほしい。作品全体を覆《おお》う、えぐ味が、大きな魅力になっているのだ。もちろん本書もそうである。

内容に進む前に、まず作者の経歴を書いておこう。前川裕は、一九五一年、東京都に生まれる。一橋大学法学部卒。東京大学大学院の比較文学比較文化専門課程修了。スタンフォード大学客員教授などを経て、法政大学国際文化学部教授となる。専門は、比較文学、アメリカ文学。仕事の傍ら、新人賞への投稿を続け、二〇一一年、「CREEPY」で第十五回日本ミステリー文学大賞新人賞を受賞。タイトルを『クリーピー』と改題して出版されると、なんの変哲もない都市の住宅地に死角を作り、そこから噴き出る悪意を描き切ったストーリーが話題になった。

以後、ややペースは遅いものの、堅実に作品を発表。二〇一四年の第三長篇『酷ハーシュ』（現『ハーシュ』）から、警察小説にも乗り出す。とはいえ作品のえぐ味が消えることはなかった。二〇一六年には『クリーピー』を原作とした映画『クリーピー 偽りの隣人』が公開。原作がベストセラーとなり、一躍、人気作家となったのである。二〇一八年には、『イアリー 見えない顔』が、同題でWOWOW「連続ドラマW」枠で、テレビドラマ化された。

また、二〇二〇年四月には実業之日本社文庫から『文豪芥川教授の殺人講座』を刊行。自分をモデルにした大学教授にしてミステリー作家の芥川竜介が、周囲で起きる事件を解決する連作集だ。国文学のゼミで扱う文豪の名作が、それぞれの事件と呼応するなど、いままでにない新機軸が打ち出されている。さらに第四話「身の上相談対処法演習」では、自身の作品のテイストを、読者を誤った方向に誘導する〃レッドヘリング〃として使用。ミステリー作家としての成熟を見せつけてくれた。ゆっくりと進化を続ける作者の創作活動から目を離すことはできない。

本書『魔物を抱く女　生活安全課刑事・法然隆三《ほうねんりゅうぞう》』は、二〇一五年七月、新潮社より『イン・ザ・ダーク』のタイトルで刊行された、書き下ろし長篇だ。不穏なプロローグで読者の気持ちを鷲摑《わしづか》みにした後、物語は石川県金沢市から始まる。高級割烹《かっぽう》旅館「水月《すいげつ》」に、男と一緒に泊まった大友雪江《おおともゆきえ》という女が、死体で発見されたのだ。県警の捜査一課に所属する田所《たどころ》警部たちは、さっそく捜査を開始する。

ここで舞台は東京に移る。半年近くの間に三件も起きた、連続デリヘル嬢殺人事件。犯人が長く殺人現場に残っていたことから、硬直性愛という性的倒錯者ではないかという意見が出てきた。それを調べるために、浅草警察署生活安全課の係長・法然隆三と、その部下の安中《あんなか》たちも、捜査班の中心に組み込まれる。この法然が主人公だ。

浄土宗の開祖・法然上人《しょうにん》を連想させる苗字《みょうじ》だが、家系に寺関係の者はいない。年齢、五十二。一見地味で性格も温厚だが、高い捜査能力には定評がある。ただし上昇志向は皆無だ。二十歳近く年下の礼《れい》という妻がいて、夫婦仲は良好。だが、夜の生活が、いささか重荷になっている。

そんな法然とコンビを組むことの多い安中は三十二歳。イケメンでスタイルもいいが、特定の恋人を作らず、風俗を利用している。生活安全課に異動してきたばかりの晦《つごもり》美《み》羽《う》が、安中のことを気にしているらしいが、相手にしようとはしない。

安中を連れて捜査を続ける法然だが、新たなデリヘル嬢殺しが起こり、警視庁捜査一課長の高鍋《たかなべ》が、暴走気味の囮《おとり》捜査を仕掛ける。美羽を囮にして強行した捜査は、しかし失敗。それどころか囮捜査を利用され、さらに新たなデリヘル嬢殺しを許してしまった。

窮地に立つ警察。その一方、金沢の事件の件で田所が上京してきたことから、事態は大きく動き出す。田所との縁から雪江のことを気にかける法然。やがて彼女が、大手ゲームメーカーの課長でありながら、安価で売春をしていた事実から、雪江とデリヘル嬢殺しが結びつき、葉山事件と呼ばれる過去の殺人まで浮上。とめどなく広がっていく事件を、法然たちは追っていく。

粘着質な文体で強烈なサスペンス小説を書いていた作者は、先にも触れたように、第三長篇『酷　ハーシュ』で警察小説に挑戦。従来のサスペンスはそのままに、新たな創作領域を切り拓《ひら》いていった。本書は、その流れに連なるものといえよう。そして、前川作品をどれから読もうかと考えている人に、薦めたい内容になっているのだ。なぜなら前川作品に通底する、どろりとした悪意や恐怖を、警察小説という枠組みが緩和しているからだ。法然は、関係者を丹念に当たり、手掛かりを地道に追っていく。絶妙のタイミングで、思いもかけない疑惑が浮上したり、意外な事実が明らかになり、ページを繰る手が止まらない。警察小説の面白さが横溢《おういつ》しているのである。

それでも本書の内容は、えぐ味が強い。かつて私は、第二長篇『アトロシティー』の文庫解説で、「えぐい内容で、現代人のドス暗い部分を抉《えぐ》るミステリー。略して〝エグミス〟。これが前川作品の本質だ」と書いた。この意見は、本書に対しても変わっていない。昼は堅い会社や有名大学に通いながら、デリヘル嬢をしている女性たち。まるで自分を罰するように堕《お》ちていき、ついには殺された大友雪江。そしてラストで立ち上がってくる犯人の狂気……。次々と現れる現実は、どれも重く苦々しい。なかでも、しだいに明らかになる雪江の人物像が衝撃的である。おそらくは実在の事件の被害者にインスパイアされたのであろうが、作者の独自の肉付けにより、死者でありながら裏の主人公として物語の中に屹立《きつりつ》するのである。ミステリーの常として、これ以上詳しくは書けない。どうか本書を読んで、えぐく抉り取られた雪江の真実を知ってほしい。

さらに付け加えるなら、終盤からエピローグにかけての展開など、そこまでやるのかと嘆息してしまった。もし本書が警察小説という枠組みで、事件を緩和してくれなかったら、最後まで読むのが辛かったかもしれない。物語に対する作者の絶妙なバランス感覚は、称賛すべきものがある。

とはいえ警察官も、完璧なヒーローではない。イケメンの安中と会うと華やぐ、若い妻を見る法然の心からも、暗い思いが流れ出す。その揺らぎが、主人公のキャラクターを深めると同時に、誰もが持つ人間の危うさを、巧みに表現しているのだ。猟奇殺人も性的倒錯も、けして特別なことではない。普通に生きていても、ダーク・サイドに堕ちることもあれば、巻き込まれることもある。こうした人間と社会に対する冷徹な認識が、ストーリー全体に漂い、読者の不安感を高めていくのである。

それとは別に、文学作品の扱いにも注目したい。殺された雪江のキャリーバッグには、金沢市内にある「泉鏡花記念館」のパンフレットが入っていた。この事実を知った法然は、捜査で金沢に赴いたとき、「泉鏡花記念館」で「高野聖《こうやひじり》」の音声朗読を聞き、なんとなく「高野聖」が雪江の愛読書ではないかと思う。そして東京に戻ってくると、書店で新潮文庫の『歌行燈《うたあんどん》・高野聖』を買って、数十年ぶりに読み返すのだ。興味深いのは、「高野聖」の粗筋を話したときの妻の反応。

「男性って、そういう話が好きよね。そんな話って、昔からあるでしょ。でも、女性は男性がいい女に誘惑される話なんて、そんなに読みたがらないものよ。女性はやっぱり自分が中心じゃなければ嫌なの。仮に自分がいい女じゃないと分かっていてもね。泉鏡花って、やっぱり男性が好きな作家じゃないの」

と、なかなか辛辣《しんらつ》である。だが、泉鏡花は男性が好む作家という言葉には、ハッとさせられた。この言葉が出てくるまでのやり取りも含めて、作者の知識や見識が生かされているのだ。直接的に事件と関係するわけではないが、ストーリーの彩《いろど》りとなっており、物語に膨らみを与えている。『文豪芥川教授の殺人講座』で開花する手法が、早くも使われているのだ。前川裕という作家の軌跡を考える上で、見逃せないポイントなのである。

ところで本書のタイトルを見て、シリーズ物の警察小説みたいだと思った人もいるだろう。少なくとも、私はそう感じた。あらためて考えるまでもなく法然隆三は、人間としての危うさも含めて、シリーズの主人公になれるだけの魅力がある。本書の文庫化を機に、ぜひともシリーズ化してほしいものだ。

（二〇二〇年四月、文芸評論家）

この作品は二〇一五年七月新潮社より刊行された。

前川裕著
ハーシュ
東京荻窪の住宅街で新婚夫婦が惨殺された。混迷する捜査、密告情報、そして刑事が一人猟奇殺人の闇に消えた……。荒涼たる傑作。

麻見和史著
水葬の迷宮
―警視庁特捜7―
警官はなぜ殺されて両腕を切断されたのか。一課のエースと、変わり者の女性刑事が奇怪な事件に挑む。本格捜査ミステリーの傑作！

麻見和史著
死者の盟約
―警視庁特捜7―
顔を包帯で巻かれた死体。発見された他人の指。同時発生した誘拐事件。すべての謎をつなぐ多重犯罪の闇とは。本格捜査小説の傑作。

一橋文哉著
未解決
―封印された五つの捜査報告―
「ライブドア『懐刀』怪死事件」「八王子スーパー強盗殺人事件」など、迷宮入りする大事件の秘された真相を徹底的取材で抉り出す。

安東能明著
広域指定
午後九時、未帰宅者の第一報。所轄の綾瀬署をはじめ、捜査一課、千葉県警――警察官僚までを巻き込む女児失踪事件の扉が開いた！

安東能明著
出署せず
新署長は女性キャリア！ 混乱する所轄署で本庁から左遷された若き警部が難事件に挑む。人間ドラマ×推理の興奮。本格警察小説集。

岡嶋二人著

クラインの壺

僕の見ている世界は本当の世界なのだろうか、それとも……。疑似体験ゲームの制作に関わった青年が仮想現実の世界に囚われていく。

「新潮45」編集部編

殺人者はそこにいる
—逃げ切れない狂気、非情の13事件—

視線はその刹那、あなたに向けられる……。酸鼻極まる現場から人間の仮面の下に隠された姿が見える。日常に潜む「隣人」の恐怖。

「新潮45」編集部編

殺ったのはおまえだ
—修羅となりし者たち、宿命の9事件—

彼らは何故、殺人鬼と化したのか——。父母は、友人は、彼らに何を為したのか。全身怖気立つノンフィクション集、シリーズ第二弾。

「新潮45」編集部編

殺戮者は二度わらう
—放たれし業、跳梁跋扈の9事件—

殺意は静かに舞い降りる、全ての人に——。血族、恋人、隣人、あるいは〝あなた〟。現場でほくそ笑むその貌は、誰の面か。

「新潮45」編集部編

凶悪
—ある死刑囚の告発—

警察にも気づかれず人を殺し、金に替える男がいる——。証言に信憑性はあるが、告発者も殺人者だった！ 白熱のノンフィクション。

筑波昭著

津山三十人殺し
—日本犯罪史上空前の惨劇—

男は三十人を嬲り殺した、しかも一夜のうちに——。昭和十三年、岡山県内で起きた惨劇を詳細に追った不朽の事件ノンフィクション。

石田衣良著
眠れぬ真珠
島清恋愛文学賞受賞

人生の後半に訪れた恋が、孤高の魂を持つ咲世子を少女に変える。恋人は17歳年下。情熱と抒情に彩られた、著者最高の恋愛小説。

石田衣良著
夜の桃

少女のような女との出会いが、底知れぬ恋の始まりだった。禁断の関係ゆえに深まる性愛を究極まで描き切った衝撃の恋愛官能小説。

石田衣良著
水を抱く

医療機器メーカーの営業マン・俊也はネットで知り合った女性・ナギに翻弄され、危険で淫らな行為に耽るが——。極上の恋愛小説！

白石一文著
愛なんて嘘

裏切りに満ちたこの世界で、信じられるのは私だけ？　平穏な愛の〈嘘〉に気づいてしまった男女を繊細な筆致で描く会心の恋愛短編集。

白石一文著
ここは私たちのいない場所

かつての部下との情事は、彼女が仕掛けた罠だった。大切な人の喪失を体験したすべての人に捧げる、光と救いに満ちたレクイエム。

岩波明著
心に狂いが生じるとき
—精神科医の症例報告—

その狂いは、最初は小さなものだった……。アルコール依存やうつ病から統合失調症まで、精神疾患の「現実」と「現在」を現役医師が報告。

梶井基次郎著

檸檬（れもん）

昭和文学史上の奇蹟として高い声価を得ている梶井基次郎の著作から、特異な感覚と内面凝視で青春の不安や焦燥を浄化する20編収録。

芥川龍之介著

地獄変・偸盗《ちゅうとう》

地獄変の屏風を描くため一人娘を火にかけて芸術の犠牲にし、自らは縊死する異常な天才絵師の物語「地獄変」など〝王朝もの〟第二集。

泉鏡花著

歌行燈・高野聖

淫心を抱いて近づく男を畜生に変えてしまう美女に出会った、高野の旅僧の幻想的な物語「高野聖」等、独特な旋律が奏でる鏡花の世界。

泉鏡花著

婦系図

『湯島の白梅』で有名なお蔦と早瀬主税の悲恋物語と、それに端を発する主税の復讐譚を軸に、細やかに描かれる女性たちの深き情け。

檀一雄著

火宅の人

読売文学賞・日本文学大賞受賞（上・下）

女たち、酒、とめどない放浪……。たとえわが身は〝火宅〟にあろうとも、天然の旅情に忠実に生きたい――。豪放なる魂の記録！

武田泰淳著

ひかりごけ

雪と氷に閉ざされた北海の洞窟で、生死の境に追いつめられた人間同士が相食むにいたる惨劇を直視した表題作など全4編収録。

中村文則著

土の中の子供

芥川賞受賞

親から捨てられ、殴る蹴るの暴行を受け続けた少年。彼の脳裏には土に埋められた記憶が焼き付いていた。新世代の芥川賞受賞作！

中村文則著

迷宮

密室状態の家で両親と兄が殺され、小学生の少女だけが生き残った。迷宮入りした事件の狂気に搦め取られる人間を描く衝撃の長編。

毎日新聞大阪社会部取材班著

介護殺人

―追いつめられた家族の告白―

どうしてこうなったのか――。裁判官も泣いた、在宅介護の厳しい現実。家族を殺めてしまった当事者に取材した、衝撃のレポート。

井上理津子著

さいごの色街 飛田

今なお遊郭の名残りを留める大阪・飛田。この街で生きる人々を十二年の長きに亘り取材したルポルタージュの傑作。待望の文庫化。

横山秀夫著

深追い

地方の所轄に勤務する七人の男たち。彼らの人生を変えた七つの事件。骨太な人間ドラマと魅惑的な謎が織りなす警察小説の最高峰！

島尾敏雄著

死の棘

日本文学大賞・読売文学賞
芸術選奨受賞

思いやり深かった妻が夫の〈情事〉のために神経に異常を来たした。ぎりぎりの状況下に夫婦の絆とは何かを見据えた凄絶な人間記録。

魔《ま》物《もの》を抱《だ》く女《おんな》

生活安全課刑事・法然隆三

新潮文庫　ま - 56 - 2

令和二年六月一日発行

著者　前《まえ》川《かわ》裕《ゆたか》

発行者　佐藤隆信

発行所　株式会社　新潮社

郵便番号　一六二―八七一一
東京都新宿区矢来町七一
電話　編集部(〇三)三二六六―五四四〇
読者係(〇三)三二六六―五一一一
https://www.shinchosha.co.jp

価格はカバーに表示してあります。

乱丁・落丁本は、ご面倒ですが小社読者係宛ご送付ください。送料小社負担にてお取替えいたします。

印刷・三晃印刷株式会社　製本・株式会社植木製本所

ISBN978-4-10-101462-3 C0193